Une mélodie de velours

J'AI LU

JUDE DEVERAUX

LA PRINCESSE DE FEU	
LA PRINCESSE DE GLACE	
LES YEUX DE VELOURS	*J'ai lu* 2927/**5***
UN TEINT DE VELOURS	*J'ai lu* 3003/**5***
UNE MÉLODIE DE VELOURS	*J'ai lu* 3049/**4***
UN ANGE DE VELOURS	*J'ai lu* 3127/**4*** *(déc. 91)*

Jude Deveraux

Une mélodie de velours

traduit de l'américain par Isabelle TOLILA

Éditions J'ai lu

Ce roman a paru sous le titre original :

VELVET SONG

PREMIÈRE PARTIE

Le sud de l'Angleterre
Janvier 1502

1

Un haut mur de pierre entourait le petit village de Moreton. Dans la lumière rasante de l'aube, son ombre engloutissait les petites maisons qu'il protégeait. Des chemins parfaitement tracés reliaient les demeures et se rejoignaient tels les rayons d'une roue sur la place centrale devant l'église. Quelques chiens commençaient à s'étirer, des femmes aux yeux lourds de sommeil se dirigeaient paresseusement vers le puits et quatre hommes attendaient, la hache à l'épaule, que les gardes veuillent bien ouvrir le massif portail de chêne dans le mur d'enceinte.

Dans l'une des maisons, une petite bâtisse simple, étroite, blanchie à la chaux, Alyxandria Blackett guettait, le cœur battant, le bruit du portail. En l'entendant, elle attrapa ses sandales de cuir et se faufila sur la pointe des pieds vers l'escalier qui se trouvait malheureusement de l'autre côté de la chambre de son père. Elle était prête depuis des heures, s'étant réveillée bien avant le lever du soleil. Elle avait enfilé une grossière robe de laine sur son corps frêle et, pour une fois, ce corps ridicule ne lui avait pas arraché de grimace. Elle aurait tellement voulu qu'il s'orne de rondeurs plus harmonieuses. Mais, à vingt ans, elle devait admettre que sa poitrine resterait toujours plate et ses hanches désespérément droites. Au moins, se consolait-elle, elle n'aurait pas besoin de porter un corset. Dans la chambre de son père, elle s'assura d'un coup d'œil qu'il dormait encore et évita soigneusement la quatrième marche qui craquait toujours.

En bas, elle n'osa pas ouvrir les volets. Le bruit risquait de réveiller son père et il avait grand besoin de repos en ce moment. Elle contourna une table sur laquelle se trouvaient des feuilles de papier, de l'encre et le testament inachevé qu'il rédigeait, pour se diriger vers le mur en contemplant avec joie les deux instruments qui y étaient suspendus. Dieu, qui avait oublié de la pourvoir de féminines courbes, lui avait fait un don merveilleux : la musique. Déjà, une nouvelle mélodie prenait naissance en elle : un air doux, délicat. Sûrement une chanson d'amour.

— Tu n'arrives pas à te décider ? fit la voix de son père qui se tenait au bas des marches.

Aussitôt, elle courut jusqu'à lui, passa un bras autour de sa taille pour l'aider à s'asseoir à la table. Même dans la pièce peu éclairée, elle distinguait les cernes sombres qui entouraient ses yeux.

— Tu aurais dû rester au lit. Tu ne vas quand même pas te mettre au travail avant l'aube.

Il lui sourit en lui serrant la main. Il avait bien

souvent entendu sa fille se plaindre de sa petite taille, de son allure enfantine, de son visage d'elfe aux yeux violets, aux lèvres fines et rondes mais, pour lui, tout en elle était magnifique.

— Va, fit-il en la poussant doucement. Prends un de tes instruments et pars avant que quelqu'un ne vienne te demander encore une nouvelle chanson.

— Ce matin, je devrais peut-être rester auprès de toi, murmura-t-elle, soucieuse de son état.

Trois fois cette année, il avait éprouvé d'horribles douleurs au cœur.

— Alyx ! la gronda-t-il. Ne me désobéis pas. Maintenant prends tes affaires et va-t'en !

— Oui, mon maître ! se moqua-t-elle avec un sourire malicieux.

D'un geste trahissant une longue habitude, elle décrocha le luth, le préférant aujourd'hui au psaltérion. Elle se retourna vers son père.

— Tu es sûr que tout ira bien ? Je peux rester si tu veux.

Il lui tendit sa boîte à musique : une caisse munie d'une lanière de cuir et contenant de l'encre, une plume et du papier afin de noter les mélodies qu'elle trouvait.

— Je préfère que tu écrives de la musique plutôt que de te voir te morfondre ici au chevet d'un vieillard malade. Viens ici.

D'un geste tendre et familier, il commença à réunir sa longue chevelure en une grosse tresse dans son dos. Ses cheveux étaient lourds, épais et raides. Leur couleur paraissait, même aux yeux de son père, parfaitement invraisemblable. Comme si un enfant pernicieux avait réuni toutes les teintes imaginables sur le crâne de la jeune femme : du blond cendré, de l'or, du roux sombre et du rouge flamboyant, de l'auburn et aussi, Alyx le jurait, du gris.

Quand il eut fini de la coiffer, son père décrocha sa cape, la posa sur ses épaules et remonta la capuche sur sa tête.

— Ne prends pas froid, dit-il. Maintenant, pars et je veux entendre quelque chose de beau quand tu reviendras.

— Je ferai de mon mieux, promit-elle en riant.

Depuis leur maison qui se trouvait adossée au mur d'enceinte, Alyx apercevait presque tout le village qui s'éveillait. La ruelle dans laquelle elle marchait à présent était si étroite qu'en étendant les bras elle aurait pu toucher les bâtisses qui la bordaient. C'étaient des demeures de pierre, de brique et de stuc posées les unes à côté des autres. La plus haute était celle du chef du village située près de la place centrale et leur taille déclinait jusqu'à celles des plus pauvres : bûcherons ou hommes de loi, tel son père. Une légère brise soufflait, faisant cliqueter les enseignes des échoppes.

— Bonjour, Alyx, dit une femme, chassant le gravier devant le seuil de sa porte. Tu vas composer quelque chose pour l'église aujourd'hui ?

Assurant la lanière de son luth sur l'épaule, Alyx salua sa voisine.

— Oui... et non. J'ai plusieurs idées !

Elle rit à nouveau et repartit en courant vers le portail. Un peu plus bas, elle dut faire un brusque écart pour ne pas heurter un chariot. Un seul regard vers le cocher lui apprit que John Thorpe lui avait intentionnellement barré la route.

— Hé, petite Alyx, même pas un petit mot gentil pour moi ? lança-t-il tandis qu'elle surveillait du coin de l'œil son vieux cheval coléreux.

— Alyx ! fit une voix à l'arrière.

Madame Burbage vidait des pots de chambre dans le chariot que conduisait John.

— Tu pourrais venir chez moi ? Ma cadette a le cœur brisé et je me disais qu'une nouvelle chanson d'amour lui ferait du bien.

— Pour sûr et à moi aussi, renchérit John du haut de son attelage. J'ai grand besoin d'une chanson d'amour.

Il se frottait ostensiblement les côtes à l'endroit où Alyx l'avait sauvagement pincé deux jours plus tôt quand il avait tenté de l'embrasser.

— Pour toi, John, répondit-elle d'une voix suave, j'écrirai une chanson aussi douce que ton chargement.

Il éclata de rire tandis qu'Alyx assurait à Mme Burbage qu'elle passerait chez elle aussitôt après la messe du soir. Et elle se remit à courir vers le portail. Dans quelques instants, il serait trop tard, elle ne pourrait plus leur échapper et elle devrait renoncer à s'isoler pour travailler à sa musique.

— Tu es en retard, Alyx, dit le gardien du portail, et n'oublie pas la berceuse pour mon bébé. Il est malade.

Elle acquiesça en se faufilant à travers le verger qui se trouvait hors de l'enceinte du mur.

Enfin, elle atteignit son pommier préféré et, avec un réel bonheur, ouvrit sa boîte pour préparer ses affaires. Elle s'assit, adossée au tronc d'arbre, et commença à jouer sur son luth l'air qui l'avait tirée de son sommeil ce matin. Totalement absorbée, travaillant à la mélodie et aux paroles, notant sur le papier tout ce qu'elle trouvait, elle était inconsciente du temps qui passait. Quand finalement elle se redressa, les épaules raides, les doigts engourdis, elle avait écrit deux chansons et commencé un nouveau psaume pour l'église.

Elle s'étira comme une chatte, repoussa son instrument et se leva. Une main posée sur une des branches du pommier, elle contempla les champs de blé et, au-delà, les enclos à moutons du comte.

Non ! Elle se refusait à penser au comte qui chassait tant de paysans de leurs terres afin d'y installer ces moutons qui lui assuraient de meilleurs profits. Pense à quelque chose d'agréable ! se commanda-t-elle en détournant les yeux. Qu'y avait-il de beau dans la vie, en dehors de la musique ?

Depuis son plus jeune âge, elle avait toujours entendu de la musique dans sa tête. Tandis que le prêtre ânonnait sa messe en latin, elle s'occupait l'esprit en imaginant un air pour les enfants de chœur. Un jour, à la Fête des Moissons, elle avait marché et marché sans se rendre compte d'où elle allait en écoutant des chansons qu'elle était seule à entendre. Son père, veuf depuis bien des années, avait failli devenir fou en croyant avoir perdu sa fille unique.

Un autre jour, alors qu'elle avait dix ans, elle était allée tirer de l'eau au puits du village. Là, un troubadour de passage bavardait avec une jeune femme sur un banc. Son luth abandonné gisait tout près. Alyx n'avait jamais touché d'instrument de musique auparavant mais en quelques minutes elle parvint à pincer les cordes une à une de façon à interpréter une des dizaines de mélodies qui se bousculaient dans sa tête. Elle en était à sa quatrième chanson quand elle s'aperçut que le troubadour l'observait. Silencieusement, sans le secours des mots dont ils n'avaient besoin ni l'un ni l'autre, il lui montra comment placer ses doigts sur le manche afin de jouer des accords. Les fines cordes en boyau de chat tendu lui coupaient le bout des doigts, mais la douleur n'était rien en comparaison de la joie d'entendre réellement la musique qui était jusque-là restée enfermée dans sa tête.

Trois heures plus tard, quand son père qui s'était à nouveau mis en quête de sa fille la trouva, une bonne moitié du village l'entourait. Tous s'extasiaient et murmuraient devant ce qu'ils croyaient être un miracle. Le prêtre, voyant là une excellente opportunité, l'entraîna à l'église et l'installa devant le chœur. Après quelques minutes de tâtonnements, Alyx commença à jouer, maladroitement d'abord, un magnificat, une ancienne prière, disant doucement les mots tandis que ses doigts filaient avec une aisance de plus en plus grande sur le manche du luth.

De ce jour, le père d'Alyx fut soulagé : l'esprit de sa fille n'était nullement dérangé mais simplement si rempli de musique qu'elle avait parfois du mal à entendre quand on lui adressait la parole. Dès lors, le prêtre veilla à l'éducation d'Alyx, affirmant que ce don lui venait de Dieu. En bon serviteur de Dieu, il se devait donc de la prendre en charge. Il n'eut pas besoin d'ajouter que son père, un homme de loi, exerçait une profession bien méprisable et presque impie et que plus sa fille échappait à son influence pernicieuse mieux cela valait.

Quatre années d'entraînement intensif s'ensuivirent, au cours desquelles le prêtre se débrouilla pour offrir à Alyx toutes sortes d'instruments. Elle apprit à jouer de tous les instruments à cordes, depuis le luth pour lequel elle se servait d'une plume d'oie jusqu'à la viole où elle utilisait un archet ; elle n'eut aucune difficulté à apprendre la flûte et les autres instruments à vent et le prêtre obligea même le village à acquérir un énorme orgue à tuyaux, toujours au nom du Seigneur. Certains murmurèrent que c'était plutôt pour lui et pour Alyx.

Quand il fut certain qu'elle savait jouer, le prêtre envoya chercher un moine franciscain qui lui enseigna comment écrire la musique afin qu'elle puisse conserver les ballades, les messes et les chœurs qu'elle composait.

Tout son temps, elle le passait à jouer et à noter ce qu'elle jouait, si bien que ce ne fut pas avant l'âge de quinze ans qu'on s'aperçut qu'elle pouvait aussi chanter. Le moine, qui s'apprêtait à retourner dans son abbaye car Alyx avait déjà assimilé tout son savoir, pénétra un matin dans l'église et se trouva baigné dans un chant si puissant, si merveilleux qu'il crut à un concert d'anges. Quand il retrouva ses esprits, il s'aperçut que ce son miraculeux sortait de la bouche de sa très jeune élève. Il tomba alors à genoux pour remercier le Seigneur de lui avoir permis de rencontrer une enfant aussi bénie.

Quand elle découvrit le vieux moine à genoux au fond de l'église, serrant sa croix de toutes ses forces sur sa poitrine, pleurant à chaudes larmes, Alyx s'arrêta immédiatement de chanter et se précipita jusqu'à lui en redoutant un malaise. A moins, comme elle le craignait, qu'il ne fût offensé par le fait qu'elle chantait abominablement fort.

On prêta, dès lors, autant d'attention à sa voix qu'à son jeu et elle commença à diriger la chorale de l'église, se débrouillant pour utiliser chacune des voix du village.

Ses vingt ans arrivèrent rapidement, et elle était toujours aussi désespérément petite et plate. Alors que les autres filles de son âge s'étaient mariées et avaient des bébés, elle devait se contenter de leur chanter les comptines qu'elle composait pour eux.

Avait-elle le droit de se montrer déçue ? se demandait-elle, en se balançant à la branche de son pommier. Bien sûr, tous les jeunes hommes lui témoignaient un respect poli — à l'exception de John Thorpe, évidemment, qui trop souvent avait la même odeur que son chargement — ce n'était pourtant pas une raison d'être déçue. A seize ans, l'âge idéal pour le mariage, quatre jeunes garçons lui avaient offert leur main mais le prêtre avait soutenu que sa musique était un signe : elle devait se consacrer à l'amour de Dieu et non à la bestialité d'un homme. Il n'y avait donc pas eu de mariage. A l'époque, Alyx en avait été soulagée mais, à mesure que les années passaient, elle éprouvait un sentiment de solitude de plus en plus lancinant. Elle aimait sa musique et plus particulièrement celle qu'elle écrivait pour l'église, mais parfois... comme l'été précédent quand après avoir bu quatre verres d'un vin très fort au cours des noces de la fille du chef du village, elle avait saisi son luth, était montée sur la table et avait entonné un chant paillard qu'elle improvisait au fur et à mesure. Ce jour-là, son imagination dans ce domaine en avait étonné plus d'un. Bien sûr, le prêtre aurait dû l'arrêter... Mais dans la mesure où il avait ingurgité plus de vin que n'importe qui d'autre et se roulait dans l'herbe en se tenant le ventre de rire en entendant la chanson d'Alyx, il n'était pas en état d'arrêter quoi que ce soit. Cela avait été une soirée merveilleuse. Elle avait eu la sensation de faire vraiment partie de ces gens qu'elle connaissait depuis toujours. Pour une fois, elle n'était pas une sorte de relique sacrée qu'on admirait de loin avec crainte comme le morceau du crâne de saint Pierre qui se trouvait à l'église.

Comme d'habitude, ses pensées se muèrent peu à peu en musique. Prenant sa respiration, elle se mit à chanter une ballade sur la solitude, l'histoire d'une jeune femme cherchant son véritable amour.

— Et me voici, ma petite colombe, fit une voix derrière elle.

Toute à sa chanson, elle n'avait pas entendu les chevaux approcher. Les trois cavaliers étaient jeunes, solides et arrogants comme seuls les nobles peuvent l'être. Leurs visages congestionnés trahissaient une nuit de ripaille. Leurs vêtements témoignaient d'une richesse indécente : velours, fourrures, colliers d'or et de pierres précieuses. Interloquée, Alyx se figea sur place et n'esquissa pas le moindre geste quand le plus fort d'entre eux, un jeune homme blond, sauta de sa monture.

— Incline-toi, serve, dit-il. (Son haleine empestait.) Tu ne connais donc pas ton seigneur et maître ? Je suis Pagnell, fils du comte de Waldenham.

Le nom fit sursauter Alyx. La grande et noble famille des Waldenham dépouillait les fermiers de leurs moindres biens et quand ils ne possédaient plus rien, leur arrachait leurs terres. Les paysans étaient alors réduits à l'état de vagabonds mendiant ici et là un peu de pain.

Elle allait exposer à ce jeune homme l'idée qu'elle se faisait de sa déplaisante personne quand il la saisit violemment pour l'embrasser de force. Sa bouche tordue par un rictus exhalait une odeur abominable. Elle le mordit violemment.

— Chienne ! aboya-t-il. Je vais t'apprendre à obéir.

Il lui arracha son manteau et déchira le haut de sa robe, dévoilant une petite épaule vulnérable et la naissance d'un sein.

— Un poisson aussi petit, on devrait le rejeter à l'eau, lança-t-il à l'adresse de ses compagnons.

Cette référence à son manque d'attributs féminins transforma la terreur d'Alyx en colère. Même si de naissance elle était inférieure à cet homme, son talent l'avait habituée à des égards inhabituels pour une personne de son rang. Sans prendre le temps de réfléchir, elle remonta vivement sa robe et donna un vigoureux coup de pied à Pagnell, juste entre les jambes. La plus grande confusion régna alors. Pagnell hurlait et se tordait de douleur tandis que ses compagnons se précipitaient à son secours, essayant de saisir ce qu'il disait mais encore trop ivres pour comprendre la situation.

Alyx s'était mise à courir. Elle n'avait plus qu'une

préoccupation : mettre le plus de distance possible entre elle et ces hommes. Sans s'en rendre compte, elle s'éloignait du village, trébuchant sur la lande froide, essayant de retenir sa robe arrachée sur sa poitrine.

En franchissant la seconde barrière qui délimitait ces maudits enclos à moutons, elle se laissa tomber derrière un monticule de terre, le visage ruisselant de pleurs. Elle se retourna prudemment. Même à travers ses larmes, elle distinguait là-bas les trois cavaliers qui fouillaient le verger à sa recherche.

— Par ici ! fit une voix sur sa gauche. Par ici !

Levant les yeux, elle vit un homme à cheval dont les habits étaient aussi riches et luxueux que ceux de Pagnell. Instinctivement, elle se remit à fuir.

L'inconnu la rattrapa aisément, laissant son cheval trotter à ses côtés.

— Les garçons ne te voulaient aucun mal, dit-il. Ils ont juste un peu trop bu la nuit dernière. Si tu viens avec moi, je t'aiderai à te cacher.

Alyx le considéra avec méfiance.

— Voyons, ma fille, je ne veux pas qu'ils te blessent.

Elle accepta la main qu'il lui tendait. Il la hissa sur la selle et lança son cheval au galop vers la ligne des arbres au loin.

— La forêt du roi, souffla Alyx.

Nul, et surtout pas les manants, n'était autorisé à y pénétrer. Elle avait vu plusieurs hommes pendus pour avoir braconné dans la forêt du roi et y avoir simplement attrapé quelques lapins.

— Je doute qu'Henri s'en formalise cette fois-ci, dit l'homme.

Acceptant cet augure, Alyx s'accrocha de plus belle à la selle. Dès qu'ils furent à l'abri du couvert des premiers arbres, l'inconnu l'aida à descendre de cheval.

— Maintenant, cache-toi et attends. Ne pars pas tant que tu ne verras pas les autres serfs travailler dans les champs. Retourne alors au village.

Cet homme la prenait pour une serve mais elle ne broncha pas, se contentant de hocher la tête. Elle s'enfonça dans la forêt.

Le soleil parvint très lentement à son zénith et tandis qu'elle attendait dans la forêt glacée, sa robe déchirée, son manteau perdu, Alyx prit pleinement conscience des risques qu'elle avait courus face aux trois cavaliers. Au contact du prêtre et du moine, elle avait acquis la conviction que les nobles n'avaient pas le droit d'utiliser le peuple suivant leur bon vouloir. Elle avait droit elle aussi au bonheur et à la paix, elle avait le droit de s'asseoir sous un arbre pour composer de la musique et nul, respectant et aimant Dieu, ne pouvait l'en empêcher.

Petit à petit, la colère reprit le dessus, une colère alimentée par un incident qui s'était déroulé l'été précédent. Le prêtre avait obtenu qu'Alyx et la chorale chantent dans la chapelle privée du comte, le père de Pagnell. Pendant des semaines, Alyx avait travaillé avec acharnement, répété jusqu'à l'épuisement afin que le concert soit parfait. Quand enfin ils avaient joué, le comte, un vieil homme dévoré par la goutte, avait bruyamment annoncé qu'il préférait les femmes bien en chair et qu'il écouterait cette chanteuse le jour où elle serait un peu plus appétissante. Il était parti avant la fin du service.

Alyx se glissa enfin à la lisière de la forêt. Très prudemment, elle vérifia qu'elle ne voyait pas l'ombre d'un cavalier avant de se décider à retourner au pommier.

Là, elle subit le plus grand choc de la journée. Son luth gisait en morceaux. Visiblement, on s'était acharné à le faire piétiner par des chevaux. Un sentiment mêlé de rage, de frustration, de haine et d'impuissance monta en elle. Les sanglots l'étouffèrent, les larmes ruisselèrent sur son visage. Comment avaient-ils pu ? Elle se baissa pour ramasser les éclats de bois éparpillés sur le sol. Et tout à coup, saisie par l'inanité de ce qu'elle était en train de faire, elle projeta de toutes ses forces les restes de son luth contre l'arbre.

2

Les murs de la grande salle du manoir étaient ornés de tapisseries chamarrées et d'armes de toutes sortes. Des lames d'épées et de haches avaient infligé de profondes entailles aux meubles de bois massif. Autour d'une vaste table se tenaient trois jeunes hommes dont les yeux injectés de sang trahissaient le manque de sommeil et l'abus de vin.

— Elle s'est moquée de toi, Pagnell, riait l'un d'entre eux en s'essuyant la bouche avec le revers de sa manche maculée de vin. Elle t'a frappé et elle a disparu comme une sorcière. Tu l'as entendue chanter ? Ce n'était pas une voix humaine. C'était un sortilège pour te charmer et quand tu as voulu en profiter...

Il s'interrompit et abattit lourdement son poing sur la table en s'esclaffant de plus belle.

D'un coup de pied violent, Pagnell envoya l'homme et sa chaise rouler sur le sol.

— Elle est humaine. C'est une gamine, gronda-t-il. Et je ne vais pas perdre mon temps avec elle.

— Jolis yeux, fit le troisième. Et quelle voix ! A t'en faire frémir !

Le premier s'était redressé et riait toujours.

— Frémir de désir, oui ! Je t'assure que tu l'entendrais roucouler si je la tenais entre mes bras.

— Silence, tous les deux ! ordonna Pagnell en abattant violemment sa coupe sur la table. Je vous dis que c'est une gamine et rien de plus.

Les deux autres préférèrent garder le silence plutôt que d'affronter la colère de leur chef. Quand une servante s'approcha avec une cruche de vin, Pagnell l'attrapa par le bras.

— Au village, il y a une fille qui chante. Qui est-ce ?

La pauvre fille essayait tant bien que mal de se libérer de sa douloureuse étreinte.

— C'est Alyx.

— Calme-toi ou je te casse le bras, cracha Pagnell. Maintenant, tu vas me dire où habite cette Alyx.

Une heure plus tard, dans la nuit noire, Pagnell et ses acolytes se trouvaient devant les murs de Moreton. Après plusieurs lancers infructueux, deux crochets au bout d'une corde se fixèrent au sommet du mur d'enceinte. Avec une maladresse proportionnelle à la quantité d'alcool qui les imbibait, les trois hommes parvinrent à se hisser le long des cordes. Ils observèrent une pause au sommet du mur pour retrouver leur souffle, puis se laissèrent glisser dans le village.

Pagnell s'engagea le premier dans les ruelles, marchant en silence tout en étudiant les maisonnettes blotties les unes contre les autres.

— Une sorcière ! murmura-t-il avec colère. Elle ne m'échappera pas. Une fille de gribouilleur de testaments, la lie de la terre !

Il atteignit bientôt la demeure des Blackett et longea l'un des côtés de la maison jusqu'à l'un des volets baissés. Une violente bourrade, un bruit de bois brisé et il était à l'intérieur.

Au premier étage, le père d'Alyx était allongé, les mains crispées sur sa poitrine, en proie à de nouvelles douleurs. En entendant le fracas provenant du rez-de-chaussée, il n'en crut pas ses oreilles. Cela faisait des mois qu'il n'y avait pas eu de voleurs en ville.

Il alluma rapidement une chandelle et se précipita dans les escaliers.

— Bande de ruffians, où vous croyez-vous ? s'exclama-t-il tandis que Pagnell aidait ses amis à s'introduire dans la maison.

Ce furent ses derniers mots. Pagnell se rua sur le vieillard, le saisit par les cheveux et lui trancha la gorge. Sans un regard pour le corps qui s'effondrait sans vie sur le sol, il se tourna vers ses acolytes. Constatant qu'ils le suivaient, il s'engagea dans les escaliers.

Perturbée par les événements de la journée, Alyx avait été incapable de trouver le sommeil. A chaque fois qu'elle fermait les yeux, elle sentait l'haleine abominable de Pagnell, sa bouche qui se posait sur la sienne. Elle était parvenue, non sans mal, à cacher cette mésaventure à son père mais, pour la première fois de sa vie, son esprit n'était pas entièrement occupé par la musique.

Dans son trouble, elle n'entendit pas, tout d'abord, les sons en provenance du rez-de-chaussée. Seuls la voix de son père et le bruit curieux qui suivit la ramenèrent à la réalité.

— Des voleurs ! s'étrangla-t-elle en rejetant ses couvertures.

Elle était entièrement nue. Rapidement, elle enfila sa robe. Qui pouvait vouloir les voler ? Ils étaient bien trop pauvres pour que cela en vaille la peine.

Un craquement dans la chambre de son père la fit sursauter. Elle attrapa un lourd tison de fer et se posta derrière la porte en retenant son souffle.

Le battant glissa lentement. L'homme n'entra pas immédiatement dans la chambre, scrutant l'obscurité. Puis il fit un pas en avant. Dès qu'il fut dans son champ de vision, Alyx lui assena de toutes ses forces un coup sur le crâne.

Elle reconnut Pagnell qui s'effondrait à ses pieds. Il se tourna vers elle et la contempla d'un air hébété avant de sombrer dans l'inconscience.

La vue de cet homme raviva ses terreurs de la journée. Ce n'étaient pas des voleurs ordinaires. Où était son père ? D'autres bruits de pas résonnèrent dans l'escalier. Un seul regard autour d'elle lui confirma ce qu'elle savait déjà : la fenêtre était son unique voie de fuite. Elle y courut et, sans une pensée pour la hauteur à laquelle elle se trouvait, sauta.

Elle eut l'impression de s'écraser. Par chance plus que par habileté, elle roula au moment de l'impact. Pendant quelques secondes interminables, elle resta là contre le mur, terrifiée, choquée. Mais il n'y avait pas de temps à perdre. Son premier pas faillit lui arracher un hurlement. La douleur dans sa jambe était insoutenable ; elle se mordit les lèvres jusqu'au sang pour s'empêcher de crier et boitilla vers le côté de la maison.

Elle se retrouva devant le volet que Pagnell avait défoncé. La lune brillait avec suffisamment d'éclat pour qu'Alyx puisse distinguer son père gisant dans son propre sang, la gorge tranchée.

Cette vision eut sur elle un effet étrange : elle ferma les yeux et commença à reculer comme si elle n'arrivait pas à croire ce qu'elle avait vu. Elle ne sentait plus la douleur dans sa jambe, ni la froidure de l'air qui se glissait sous sa robe. Elle ne pensait plus à Pagnell ni aux raisons de son intrusion. Elle ne songeait plus à ce qu'il voulait dérober chez elle car il lui avait déjà tout pris : son père, la seule personne qui l'avait aimée pour elle-même et non à cause de sa musique. Que pouvait-il prendre d'autre ?

Elle se mit à marcher sans même s'en rendre compte pour s'effondrer finalement, à moitié inconsciente, devant l'église. A genoux, les mains jointes, elle se mit à prier pour le repos de l'âme de son père.

Elle avait l'habitude des prières mais, aujourd'hui, elle était comme en transe, abrutie de douleur. Elle priait sans voir ce qui se passait autour d'elle. Elle priait sans entendre les cris. Elle priait sans se retourner vers l'incendie qu'on avait allumé dans sa propre maison, vers les flammes qui dévoraient le corps sans vie de son père. Les habitants du village, craignant le feu plus que tout autre fléau, se précipitaient hors de chez eux sans remarquer la forme recroquevillée devant l'église.

Aux premières lueurs de l'aube, les portes du village furent ouvertes, livrant passage à six cavaliers en armes portant le blason du comte de Waldenham. Les sabots des grands chevaux de guerre claquaient dans les ruelles avec un bruit sinistre ; les cavaliers se frayaient un chemin parmi la foule au moyen de leurs longues épées, menaçant, tranchant même les chairs de ceux qui ne s'écartaient pas assez vite à leur goût. Des femmes apeurées emportaient leurs enfants à l'écart de cette horde. Les six cavaliers semaient la terreur.

Ils s'arrêtèrent devant les ruines encore fumantes de la maison des Blackett et leur chef déroula un parchemin qu'il cloua sur un des murs encore debout. Sans retirer son casque, il toisa la populace. Apercevant un chien solitaire, il le transperça d'un coup de lance avant de projeter le corps du malheureux animal dans les braises.

— Lisez et obéissez ! cria-t-il, sa voix résonnant dans tout le village.

Cabrant son cheval, il lui fit faire demi-tour et la troupe repartit au galop, renversant tout sur son passage.

La foule hébétée mit un moment à retrouver ses

esprits. On envoya chercher le prêtre qui savait lire. Il lut une première fois silencieusement le parchemin tandis que les gens attendaient. Enfin, il se retourna, le visage blême.

— Alyx, annonça-t-il, Alyxandria Blackett est accusée d'hérésie, de sorcellerie et de vol. Le comte de Waldenham dit que la fille a utilisé la voix que lui a donnée le diable pour ensorceler son fils et a profané notre sainte Mère l'Eglise. Comme le fils du comte lui résistait, elle l'a frappé grâce à ses pouvoirs démoniaques et a profité de la stupeur dans laquelle elle l'avait plongé pour le voler.

A cette annonce, chacun se figea de stupeur. La voix d'Alyx, un don du diable ? Ils ne pouvaient y croire. Bien sûr, elle était étonnamment douée, mais ce don lui venait de Dieu. Ne l'utilisait-elle pas pour chanter sans cesse les louanges du Seigneur ? Il lui arrivait bien d'entonner des chants qui n'avaient rien de religieux, mais...

Comme un seul homme, la foule se tourna vers Alyx qui venait d'apparaître dans la ruelle. Elle titubait sur les mottes de terre soulevées par les sabots des chevaux. Avec des expressions diverses allant de la perplexité à la suspicion, les gens s'écartèrent sur son passage. Elle s'immobilisa devant les ruines fumantes de ce qui avait été sa maison.

— Viens, mon enfant, dit vivement le prêtre.

Il la prit sous son bras et la reconduisit aussitôt vers l'église. Dès qu'ils furent à l'abri des murs, il s'activa, emplissant un sac de pains et de fromages.

— Alyx, tu dois partir.

— Mon père est... souffla-t-elle.

— Je sais, nous avons vu son corps dans les flammes. Il est mort et je dirai vingt-cinq messes pour le repos de son âme, mais c'est de toi dont nous devons nous soucier.

Elle ne l'écoutait pas. Il la secoua avec violence.

— Alyx !

Elle parut retrouver ses esprits.

— Alyx, ils ont offert une récompense pour ta capture, morte ou vive.

— Une récompense ?

— Oui. Je n'en ai encore parlé à personne. Ils l'apprendront bien assez vite et tu ne seras plus en sécurité ici. Il se trouvera sûrement une canaille pour te vendre.

— Et alors ? Je suis innocente et le roi...

Le rire du prêtre l'interrompit tandis qu'il lui posait un long manteau sur les épaules.

— Ils te déclareront coupable sans autre forme de procès et le mieux que tu pourras espérer, c'est d'être pendue au bout d'une corde. Je veux que tu partes maintenant et que tu m'attendes à la lisière de la forêt du roi. Je viendrai ce soir. D'ici là, j'aurai bien trouvé un moyen de te cacher. Ne te fais pas remarquer. Je t'apporterai à manger et, peut-être, un instrument.

Avant qu'elle puisse répondre, il l'avait poussée au-dehors. Machinalement, elle se mit à courir vers la grande porte du village. Elle ne faisait aucun effort pour se cacher mais, la plupart des villageois étant encore réunis devant les ruines de sa maison, personne ne la vit.

Elle courut sans s'arrêter, n'osant pas regarder autour d'elle. Quand enfin elle parvint à la forêt, elle s'effondra à bout de forces derrière un arbre et resta là, prostrée sur le sol, incapable de reprendre son souffle et de comprendre ou d'accepter les événements des dernières heures. L'image de son père se matérialisa devant ses yeux. Elle se souvenait de leur vie ensemble, de la façon dont il avait toujours pris soin d'elle. Et ce ne fut qu'après une nuit d'angoisse et une matinée d'horreur, qu'elle pleura enfin, s'enfouissant sous son manteau pour pleurer et pleurer encore. Elle n'était plus qu'une petite boule recroquevillée, agitée de sanglots spasmodiques. A bout de nerfs et de larmes, elle s'endormit ainsi, roulée dans les plis de son manteau.

Ses muscles douloureux la réveillèrent au crépuscule. Depuis son saut par la fenêtre, sa jambe gauche l'élançait. Avec prudence, elle écarta la capuche qui lui couvrait le visage. Un homme était assis non loin de là sur une souche d'arbre. Avec un cri de frayeur, elle lança des regards éperdus autour d'elle.

— Tu n'as pas à avoir peur de moi, dit l'homme.

Elle le reconnut au son de sa voix : c'était le serviteur de Pagnell, celui qui l'avait déjà secourue la veille.

— Vous êtes là pour la récompense, n'est-ce pas ? Vous devriez y réfléchir à deux fois. Votre maître ne serait sûrement pas content d'apprendre que vous m'avez aidée à lui échapper.

A sa grande surprise, l'homme gloussa.

— N'aie pas peur de moi, ma petite. J'ai eu une longue conversation avec ton prêtre pendant que tu dormais et nous avons un plan. Si tu veux bien m'écouter, je crois que nous avons trouvé le moyen de te cacher là où personne n'ira te chercher.

Elle hocha brièvement la tête pour lui prouver qu'elle était disposée à l'entendre. A mesure qu'il dévoilait son plan, elle écarquillait les yeux, tour à tour effrayée, horrifiée mais aussi excitée à l'idée de l'aventure qui s'annonçait.

L'homme avait un frère qui, autrefois, servait dans les armées du roi. Il avait eu la malchance de survivre à toutes les batailles auxquelles il avait participé. Trop vieux pour continuer à être soldat, il avait été chassé de l'armée sans aucun moyen de subsistance. Il avait erré pendant deux années, crevant de faim jusqu'à ce qu'il entende parler d'une bande de hors-la-loi, de pauvres hères et de mendiants qui vivaient dans une immense forêt située un peu au nord du village de Moreton.

Pendant un moment, Alyx resta assise bien sagement. A la fin, elle n'y tint plus.

— Etes-vous en train de me proposer de rejoindre cette bande ? demanda-t-elle, incrédule. Vous voulez que je devienne une... hors-la-loi ?

Le serviteur comprenait sa réaction. Le prêtre lui avait longuement dressé un portrait des plus flatteurs de cette fille. Elle n'était qu'honnêteté et droiture.

— Oui et non, répondit-il. Une jeune fille telle que toi ne serait pas en sécurité au milieu de ce ramassis de bandits. Même s'ils ont un chef à présent et qu'il règne parmi eux une certaine discipline. Il paraît même qu'ils obéissent aux lois du Seigneur. Malgré cela, tu ne ferais pas long feu.

Soulagée, Alyx sourit.

— Et puis, poursuivit-il, ils n'hésiteraient pas à te vendre pour toucher la récompense.

— Je sais chanter. Il y a sûrement quelqu'un qui serait prêt à...

Il leva la main pour l'arrêter.

— Seuls les nobles peuvent s'offrir les services de musiciens. Ou alors, un riche marchand. Mais, là encore, une fille seule, sans protection...

Découragée, Alyx soupira. Elle ne serait donc en sécurité nulle part ?

Voyant qu'elle commençait à comprendre la situation, le serviteur développa rapidement son plan.

— Mais un garçon pourrait se cacher parmi les hors-la-loi. Avec les cheveux coupés et des habits adéquats, peut-être un bandage sur la poitrine, tu pourrais faire illusion. Le prêtre dit que tu peux changer ta voix à volonté et ton allure est autant celle d'une fille que d'un garçon.

Alyx ne savait pas si elle devait rire ou pleurer de cette dernière remarque. Elle savait qu'elle n'avait rien d'une beauté classique avec une grande bouche et de grands yeux bleus, mais elle aimait penser...

— Allons, gloussa l'homme. Pas besoin de faire cette tête-là. Je suis sûr qu'en grandissant tu t'étofferas un peu, et tu seras aussi belle qu'une lady.

— J'ai vingt ans.

Embarrassé, il s'éclaircit la gorge.

— Alors, tu devrais être contente d'être telle que tu es. Maintenant, dépêchons-nous car il commence à faire nuit. J'ai apporté des habits de garçon. Quand tu seras prête, nous nous mettrons en route. Je veux être de retour avant qu'on s'aperçoive de mon absence. Le comte aime savoir où se trouvent ses serviteurs.

L'idée qu'elle lui faisait courir un risque la décida : elle accepta les vêtements qu'il lui tendait. Elle se glissa derrière un arbre et commença sa délicate et curieuse transformation. Elle enfila d'abord des collants de coton qui lui moulaient les jambes, puis un linge de corps qui lui arracha une grimace de dépit : elle n'avait pratiquement pas besoin de se bander la poitrine pour dissimuler ses seins. Elle passa ensuite une douce chemise de coton puis une autre en laine avec de larges manches et, pour finir, un long pourpoint de laine magnifiquement tissé et recouvert de broderies dorées. Jamais elle n'avait porté de vêtements aussi luxueux, aussi doux. Quelle différence avec sa robe de laine qui l'écorchait aux endroits les plus sensibles ! Et quelle liberté dans ces vêtements d'homme !

Elle paracheva son déguisement avec des bottes de cuir montant jusqu'aux genoux et qui se laçaient derrière le mollet. Enfin prête, nouant une large ceinture autour de sa taille, elle rejoignit le serviteur du comte.

— Bien ! s'exclama-t-il en l'inspectant du regard.

Le résultat était satisfaisant, bien que ses jambes fussent un peu trop fines et fuselées pour un garçon.

— Maintenant, les cheveux, annonça-t-il en exhibant une paire d'énormes ciseaux.

Instinctivement, Alyx eut un mouvement de recul et porta la main à ses longs cheveux : ils n'avaient jamais été coupés.

— Allons, petite, pressa l'homme, il se fait tard. Ce ne sont que des cheveux. Ils repousseront. Il vaut mieux les couper plutôt que de les voir brûler, et toi avec, sur un bûcher.

Alyx se résigna. L'homme s'approcha et commença à tailler à grands coups de ciseaux dans la masse de sa chevelure. A mesure que les mèches tombaient, la jeune fille éprouva avec surprise une sensation assez agréable de légèreté.

— De toute manière, c'est bien de couper les cheveux de temps en temps, ils repoussent mieux après, plaisanta l'homme, tâchant de lui rendre cette épreuve moins pénible.

Quand il eut terminé, il observa le résultat avec une moue approbatrice. Les cheveux, à présent très courts, bouclaient autour du visage tout rond d'Alyx. En son for intérieur, l'homme pensa que cette coiffure et les habits de garçon lui allaient bien mieux que la robe affreuse qu'elle portait.

— Pourquoi ? demanda-t-elle en le dévisageant. Vous êtes au service de mon ennemi ; pourquoi m'aidez-vous ?

— Je le connais depuis sa naissance... Il a toujours eu ce qu'il voulait et son père lui a appris à voler ce qu'il n'avait pas. J'essaye parfois de réparer quelques-uns des torts qu'il inflige. Tu es prête ?

A l'évidence, il n'avait guère envie de s'éterniser sur ce sujet.

Alyx monta en selle derrière lui et ils se mirent en route vers le nord tout en restant à l'abri de la forêt. Tout au long du trajet, le serviteur ne cessa de lui prodiguer des conseils afin de ne pas être démasquée. Elle devait marcher comme un garçon, les épaules en arrière, à grandes enjambées. Elle ne devait pas pleurer ou rire de façon idiote, elle devait se gratter, jurer, cracher et éviter de prendre des bains trop souvent. Elle devait travailler, toujours accomplir sa part, ne pas rechigner à soulever des charges lourdes. Il continua ainsi tant et si bien qu'Alyx finit par s'endormir. Ce qui lui en coûta un nouveau sermon sur la fragilité des filles.

Puis, il lui donna une dague en lui enjoignant de s'entraîner à son maniement et de l'utiliser si on la menaçait.

Quand ils pénétrèrent dans la forêt interdite, il s'arrêta aussitôt de parler. Sa nervosité était palpable et gagna Alyx.

Le cri d'un oiseau de nuit leur parvint. Alyx fut surprise d'entendre son compagnon lui répondre en l'imitant parfaitement. Plus loin dans la masse sombre des arbres, elle perçut des appels étouffés. Le serviteur sauta au sol et l'aida à descendre de selle.

— Nous attendrons ici jusqu'au matin, fit-il dans un murmure. Ils voudront savoir qui nous sommes avant de nous laisser pénétrer dans leur camp. Allez, garçon, ajouta-t-il plus fort, dormons.

Mais Alyx ne pouvait pas dormir. Elle resta là, allongée sous sa couverture, à repenser à tout ce qui venait de se passer. Les caprices d'un noble l'avaient menée dans cette forêt glaciale et menaçante. Pire que tout, cet ignoble individu avait assassiné son pauvre père. La colère chassa alors en elle sa frayeur et sa peine. Un jour, d'une manière ou d'une autre, elle se vengerait de Pagnell et de tous ses semblables.

Aux premières lueurs de l'aube, ils reprirent leur route et s'enfoncèrent au cœur de la forêt.

3

Ils suivaient des sentiers invisibles. Après une longue et pénible progression à travers une végétation luxuriante, Alyx commença à percevoir l'écho de voix étouffées. Des voix d'hommes.

— J'entends des gens, chuchota-t-elle.

Le serviteur lui lança un regard incrédule car lui n'entendait rien d'autre que le vent dans les feuillages. Longtemps après, il distingua les voix à son tour.

Tout à coup, sans que rien l'annonce, les arbres et les fourrés s'écartèrent comme par enchantement pour former une clairière. Là, se trouvait un village de tentes et d'abris grossiers. Un homme aux cheveux gris attrapa la bride de leur cheval. Son visage était défiguré par une cicatrice qui prenait naissance sur sa tempe pour courir le long de sa joue, de son cou et disparaissait sous son col.

— Pas de problème, frère ? s'enquit-il.

Comme le serviteur secouait la tête, l'homme à la cicatrice se tourna vers Alyx.

— C'est le gamin ?

Elle retint son souffle de crainte qu'il ne s'aperçoive de la supercherie mais il ne lui accorda qu'un bref regard, comme si elle n'avait aucune importance.

— Raine vous attend, poursuivit-il à l'adresse de son frère. Amène-lui le garçon et je te raccompagnerai. Tu me donneras les nouvelles.

Le serviteur hocha une nouvelle fois la tête et s'engagea dans la direction indiquée.

— Il me prend pour un garçon, murmura Alyx, mi-satisfaite, mi-vexée. Et qui est Raine ?

— C'est le chef de cette drôle de bande. Cela fait à peine deux semaines qu'il est arrivé, mais il est déjà parvenu à insuffler des rudiments de discipline à ces gredins. Si tu comptes rester ici quelque temps, obéis-lui en tout sinon tu risques de connaître des moments pénibles.

— Le roi des hors-la-loi, murmura-t-elle, rêveuse. Il doit être très brave. Ce n'est pas un meurtrier, au moins ?

Le serviteur se tourna vers elle, éclatant de rire devant cette saute d'humeur typiquement féminine. Mais il se figea subitement.

Assis sur un tabouret, torse nu, aiguisant le fil de son épée, se tenait l'homme qui, à n'en pas douter, exerçait le commandement suprême dans ce camp. Il était grand, très large, avec des muscles lourds et saillants. Ses cuisses énormes gonflaient le collant noir qui les contenait avec peine. En plein mois de janvier dans cette forêt glaciale, il ne portait même pas une chemise. Pourtant sa peau était couverte de sueur.

Il possédait un beau profil : un nez droit, des cheveux très noirs emmêlés par la transpiration qui venaient boucler sur son front et des yeux profondément enfoncés. La bouche était mince, serrée tandis qu'il se consacrait entièrement à sa tâche.

Alyx n'en revenait pas. Une force irrésistible émanait de cet homme. Elle semblait couler autour de lui aussi naturellement que la sueur produite par son corps.

— Fais attention, glousa le serviteur. Tu vas te trahir. Tu as tout de la donzelle en émoi. Sa Seigneurie n'a aucun besoin d'une gamine effarouchée.

— Sa Seigneurie ? répéta Alyx. Sa Seigneurie !

Elle retrouvait ses esprits. C'était un noble ! Ce qu'elle avait pris pour de l'autorité chez ce colosse n'était que de l'arrogance, le sentiment que le monde entier lui appartenait. Des générations d'hommes comme Pagnell avaient produit des individus tels que celui-ci : fiers, hautains, méprisants, persuadés que le commun des mortels devait les servir. Ils prenaient ce qu'ils désiraient, assassinaient les vieillards qui avaient le malheur de se mettre en travers de leur route. C'était à cause de cette engeance qu'elle se trouvait à présent orpheline et solitaire dans cette forêt. A cause d'hommes semblables à celui-ci qui continuait avec insouciance à fourbir son épée.

L'homme leva des yeux bleus vers eux. Des yeux perçants auxquels rien n'échappait. Il était assis sur son tabouret comme sur un trône, pensa Alyx. Il se prenait sans doute pour un roi attendant l'hommage de ses sujets. Et c'était pour lui qu'elle avait dû se déguiser en garçon ! Pour cet individu qui exigeait que chacun se courbe et s'aplatisse devant lui alors qu'il était à la tête d'une bande de brigands et d'assassins. Comment avait-il obtenu cet honneur douteux ? Sûrement en abusant de la crédulité de ses acolytes. Ces ignorants s'imaginaient sûrement que, de par sa naissance, il était leur chef de droit. La stupidité des criminels était bien connue : ils n'avaient pas remis en cause sa soi-disant supériorité et se complaisaient à se vautrer devant sa seigneurie.

— Voici Raine Montgomery, dit le serviteur sans remarquer le radical changement d'expression d'Alyx. Le roi l'a condamné pour traîtrise.

— Oui, il a tout du traître, cracha-t-elle.

L'homme lui lança un regard surpris.

— Il était autrefois l'un des favoris du roi Henri. Il commandait ses troupes et se dirigeait vers les terres du roi au pays de Galles quand il a appris que lord Roger Chatworth retenait sa sœur prisonnière et...

— Une querelle ! Une vengeance personnelle ! s'exclama-t-elle. Combien d'innocents furent tués afin de satisfaire la soif de sang de ce noble seigneur ?

— Personne ne fut tué, fit le serviteur, abasourdi. Lord Roger a menacé de tuer la sœur de lord Raine, aussi celui-ci a battu en retraite, mais le roi l'a condamné pour avoir utilisé ses soldats pour son propre compte.

— Ils se prennent pour des seigneurs ! gronda Alyx. Le roi Henri a mille fois eu raison de le condamner. C'est un traître, aucun doute là-dessus ! Et maintenant, il se cache dans cette forêt, usant de ces canailles comme de ses sujets. Dites-moi, les envoie-t-il à la mort ou bien se contente-t-il de se faire servir son dîner sur un plateau d'argent ?

Interloqué, l'homme la jaugea longuement avant de sourire : il comprenait enfin la raison de son hostilité. Les seuls membres de la noblesse qu'elle connaissait étaient Pagnell et le père de celui-ci. Avec de telles références, il était normal qu'elle n'éprouve que du mépris pour lord Raine.

Ce dernier s'était levé pour les accueillir.

— Venez vous reposer, dit-il en s'emparant des rênes de leur monture et en contemplant le vieux serviteur à la mine éprouvée.

La première pensée d'Alyx fut : il peut chanter ! Tout homme doté d'une voix aussi profonde et aussi riche devait être capable de chanter. Mais cette agréable pensée s'envola aussi vite qu'elle était venue.

— Descends, mon garçon, que je te regarde un peu, dit Raine. Hum, un peu trop maigre à mon goût. Es-tu plus solide que tu en as l'air ?

Alyx n'était jamais montée à cheval avant cette nuit-là et cet exercice inhabituel lui avait martyrisé les cuisses. Quand, par pure bravade, elle essaya de sauter de selle, ses jambes refusèrent de lui obéir et la gauche, toujours meurtrie par la chute, se déroba sous elle.

Raine la retint d'une main sûre, lui évitant une chute inéluctable. A sa grande honte, le corps d'Alyx réagit instantanément au contact de cet homme qui représentait tout ce qu'elle haïssait.

— Ne me touchez pas ! gronda-t-elle.

Il parut surpris mais la relâcha. Elle voulut s'agripper à la selle pour ne pas tomber, mais le cheval fit alors un écart, la faisant à nouveau trébucher. Elle parvint enfin à retrouver son équilibre sinon sa dignité. Une malicieuse fossette se creusa sur la joue de Raine.

— Si tu as terminé, dit-il, la voix aussi douce

qu'un ruisseau de miel, tu pourrais peut-être nous dire qui tu es.

— Voilà tout ce que j'ai à vous dire ! siffla-t-elle en tirant sa dague de son fourreau.

Elle méprisait son assurance et son arrogance insupportables. Aveuglée par la fureur, elle le frappa.

Raine ne s'attendait certainement pas à être pris pour cible. Il eut à peine le temps de réagir. La dague rata de peu son cœur et s'enfonça dans son bras.

Alyx se figea, horrifiée. Elle ne pouvait détacher son regard du filet de sang qui coulait le long du biceps de Raine. Jamais, jusqu'à présent, elle n'avait blessé quiconque.

Mais elle n'eut guère le temps de réfléchir à son acte car avant qu'elle ne commence à s'excuser, avant même qu'elle n'ait eu le temps de refermer sa bouche béante, Raine Montgomery l'avait attrapée par le fond de sa culotte et l'avait expédiée à l'autre bout de la clairière. Elle aurait dû fermer la bouche car sa mâchoire inférieure fonctionnant tel un râteau ramassa une respectable quantité de feuilles, de boue et de tout ce qui traînait sur le sol spongieux.

— Maudit gamin ! s'exclama Raine.

Elle se remit sur son séant tout en s'évertuant à vider sa bouche de tout ce qui l'encombrait. Après avoir recraché une bonne dose de terre, elle jeta un coup d'œil au seigneur des lieux. Il lui parut très, très éloigné. Sur toute la distance qui les séparait, un chemin était tracé sur le sol. Ce chemin avait été fait par son corps. Et le spectacle qui s'offrait à présent à elle ranima sa fureur. Raine Montgomery était entouré par une foule bigarrée d'hommes et de femmes riant aux éclats, montrant des dents noires et pourries et émettant des claquements de langue ravis devant son triste sort. Raine riait plus fort que tous les autres.

— Allons, fit une voix derrière elle.

L'homme qui l'avait amenée ici l'aida à se relever.

— Tiens ta langue, reprit-il, sinon il va te mettre en pièces.

Alyx voulut répondre mais un bout de bois coincé entre la joue et les dents l'en empêcha.

L'homme se dirigea vers Raine avec un air d'excuse, traînant Alyx derrière lui.

— Mon seigneur, pardonne à ce gamin. Hier, un noble a tué son père et brûlé sa maison. Sa rancœur est justifiée et j'ai bien peur qu'elle ne soit dirigée contre tous les hommes de votre rang.

Aussitôt, Raine retrouva son sérieux et dévisagea Alyx avec sympathie. Elle se raidit et détourna les yeux. Elle ne voulait pas de sa pitié.

— Qui a fait cela ? demanda-t-il.

— Le fils du comte de Waldenham.

Raine cracha de dégoût, son visage ne montrant que mépris.

— Pagnell, fit-il d'un air écœuré. Il ne mérite pas le titre de noble ni même celui d'homme. Viens avec moi, mon garçon, et je te montrerai que nous ne sortons pas tous du même moule. J'ai besoin d'un écuyer et tu feras parfaitement l'affaire.

En deux enjambées, il fut aux côtés d'Alyx et passa un bras amical sur ses épaules.

— Ne me touchez pas ! s'écria-t-elle en refusant

l'accolade. Je n'ai pas besoin de votre pitié et je n'ai aucune envie de laver votre linge sale. Je... je suis un homme et je suis parfaitement capable de faire ma part de travail. Je veux travailler et gagner ma vie.

— Mon linge sale, hein ? demanda Raine tandis que la curieuse fossette réapparaissait sur sa joue. J'ai l'impression, mon garçon, poursuivit-il en l'examinant de la tête aux pieds, que tu n'as pas vraiment idée de ce dont tu parles. Tu es bâti comme une fille.

— Vous osez m'insulter !

Terrifiée à l'idée qu'il puisse deviner son stratagème, elle voulut à nouveau tirer sa dague, mais sa main ne trouva que du vide à sa ceinture.

— Nouvelle erreur, dit Raine. Tu l'as laissée tomber.

Lentement, théâtralement, il exhiba la dague qu'il lui avait subtilisée.

— Je t'apprendrai à ne pas abandonner tes armes aussi facilement, reprit-il en caressant la lame d'un air distrait. Elle a besoin d'être aiguisée.

— Elle l'était suffisamment pour vous trouer la peau, répliqua-t-elle en lui souriant, ravie de lui rendre enfin la monnaie de sa pièce.

Comme s'il se souvenait enfin de sa blessure, il y jeta un coup d'œil.

— Viens me soigner, écuyer, ordonna-t-il avant de lui tourner le dos comme s'il s'attendait à ce qu'elle le suive.

Alyx décida alors qu'elle ne resterait pas une minute de plus dans ce camp, à la merci des caprices de ce Raine. Et elle n'aimait pas non plus ces pouilleux qui lui servaient de cour.

Elle se retourna vers l'homme qui l'avait amenée ici.

— Je veux partir. Je veux tenter ma chance ailleurs, dit-elle en se dirigeant vers leur monture.

— Et tu ne sais pas non plus obéir à un ordre, fit la voix de Raine juste derrière elle.

Il l'empoigna par le col.

— Tu as peut-être peur de moi, mais ce n'est pas cela qui m'empêchera de garder un bon écuyer.

— Lâchez-moi ! hurla-t-elle inutilement tandis qu'il la poussait devant lui. Je ne veux pas rester ici. Je ne resterai pas !

— N'oublie pas que tu as versé mon sang ; tu as une dette envers moi. Entre là-dedans !

Il la poussa dans une grande tente de toile. Sa jambe meurtrie lui arracha un cri et elle s'agrippa à des piquets pour ne pas tomber.

— Blanche ! appela Raine. Apporte de l'eau chaude et du linge propre ! Maintenant, mon garçon, fit-il en se retournant vers Alyx, enlève tes collants que je jette un coup d'œil à ta jambe blessée.

— Non ! s'étrangla-t-elle en reculant, affolée.

Il parut sincèrement surpris.

— Tu as vraiment peur de moi ?

Il sourit avant de continuer :

— A moins que tu ne sois timide... Bah, moi aussi, je serais timide avec des jambes comme les tiennes. Mais ne t'en fais pas, mon gars, on va mettre du muscle là-dedans. Ah oui, Blanche, pose cela ici et laisse-nous.

— Mais vous ne voulez pas que je soigne votre blessure ?

Alyx, qui examinait ses jambes et ne les trouvait

pas si mal que cela après tout, étudia la nouvelle venue. Sa sensibilité aux sons, et aux voix en particulier, lui avait fait immédiatement lever les yeux. La note plaintive, presque suppliante, combinée avec une insolence insidieuse lui procurait une impression désagréable. Elle vit une femme grasse avec des cheveux blonds, sales et filandreux, qui dévorait littéralement Raine du regard.

De dégoût, Alyx détourna les yeux.

— Le garçon s'en occupera.

— Certainement pas ! s'exclama Alyx avec véhémence. Qu'elle s'en occupe. C'est un travail de femme et elle a l'air d'aimer ça.

Tout à coup, Alyx se prit à penser qu'être un homme ne serait pas si désagréable que cela : elle échapperait aux corvées ménagères.

Raine, d'un geste vif que rien ne laissait prévoir, saisit Alyx d'une seule main et l'attira vers lui. Sa jambe blessée se déroba sous elle et elle atterrit douloureusement sur son postérieur déjà bien mal en point.

— Va, Blanche, dit-il à la femme qui observait la scène d'un air mauvais.

Quand ils furent seuls, il s'adressa à nouveau à Alyx.

— Je serai clément pendant quelques jours car tu as connu des moments difficiles, mais si tes manières ne s'améliorent pas rapidement, je veillerai à les corriger et, crois-moi, je connais des moyens d'éducation particulièrement efficaces. L'eau refroidit, dépêche-toi de nettoyer cette blessure.

Vaincue, Alyx se leva en se frottant la partie la

plus meurtrie de son individu. Boitillant sur sa jambe blessée, elle s'approcha de Raine qui déploya devant elle son bras musclé. La profondeur de la blessure la fit instinctivement reculer.

— C'est la première fois que tu fais couler le sang ? demanda gentiment Raine.

Il était tout près d'elle, trop près. Sa voix était douce, beaucoup trop douce.

Elle hocha à peine la tête, ne voulant pas rencontrer son regard tandis qu'un sanglot douloureux lui serrait la gorge. Elle se rappelait la vie qu'elle menait à peine deux jours plus tôt.

— Comment t'es-tu blessé à la jambe ? s'enquit-il.

Refoulant ses larmes, elle le défia du regard.

— En essayant d'échapper à un de vos semblables, cracha-t-elle.

Il sourit et ces maudites fossettes réapparurent.

— Bien, bien, dit-il. Ne te laisse jamais effrayer par quiconque. Garde la tête haute, quoi qu'il arrive.

Elle rinça le linge gorgé de sang et commença à nettoyer le bras.

— Tu veux que je t'apprenne tes devoirs d'écuyer ? proposa-t-il.

— Si cela vous amuse.

Il gloussa, effectivement amusé.

— Tu dois polir mon armure, soigner mes chevaux, m'aider personnellement de toutes les manières possibles et... (une étincelle brilla dans ses yeux) laver mon linge sale. Tu crois que tu en seras capable ?

— Et c'est tout ? ironisa-t-elle.

— Un vrai écuyer devrait apprendre les rudiments de la chevalerie, savoir manier une épée et une lance, mais il doit aussi savoir lire et écrire les lettres de son seigneur et parfois lui servir de messager. Mais je n'en espère pas tant de toi...

— Ce n'est pas parce que je ne fais pas partie de votre caste féodale que je suis id... (elle allait dire « idiote » et se reprit de justesse) idiot. Mon père était un homme de loi et je sais lire et écrire mieux que la plupart de vous autres nobles ! Et je peux le faire en latin aussi bien qu'en français et en anglais.

Raine plia le bras et serra le poing, faisant saillir son biceps afin de le tester. Nullement offensé par ses propos, il la contempla.

— Mais tu es quand même beaucoup trop maigre pour t'entraîner sérieusement, dit-il, et cela n'a rien à voir avec ta naissance. Quant à lire et écrire, tu n'as aucun mal à être meilleur que moi. Je ne sais déchiffrer que les noms de ma famille. Bien ! s'exclama-t-il en se levant. Tu sais y faire avec les blessures. Rosamund pourra peut-être utiliser tes services.

— Une autre de vos femmes ? fit Alyx, sarcastique, en désignant du menton l'endroit par où Blanche avait disparu.

— Jaloux ? se moqua Raine. Ne t'en fais pas, tu auras des femmes, toi aussi. Dès que tu auras un peu de poils au menton et un peu de muscles dans ta pauvre carcasse.

Il l'examina encore avant d'ajouter :

— Tu es très mignon. J'espère que tu ne récolteras pas de balafres sur le champ de bataille. Les femmes aiment que leurs hommes soient mignons.

— Comme vous, peut-être ?

— Je me débrouille assez bien, fit-il d'un air satisfait. Maintenant, j'ai du travail pour toi. Cette armure doit être nettoyée et polie pour éviter qu'elle rouille.

Rapidement, il empila les unes sur les autres les différentes parties de l'armure : les plaques de poitrine, les jambières, coiffant le tout de son casque.

Confiante, Alyx tendit les bras. L'instant d'après, elle titubait et se serait effondrée si Raine ne l'avait pas retenue par le fond de sa culotte.

— C'est un peu lourd pour un gringalet comme toi.

— Un gringalet ! s'exclama-t-elle en essayant de retrouver son équilibre. Si vous n'étiez pas aussi gros qu'une vache, l'armure ne serait pas aussi lourde !

— Ton insolence va te valoir quelques cuisantes punitions. Je te conseille de montrer un peu plus de respect envers ton seigneur et maître.

Avant qu'elle ne trouve le temps de répondre, il l'avait poussée au-dehors de la tente.

— Il y a un ruisseau vers le nord, fit-il en empilant encore plusieurs chiffons sur son fardeau. Lave-la bien et ramène-la-moi. Et si je trouve une seule nouvelle bosse dessus, gare à toi : je te tannerai la peau avec. Compris, mon garçon ?

Accablée par le poids de sa charge, elle se demandait comment elle allait faire pour ne pas s'écrouler sur place. Et pire encore, comment elle allait pouvoir marcher. Lentement, déplaçant un pied après l'autre, elle se mit en route. Elle avait déjà mal aux bras et devait se dévisser le cou pour voir par-dessus son tas de ferraille. Elle se mordait les lèvres pour ne pas hurler de douleur quand elle aperçut enfin le ruisseau. Elle s'immobilisa mais, se rappelant les menaces de Raine, ne lâcha pas sa charge d'un coup, s'agenouilla et déposa avec précaution les soixante-dix livres de métal sur le sol.

Pendant un instant, elle resta là, les bras ballants, se demandant si elle pourrait jamais les réutiliser un jour. Avec l'impression qu'ils s'étaient définitivement étirés sous le poids, elle les plongea dans l'eau claire et glacée.

Elle contempla l'armure en soupirant. Et elle qui croyait échapper aux corvées ménagères ! Quelle différence y avait-il entre laver la vaisselle et laver une armure ? Avec un nouveau soupir, elle s'empara d'un chiffon et commença à gratter la boue, la terre et toutes les saletés qui s'étaient accumulées sur le métal.

Une heure plus tard, elle avait complètement décrotté l'armure. Elle n'avait jamais autant transpiré de sa vie et elle ne s'était jamais sentie aussi sale. Enlevant son pourpoint, elle le frotta dans l'eau avant de l'étendre sur un rocher pour le faire sécher. Puis elle se lava le visage et les bras.

Comme elle se redressait et cherchait à tâtons un tissu sec, quelqu'un le lui tendit. Elle s'essuya rapidement le visage et ouvrit les yeux. Devant elle, se tenait un homme incroyablement séduisant. De longs cheveux bruns ondulaient autour de son visage parfaitement dessiné, aux pommettes hautes et saillantes. Ses yeux noirs brillaient sous de longs cils. Alyx se demanda si cet ange sombre était réel.

Elle n'avait pas encore remarqué l'épée pointée vers son ventre.

4

— Qui êtes-vous ? demanda cet homme trop beau pour être vrai.

Alyx, qui n'avait guère l'habitude du danger, ne broncha pas devant l'épée ; par contre, elle réagit pleinement à la voix de cet inconnu. Raine pouvait sûrement chanter s'il le désirait, mais elle était certaine que cet homme-là chantait.

— Je suis le nouvel écuyer de Raine, dit-elle en modulant sa voix avec un soin extrême.

Il la contempla avec stupeur puis rengaina son épée sans la quitter des yeux.

— Il y a quelque chose dans votre voix. Vous savez chanter.

— Un peu, dit-elle, les yeux brillants.

Sans un mot, il fouilla dans le carquois rempli de flèches qu'il portait sur le dos et en extirpa une flûte. Il commença à jouer un air simple, très populaire, qu'Alyx connaissait parfaitement. Elle ferma les yeux et laissa un instant la musique se répandre en elle. Depuis dix ans, depuis le jour où elle avait ramassé le luth du troubadour, la musique avait été toute sa vie. Depuis deux jours, elle n'avait ni chanté, ni joué. Son souffle s'accorda au rythme de la chanson et elle commença à chanter.

Au bout de quatre notes, le jeune homme s'arrêta

de jouer en ouvrant des yeux incrédules. Alyx sourit et continua à chanter tout en lui faisant signe de ne pas s'arrêter.

Il éclata de rire, lança un regard de bonheur vers le ciel et souffla à nouveau dans sa flûte.

Alyx continua à interpréter la chanson pendant quelques mesures mais son besoin d'improviser était trop fort. Elle avait trouvé quelqu'un qui savait jouer et elle se demandait jusqu'à quel point. Regardant autour d'elle, elle avisa une bûche non loin de là. Sans interrompre son chant une seule seconde, elle disposa différentes parties de l'armure de Raine contre la bûche et utilisa deux brindilles comme baguettes. Un court instant, elle s'arrêta de chanter afin de tester son tambour de fortune, de repérer les sons qu'il lui offrait. Puis elle commença à fredonner l'air qu'elle avait en tête, tout en s'accompagnant.

Fasciné, le jeune homme l'observa avant de se lancer à son tour. Doucement, tout d'abord, tandis qu'il cherchait la tonalité et le rythme. Quand il se mit lui aussi à faire des variations, Alyx éclata de rire et le suivit aisément. Cela dégénéra vite en une sorte de compétition, Alyx partant dans une direction et lui dans une autre, sans jamais oublier la mélodie originale que, pourtant, ni l'un ni l'autre ne jouaient plus.

Et quand il posa sa flûte pour joindre sa voix à la sienne, ce fut au tour d'Alyx d'être surprise. Suffisamment en tout cas pour rater une note. Ce qui, au regard qu'il lui lança, parut susciter chez le musicien une grande satisfaction. A genoux, l'un en face de l'autre, ils mêlaient leurs voix qui s'élevaient triomphalement vers la cime des arbres.

Enfin, ils s'arrêtèrent. Tout autour d'eux le silence régna comme si les oiseaux et le vent s'étaient tus pour les écouter. Ils restèrent ainsi, face à face, se dévisageant avec un mélange de bonheur, de surprise, de crainte et de complicité.

— Jocelin Laing, dit-il enfin, brisant le silence.

— Alyx... ander Blackett, répondit-elle en hésitant sur le prénom masculin.

L'un des beaux sourcils de Jocelin s'arrondit et il parut vouloir dire quelque chose, mais la puissante voix de Raine retentit.

— Joss, je vois que tu as rencontré mon nouvel écuyer.

Avec ce qui ressemblait fort à de la culpabilité, Alyx tenta de se redresser mais sa jambe blessée se déroba sous elle.

Sans ménagement, Raine la retint par un bras.

— Si vous avez fini de vous amuser tous les deux, tu pourrais rapporter mon armure et gratter la rouille. Joss, tu as trouvé quelque chose ?

Deux taches roses apparurent sur les joues de Joss tandis qu'il faisait face à Raine. Son corps mince aux épaules larges apparaissait comme un modèle réduit de l'imposante stature de Raine.

— J'ai attrapé quatre lièvres près du ruisseau.

— Des lièvres ! grommela Raine. J'irai chercher un daim ou deux, plus tard. Maintenant, mon garçon, rentrons au camp pour examiner cette jambe. Tu ne me seras d'aucune utilité si tu es infirme.

Résignée, Alyx rassembla les morceaux de l'armure. Jocelin l'aida à les charger et elle suivit

Raine vers le camp en se demandant s'il les avait entendus chanter.

Il ne fit aucun commentaire à ce sujet quand ils pénétrèrent dans la tente et ordonna à Alyx de poser l'armure.

— Maintenant, dit-il, enlève ces collants, que je voie ta jambe.

— Ce n'est rien, fit-elle, résolue à ne pas bouger.

L'air menaçant, il fit un pas vers elle.

— Il est temps que tu comprennes que chacun ici doit accomplir sa part de travail. Nous ne pouvons nous offrir le luxe de nous encombrer de malades. Déshabille-toi pendant que je vais chercher Rosamund, ajouta-t-il avant de quitter la tente.

Dès qu'il eut disparu, Alyx retira son collant et noua un linge autour de sa taille, dissimulant ainsi sa féminité. Ses cuisses et une bonne partie de ses hanches se trouvaient exposées. Elle les considéra en se disant qu'elles n'étaient pas si laides. Et si l'on devinait en les voyant qu'elle était une femme, eh bien, ce serait au moins la preuve qu'il y avait en elle quelque chose de typiquement féminin.

La toile qu'on soulevait lui fit lever les yeux. Elle vit alors l'une des plus belles femmes que la terre ait jamais portées. Des cheveux roux, des cils si longs et soyeux qu'ils semblaient faux, des yeux d'un vert très pur, un nez parfait et des lèvres pleines délicatement ourlées : tout en elle représentait ce que chaque femme aurait voulu être. Derrière elle, se tenait Raine. Alyx comprenait à présent pourquoi il ne portait aucune attention à son petit écuyer. Avec une telle beauté à ses côtés, il n'allait pas perdre son temps avec une fille aussi ordinaire qu'elle.

— Voici Rosamund, notre guérisseuse, dit-il.

Sa voix était empreinte d'une douceur étonnante qui rendit Alyx rêveuse. Si seulement il s'adressait à elle avec ce ton-là !

A cet instant, Rosamund, qui jusque-là se tenait de profil, se retourna, et Alyx laissa échapper une exclamation involontaire car tout le côté gauche de son visage était recouvert d'une abominable tache de naissance. Une marque violacée : la marque du diable. Aussitôt, elle leva la main comme pour se protéger de cette femme démoniaque, mais son regard croisa celui de Raine dont l'injonction était clairement menaçante.

— Si tu préfères, je ne te toucherai pas... commença Rosamund d'une voix qui montrait qu'elle avait l'habitude de se voir repousser.

— Non, non, pardonnez-moi, fit Alyx, hésitante, avant de retrouver un peu de sa verve habituelle. Ma jambe va très bien mais cette espèce d'ogre s'imagine le contraire.

Interloquée, Rosamund se tourna vers Raine qui se contenta de renifler avec mépris.

— Le garçon n'a pas d'éducation, pas encore.

Il semblait, en fait, satisfait de voir qu'Alyx se conduisait avec respect envers Rosamund. Il se détourna sans accorder la moindre considération à ses jambes nues, nota Alyx, déçue.

Rosamund s'approcha et souleva avec délicatesse la jambe blessée d'Alyx. Raine leur tournait le dos.

— Je m'appelle Raine Montgomery, dit-il. Si tu

veux t'adresser à moi ou parler de moi, tu ferais bien de t'en souvenir.

— Faut-il le faire précéder de « Votre Altesse » ou bien « Votre Seigneurie » suffira-t-il ? railla Alyx.

— Raine suffira, fit-il en se retournant vers elle, un large sourire aux lèvres. Les règles de la bonne société ne sont pas de mises dans ce camp. Comment t'appelles-tu ?

Alyx ouvrit la bouche mais Rosamund qui tâtait sa cheville lui arracha un cri de douleur. Serrant les dents, elle répondit :

— Alyxander Blackett.

— Qu'est-ce que c'est ? demanda Raine.

— Une foulure, répondit Rosamund. Il n'y a rien à faire. Il faut bander et attendre. Je placerai un cataplasme ce soir, mais cela ne servira pas à grand-chose.

Raine ignora le regard éloquent d'Alyx et précéda Rosamund. Il souleva le rabat de la tente pour elle et la suivit des yeux.

Profitant de ce qu'il lui tournait le dos, Alyx se rhabilla prestement.

— C'est une très belle femme, dit-elle.

— Elle ne le pense pas, répondit-il. Et je sais, par expérience, que les femmes ont besoin de se croire belles pour l'être vraiment.

— Et vous avez sûrement une grande expérience des femmes, n'est-ce pas ?

Il haussa un sourcil moqueur.

— Lève tes maigres fesses de là et allons travailler.

Essayant de ne pas se sentir blessée par cette nouvelle remarque désobligeante, Alyx le suivit hors de la tente. Ses grandes jambes le propulsaient à une telle allure qu'elle devait trottiner pour rester à sa hauteur. Sans s'arrêter, il attrapa quelque part un énorme pain noir qu'il sépara en deux avant d'en tendre un bout à Alyx. Celle-ci, consternée, contempla le morceau : c'était plus qu'elle ne mangeait d'ordinaire en une journée entière.

Raine mâchait tout en marchant et lui fit traverser tout le village. Les abris étaient rudimentaires, taillés dans des bouts de toile dépareillés. Les odeurs qui en émanaient étaient abominables. A l'évidence, les plus élémentaires mesures d'hygiène n'étaient pas respectées.

— Pas terrible, hein ? fit Raine qui observait Alyx. Que peut-on espérer de gens qui vident leurs pots de chambre devant leur porte ?

— Qui sont ces gens ? demanda-t-elle en contemplant avec écœurement les femmes sales et visiblement épuisées qui accomplissaient diverses tâches « ménagères » tandis que leurs hommes, vautrés devant un feu, se contentaient de cracher en jetant des regards insolents vers Raine et son nouvel écuyer.

— Celui-là, dit Raine avec dégoût, a tué quatre femmes. Ne t'approche pas de lui. Il adore terroriser les plus faibles que lui. Et celui-là, avec le bandeau sur l'œil, c'est le Cavalier Noir, le célèbre détrousseur de grands chemins. Il est si célèbre qu'il a dû prendre une retraite anticipée, acheva-t-il en ricanant.

— Et eux, ceux qui sont près du feu ?

Raine fronça les sourcils.

— Ils souffrent de mélancolie. Ce sont des fermiers chassés de leur terre par les taxes. Ils ne savent que labourer la terre et, d'après ce que j'ai vu, ne veulent rien apprendre d'autre.

— C'est normal ! Ils vous haïssent !

— Moi ? demanda-t-il, incrédule. Pourquoi me haïraient-ils ?

— A cause de vos maudites lois, à cause des Actes de Clôture : vous avez pris leurs terres, mis des barrières autour et envoyé vos moutons se repaître dessus !

— Ah oui, j'avais oublié... Tu juges toujours aussi vite ? Dis-moi, n'y a-t-il pas un seul bandit dans ton village ? Et si ce bandit me fait les poches, devrais-je prendre toute la ville pour que justice soit faite ?

— Non... bien sûr que non, admit-elle.

— Tiens, mange ça.

Il sortit un œuf dur de la bourse qui pendait à sa ceinture et le lui donna.

— Tu ne grossiras jamais si tu ne manges pas. Et maintenant, on va essayer de te donner un peu de muscles.

Là-dessus, il s'engagea parmi les arbres en direction du bruit qu'elle n'avait cessé d'entendre depuis qu'elle était arrivée au camp. Ils parvinrent dans une autre clairière et là, le spectacle qui s'offrit à elle la paralysa sur place. Des hommes, beaucoup d'hommes, tentaient de s'entre-tuer. Ils se sautaient dessus l'épée à la main ; d'autres, montés sur des chevaux, se ruaient sur tout ce qui bougeait ; d'autres encore tailladaient des cibles de bois et de paille.

— Qu'est-ce que c'est ?

— S'ils veulent survivre, les hommes doivent

apprendre à se battre, affirma Raine en scrutant attentivement ses troupes. Hé, vous deux ! tonna-t-il.

En deux enjambées furieuses, il avait rejoint deux hommes qui avaient laissé tomber leurs épées pour mieux se frapper à coups de poing. Raine les attrapa tous les deux par le col, les secoua comme des pruniers avant de les expédier à trois mètres de là.

— Des hommes d'honneur ne se battent pas avec leurs poings, gronda-t-il. Tant que vous serez avec moi, vous combattrez avec dignité et non comme la pourriture que vous êtes. Si je vous prends encore une fois à ne pas vous entraîner correctement, je vous ferai punir. Maintenant, au travail !

Il se tourna vers Alyx qui s'était figée sur place et s'adressa à elle d'une voix beaucoup plus douce.

— Bon, voyons un peu si tu es fort. Allonge-toi et fais des pompes.

Elle n'avait absolument aucune idée de ce que cela signifiait. Devant sa mine penaude, il soupira comme si on venait de l'accabler d'un nouveau fardeau. Se dépouillant de son gilet et de sa chemise, il se laissa tomber sur le sol, ventre à terre, et entreprit de se soulever de manière répétée avec les bras. Comme s'il pompait effectivement. Cela n'avait pas l'air bien difficile, aussi Alyx l'imita. A son premier essai, seule la partie supérieure de son corps se souleva et au deuxième, ses bras, parvenus à mi-chemin, cédèrent sous son poids.

— Pas assez d'exercice ! déclara Raine en l'attrapant par le fond de sa culotte et en soulevant la partie la plus pesante de son anatomie. Allez, pousse ! Fais quelque chose avec tes petits bras !

Là-dessus, Alyx roula au sol pour lui échapper et s'assit.

— C'est pas aussi facile que cela en a l'air, dit-elle en frottant ses bras tremblants.

— Facile ! ricana-t-il en roulant à nouveau sur le ventre. Monte sur mon dos.

Alyx ne comprit pas tout de suite. Mais oui, il lui demandait bien de monter sur cette espèce de vaste plate-forme, moite, nue et bronzée...

Impatient, il lui intima d'un geste de lui obéir et Alyx le chevaucha. En utilisant une seule main, il recommença son mouvement de va-et-vient avec cette charge supplémentaire. Mais la démonstration de sa force n'intéressait absolument pas Alyx. Elle n'avait jamais été aussi proche d'un homme et elle n'en avait, en tout cas, jamais eu un entre les jambes. La transpiration de Raine commençait à mouiller ses collants, à moins que ce ne fût la sienne. En tout cas, elle était trempée. Ses muscles, pompant avec vigueur, se gonflaient sous l'effort et roulaient sous ses cuisses comme des vagues, des vagues qui lui envoyaient des ondes de chaleur à travers tout le corps. Pour se stabiliser, elle posa les mains sur sa peau brûlante et elle eut l'impression de *toucher* de la musique. Comme si son corps était devenu une puissante mélodie.

— Ça suffit ! dit-il en roulant sur le côté et expédiant du même coup Alyx dans la boue. Un jour, quand tu seras un homme, tu seras capable d'en faire autant.

En se redressant, les yeux posés sur ce superbe corps encore frémissant, elle se dit que la dernière chose dont elle avait envie, c'était de devenir un homme.

Derrière Raine surgit Jocelin. Ses beaux yeux brillaient d'un air railleur tandis qu'il contemplait Alyx comme s'il savait exactement ce qu'elle avait en tête. Embarrassée, elle évita son regard.

— Je crois que ton écuyer est tellement impressionné qu'il en a perdu l'usage de la parole, dit Jocelin à Raine. Tu oublies que les gens de notre milieu ne sont pas habitués à votre vigueur physique.

— Vous passez trop de temps assis à compter votre argent, répliqua Raine. Et qu'est-ce qui te rend si heureux, aujourd'hui ? Tu n'as peut-être pas assez de travail ?

Joss ignora cette remarque.

— J'étais curieux, c'est tout. J'allais m'entraîner au tir à l'arc.

Là-dessus, il s'en fut avec insouciance en direction des cibles qui se trouvaient à l'autre bout du champ d'exercice.

— Tu vas prendre racine ?

Raine contemplait Alyx qui était toujours accroupie à terre. Dès qu'elle fut debout, il enleva une longue et lourde épée à un homme qui passait par là et la lui tendit.

— Tiens-la à deux mains et attaque-moi.

— Je ne veux blesser personne, dit-elle aussitôt. Je ne voulais pas vous...

— Et si j'étais Pagnell ? riposta-t-il. Attaque-moi sinon c'est moi qui t'attaquerai.

La douleur si récente, si profonde, lui fit lever l'épée et elle piqua vers lui. Quand la lame ne fut plus qu'à un cheveu de son ventre, il l'esquiva avec une facilité déconcertante. Après cela, elle essaya encore et encore de l'atteindre, sans succès. Elle tenta des attaques de côté, de bas en haut, à hauteur des jambes, du ventre ou de la tête, mais quoi qu'elle fît, elle ne le touchait pas.

Epuisée après une telle gesticulation, elle s'arrêta, haletante, s'appuyant des deux mains sur l'épée enfoncée dans la boue. Raine lui adressa un sourire tel qu'elle eut alors pour de bon l'envie de lui enfoncer la lame en travers de la gorge.

— Allez, je vais te donner une nouvelle chance. Frappe, je ne bouge pas.

— Il y a un piège, marmonna-t-elle avec un tel fatalisme qu'il éclata de rire.

— Non, il n'y a pas de piège mais tu dois soulever l'épée bien au-dessus de ta tête et l'abattre tout droit. Si tu en es capable, alors tu me toucheras.

— Je ne veux blesser personne, répéta-t-elle. Faire couler le sang...

— Pense à tous mes moutons, à tous les paysans que j'ai chassés de leurs terres. Pense à...

Alyx souleva avec joie l'épée au-dessus de sa tête. Elle avait prévu de l'abattre mais, une fois parvenue au sommet de sa courbe, la lourde et maudite lame commença à peser sur ses bras, les attirant irrésistiblement en arrière. Déjà fatiguée et affaiblie, Alyx ne pouvait la retenir. La lutte dura une longue seconde mais son issue était fatale. L'épée triompha et alla se planter entre ses talons, derrière elle. L'air modeste de Raine la mit en rage.

— Tu es le garçon le plus faible que j'aie jamais connu. Comment est-ce possible ?

Elle n'avait aucune envie de répondre à cette question.

— Reprends l'épée, soulève-la un peu plus haut que tes yeux et frappe. Recommence jusqu'à ce que je revienne. Si je te vois fainéanter, je doublerai ton temps d'entraînement, menaça-t-il en la quittant.

En haut, en bas, en haut, en bas, encore et encore, elle s'évertua à pratiquer l'exercice, ses bras protestant, hurlant de douleur.

— Tu apprendras, fit une voix derrière elle.

Elle se retourna et reconnut l'homme à la cicatrice, le frère de celui qui l'avait amenée ici.

— Votre frère est parti ? Je voulais le remercier... Même si je me demande si je n'aurais pas mieux fait d'aller ailleurs, avec tout ce que j'endure ici.

— Il n'a pas besoin qu'on le remercie, répondit l'homme d'un ton bourru. Et tu ferais bien de ne pas t'arrêter car milord Raine regarde par ici.

Les bras tremblants, Alyx reprit son entraînement. Après de longues minutes, Raine revint lui montrer comment tenir l'épée à bonne distance de son corps et lui fit répéter les mouvements plus lentement, en tenant l'arme d'une seule main cette fois-ci.

Après une éternité, il lui enleva l'épée des mains et repartit vers le camp. Alyx le suivit en silence. Ses bras et ses épaules semblaient réduits en bouillie.

— A manger, Blanche, lança-t-il quand ils arrivèrent près de la tente.

Alyx se laissa tomber sur un tabouret tandis qu'il se mettait à aiguiser la pointe d'une lance. La tête posée contre un des piquets de la tente, elle dormait presque quand Blanche fit son entrée avec deux bols fumants à la main. Il s'agissait d'un bouillon de lentilles, de bœuf et de pain noir baignant dans du vin brûlant.

Quand Alyx voulut soulever son bol, ses bras se mirent à trembler spasmodiquement.

— Tu es trop mou, grogna Raine, la bouche pleine. Il faudra des mois pour t'endurcir.

Alyx se dit qu'un jour supplémentaire de ce traitement la tuerait. Elle mangea comme elle put, trop épuisée pour faire attention à ce qu'elle avalait. Elle s'endormait à nouveau quand Raine la secoua.

— La journée est loin d'être finie, dit-il, moqueur. Il faut encore aller chercher de la nourriture pour les autres.

— Les autres ? gémit-elle. Qu'ils meurent de faim et laissez-moi dormir.

— Tu ne sais pas ce que tu dis ! Ils s'entre-tueront pour le peu de nourriture qui reste et, à ce jeu-là, seuls les plus forts survivront. Et toi, ajouta-t-il en lui prenant le bras dont il faisait largement le tour avec une seule main, tu ne tiendrais pas plus d'une heure. Nous devons donc chasser pour t'aider toi autant qu'eux à survivre.

Elle se libéra d'un geste furieux. Quel idiot, pensa-t-elle, ne voyait-il pas qu'elle était une femme ? Mais il était déjà dehors et elle dut courir pour le rattraper. Tout en traversant le camp, elle observa les gens qui digéraient paisiblement leur repas. Aucun d'entre eux ne travaillait. Aucun, hormis Raine.

— Par le plus grand des hasards, tu ne saurais pas monter à cheval ? demanda-t-il.

— Non, murmura-t-elle.

— C'est bien ce que je pensais, soupira-t-il. Mais qu'as-tu fait de ta vie jusqu'à aujourd'hui ? Je n'ai jamais connu de garçon qui ne sache pas monter à cheval.

— Et moi, je n'ai jamais rencontré d'homme qui soit aussi ignorant de ce qui se passe en dehors de son propre monde ! Avez-vous passé votre vie sur un trône doré, n'en sortant que pour vous battre et monter à cheval ?

Installant une lourde selle sur un immense étalon, il ne prit même pas la peine de se retourner.

— Tu as la langue bien pendue pour un gamin de ton âge. A ton avis, si nous ne nous entraînions pas au métier des armes, qui te protégerait en cas de guerre ?

— Le roi, bien sûr.

— Henri ! s'étrangla Raine, un pied sur l'étrier. Et qui protège Henri ? Qui appelle-t-il à la rescousse dès qu'il est attaqué, si ce n'est les nobles ? Donne-moi ton bras.

Il la souleva avec une facilité déconcertante et l'installa derrière lui sur la monture. Elle ouvrit la bouche pour répondre... et se mordit la langue. Il avait lancé le cheval dans un galop effréné.

5

Après une chevauchée démentielle qui lui parut durer des heures, Alyx faillit s'envoler quand Raine cabra son étalon.

— Tiens bon, grogna-t-il en la rattrapant par l'extrémité de son corps qui se trouvait à sa portée : sa jambe blessée.

Elle poussa un gémissement.

— Silence ! commanda-t-il. Là, entre les arbres, tu les vois ?

Elle essuya ses larmes de douleur et aperçut la famille de cochons sauvages dans les fourrés. Les bêtes s'immobilisèrent, levèrent leurs petits yeux méchants et se mirent à couiner.

— Tiens-toi à moi, avertit Raine en pointant sa lance.

Il lança sa monture au galop vers le plus gros mâle. Le cochon les chargea. Alyx retint son souffle : il semblait si énorme en comparaison des jambes si fines de leur cheval.

Tout à coup, Raine plongea, le corps parallèle au sol. Comme elle se tenait à lui, Alyx n'eut d'autre ressource que de le suivre. Perdant l'équilibre, elle s'accrocha à lui de toutes ses forces tandis qu'il plongeait la pointe de sa lance dans l'échine du grand mâle. Un cri hideux retentit, un cri de mort. Alyx s'enfouit le visage dans le large dos de Raine.

— Lâche-moi !

Il extirpa sa lance de l'animal agonisant avant de détacher les doigts d'Alyx crispés sur sa poitrine.

— Tu as failli nous faire tomber tous les deux ! Tiens-toi à la selle !

Et là-dessus, il lança à nouveau sa monture en avant à travers la forêt, insouciant des branches qui les cinglaient. Il tua deux autres bêtes, aussi proprement que la première, avant de s'estimer satisfait. A nouveau, il dut détacher les mains d'Alyx qui s'accrochaient encore à lui. Il ne fit aucun commentaire sur sa lâcheté et elle lui en fut reconnaissante.

Il sauta à terre et, après une approche prudente des bêtes, entreprit de leur ligoter les pattes à l'aide de lanières de cuir.

— Descends, dit-il, attendant patiemment qu'elle lui obéisse.

Quand ses pieds entrèrent en contact avec le sol, elle faillit s'effondrer et dut se retenir à la selle.

Raine chargea les cochons morts sur l'étalon. Celui-ci, troublé par l'odeur du sang, se cabra. Raine lui caressa l'échine pour le calmer.

— Prends la bride et suis-moi, lança-t-il, le dos tourné à Alyx.

Sans attendre sa réponse, il se mit en route.

Elle s'approcha avec crainte de l'étalon. Il avait les oreilles dressées, les yeux fous et l'écume aux lèvres après cette course. Réprimant une réelle terreur, elle tendit la main. Le cheval se cabra et Alyx fit un bond en arrière. Elle chercha Raine du regard mais il était loin à présent.

— Doux, tout doux, murmura-t-elle, mais l'animal s'écarta à nouveau.

Frustrée, elle s'immobilisa, les yeux rivés à ceux de l'étalon et, doucement, se mit à fredonner, essayant différentes notes, différents tempos. Cela parut le calmer. Elle put enfin saisir sa bride. Sa voix gagna en puissance à mesure qu'elle retrouvait confiance.

Plusieurs minutes plus tard, savourant le triomphe qu'elle venait de remporter, elle atteignait la clairière où Raine s'impatientait auprès du corps de sa dernière proie.

— Heureusement que j'ai posté des gardes un peu partout, grogna-t-il en chargeant la bête. Tu fais tellement de bruit qu'on t'entend à des kilomètres à la ronde.

Alyx en fut mortifiée. Depuis l'âge de dix ans, elle n'avait reçu que les plus grandes louanges pour sa musique et voilà qu'il en parlait comme d'un « bruit ». Ils effectuèrent le trajet de retour au camp dans le plus grand silence.

Raine, l'ignorant superbement, déchargea les cochons et tendit les rênes à Jocelin.

— Montre au garçon comment on soigne un cheval, dit-il en se dirigeant vers sa tente.

Avec un sourire rassurant pour Alyx, Jocelin conduisit l'étalon vers l'enclos.

— Au garçon ! maugréa Alyx. C'est tout ce qu'il sait dire : Garçon, fais ci ! Garçon, fais ça !

Jocelin détacha la selle. Alyx, voulant bien faire, la souleva... et s'écroula sous son poids.

Essayant de ne pas rire aux éclats, Jocelin vint la libérer de son fardeau.

— Raine ne te facilite pas la vie, n'est-ce pas ?

— Ça non ! grommela-t-elle en se redressant et en se frottant vigoureusement le postérieur.

Décidément, cette partie de son anatomie était bien vulnérable, se dit-elle. Mais pas question de se laisser abattre ! Elle prit la selle des mains de Jocelin et, après trois essais infructueux, réussit à la poser sur son socle de bois.

— Oh, Joss, soupira-t-elle. Je suis si fatiguée. Ce matin, il m'a fait décrotter son armure ; après, j'ai dû passer des heures à soulever cette maudite épée et maintenant, il faut trucider ces monstres.

Là-dessus, l'étalon se mit à rouler des yeux et à hennir. Sans réfléchir, Alyx chanta six notes et l'animal se calma.

Jocelin hocha la tête d'un air comique : elle avait une étrange façon d'utiliser sa voix.

— Raine doit veiller sur beaucoup de gens.

— Il ne veille pas sur eux, il se prend pour leur seigneur et maître, riposta-t-elle.

Imitant Joss, elle s'empara d'une brosse et commença à lustrer le poil du cheval.

— Peut-être. Peut-être qu'un homme comme Raine est si habitué à assumer des responsabilités qu'il les accepte sans y penser.

— Pourquoi donne-t-il des ordres à tout le monde ? Pourquoi se croit-il supérieur à tout le monde ? Pourquoi ne laisse-t-il pas les gens vivre comme ils l'entendent ?

— Du calme ! souffla Joss à l'oreille de l'étalon. Tu n'as pas connu ce camp avant qu'il arrive. C'était pire que les quartiers les plus mal famés de Londres. On se tranchait la gorge pour un bout de pain, les gens avaient si peur qu'ils ne dormaient plus. Les paysans étaient à la merci des brigands. Et...

— Et alors, le merveilleux Raine Montgomery a rétabli la loi et l'ordre, c'est cela ?

— Exactement.

— Et tout ça parce qu'il s'imagine avoir le droit de régler la vie de ses sujets, de ses inférieurs.

— Tu es bien jeune pour être aussi amer, remarqua Joss.

Alyx interrompit sa tâche.

— Pourquoi es-tu là ? lui demanda-t-elle. Comment as-tu fait pour te retrouver dans cette bande ?

Tu n'es pas un meurtrier et tu n'as pas l'air de quelqu'un qui rechigne au travail. C'est peut-être un mari jaloux qui te court après ? le taquina-t-elle.

Jocelin jeta sa brosse dans le seau.

— Je dois retourner travailler, fit-il sèchement.

Il la planta là et s'éloigna sans un mot. Ebahie, Alyx le suivit des yeux. A aucun moment, elle n'avait voulu le vexer ou l'insulter. Jocelin était le seul avec qui elle pouvait parler, faire de la musique et...

— Quand t'as fini, va me chercher de l'eau à la rivière, fit une voix criarde derrière elle.

Avec une lenteur délibérée, Alyx se retourna vers Blanche. Malgré ses discours sur l'arrogance de Raine, Alyx ne se tenait nullement pour un être du commun. Cette femme avec sa robe maculée de boue, sa voix aux accents vulgaires, n'avait pas d'ordre à lui donner. Méprisante, elle se remit à étriller l'étalon.

— T'as entendu c'que j'ai dit !

— Je ne suis pas sourd.

— T'es trop bien pour moi, c'est ça, hein ? Avec tes beaux habits et tes belles manières, tu crois que t'es trop bien pour moi. Mais te fais pas d'illusions, c'est pas parce que t'as passé la journée avec lui que ce sera tous les jours pareil.

Méprisante, Alyx ne la regarda même pas.

— Mêle-toi de tes affaires, femme, dit-elle. Je n'ai rien à faire avec toi.

Blanche la saisit par le bras et la força à se retourner.

— Jusqu'à aujourd'hui, c'est moi qui m'occupais de lui. Je lui fais à manger, j'le soigne et voilà qu'il m'ordonne de préparer un lit pour toi dans sa tente. Quelle sorte de garçon es-tu donc ?

Quand Alyx comprit l'insinuation, ses yeux lancèrent des éclairs.

— Si tu n'étais pas aussi ignorante, tu saurais que tout noble a besoin d'un écuyer. Je ne fais que m'acquitter des devoirs d'un bon écuyer.

Blanche se redressa de toute sa hauteur.

— Bien sûr que j'sais qu'il a besoin d'un écuyer. Mais gare à toi si tu oublies ça : Raine Montgomery est à moi et je suis à lui. J'suis sa lady !

Là-dessus, elle tourna les talons et disparut parmi les arbres.

— Sa lady ! maugréa Alyx. Comment une traînée pareille peut-elle savoir ce qu'est une lady ?

Furieuse, elle avait perdu la notion du temps et continua à frotter la robe de l'étalon jusqu'à ce que la voix de Raine la fasse sursauter.

— Il faudra aller plus vite que cela avec les chevaux. Il y a encore beaucoup de travail.

— Encore ?

Elle paraissait si accablée que Raine sourit. Alyx se ressaisit : elle ne voulait lui donner aucune raison de se moquer d'elle.

Après avoir murmuré une dernière cajolerie à l'étalon, elle suivit Raine qui se dirigea tout droit vers un groupe d'hommes à l'air patibulaire, réunis autour d'un feu. Devant la noble prestance de leur chef, ils semblaient encore plus menaçants, plus mauvais que jamais.

— Hé, vous trois, ordonna Raine. Vous prendrez la première garde.

— J'veux pas passer la nuit dans les bois, marmonna un homme.

Raine le souleva par le col et lui administra un solide coup de pied quelque part.

— Tu manges, donc tu travailles, fit-il. Maintenant, à votre poste. Je passerai plus tard et si j'en surprends un en train de dormir, je vous garantis que ce sera son dernier sommeil.

Les traits durs, il surveilla les hommes qui se levaient en rechignant. Il repartit vers sa tente en enjoignant à Alyx de le suivre.

— Ils sont beaux, tes amis, grommela-t-il.

— Ce ne sont pas mes amis !

— Pas plus que Pagnell n'est le mien, rétorqua-t-il.

Elle s'immobilisa. Il avait raison, elle s'en rendait compte. Elle n'avait pas le droit de le haïr pour ce qu'un autre avait commis.

— Blanche ! aboya Raine. A manger !

Alyx le rejoignit bien vite car elle était affamée. Dans la tente, Blanche leur apporta de la viande rôtie, du pain, du fromage et du vin chaud : un festin !

— C'est ça, mon garçon ! fit Raine en assenant une claque amicale sur le dos de son « écuyer ». Continue à manger comme ça et tu deviendras solide comme un roc !

Sous le coup, Alyx faillit s'étrangler. Elle recracha un os de porc.

— Si je continue à travailler comme ça, c'est dans un cercueil que je finirai.

Le repas terminé, elle contempla avec envie la maigre couche qui avait été installée au fond de la tente. Ah, s'allonger, ne rien faire, ne pas bouger pendant quelques heures : il n'y aurait rien de plus beau sur terre !

— Pas encore, mon garçon ! fit Raine en la mettant debout d'une seule main. On a encore du travail avant de dormir. Il faut vérifier la garde, relever les pièges que j'ai posés ce matin et nous avons tous les deux besoin d'un bon bain.

Elle tressaillit.

— Un bain ! Non, pas moi !

— Quand j'avais ton âge, on devait me forcer à me laver. Une fois, mon frère aîné m'a étrillé avec une brosse à cheval.

— Quelqu'un vous a contraint à faire quelque chose malgré vous ? s'étonna-t-elle.

La fierté de Raine était en jeu.

— En fait, ils ont dû s'y mettre à deux et Gavin s'en est sorti avec un œil au beurre noir. Maintenant, allons-y. La journée n'est pas terminée.

Résignée, Alyx lui emboîta le pas, mais malgré tous ses efforts elle n'avait plus aucun ressort. Telle une morte vivante, elle le suivit à travers la forêt, titubant sur les racines, se cognant aux arbres tandis qu'il s'assurait que les hommes étaient bien à leurs postes et qu'il relevait les lièvres pris dans ses pièges. Au début, il essaya de lui expliquer ce qu'il faisait mais, au bout d'un moment, comprenant qu'elle était trop épuisée pour comprendre quoi que ce soit, il y renonça.

Au bord du ruisseau, il lui ordonna de s'asseoir et d'attendre qu'il ait fini de prendre son bain. A moitié endormie, affalée contre un arbre, Alyx vit Raine se déshabiller devant elle. Il s'avança dans l'eau glaciale. La lune sculptait ses muscles d'une lueur argentée, caressait son corps, jouait avec ses larges épaules et ses hanches puissantes. Alyx se redressa. L'épuisement avait raison de sa pudeur. Toute sa vie avait été consacrée à la musique. Tandis que les autres filles du village flirtaient dans le verger, elle composait un lamento en latin. Quand ses amies se mariaient, elle chantait pour elles à l'église. Elle n'avait jamais eu le temps de parler avec un garçon, ni même d'en connaître un.

Aujourd'hui, pour la première fois de sa vie, en contemplant cet homme nu, elle éprouvait les premiers élancements de... de quoi, au fait ? Elle avait une idée assez précise de ce qui se passait entre un homme et une femme, pour avoir entendu les bavardages qui suivaient les nuits de noces. Mais elle ne s'était jamais vraiment penchée sur la question. Cet homme qui émergeait de l'eau, tel un centaure, lui procurait des sensations insoupçonnées.

Le désir, se dit-elle. C'était tout simplement du désir qu'elle ressentait. Elle aurait voulu le toucher, se faire toucher par lui, qu'il l'embrasse, qu'il s'allonge auprès d'elle. Elle aurait voulu sentir sa peau contre la sienne. Se souvenant de ce qu'elle avait éprouvé quand elle l'avait chevauché, elle se mit à trembler. Une chaleur merveilleuse lui inonda le ventre.

Quand il sortit de la rivière et se dirigea vers elle, elle faillit lever les bras vers lui.

— Paresseux, dit-il. Tu es sûr que tu ne veux pas prendre un bain ?

Alyx, fascinée par la trajectoire du linge qu'il utilisait pour se sécher, secoua vaguement la tête.

— Je te préviens, mon garçon, si tu sens trop mauvais pour que je te garde sous la tente, c'est moi-même qui te ferai prendre un bain et je t'assure que tu t'en souviendras.

Les yeux écarquillés, le souffle court, Alyx le dévisagea. Un bain avec un homme pareil ! Cela devait être quelque chose !

— Tu te sens bien, mon garçon ? demanda Raine en s'agenouillant auprès d'elle.

Mon garçon ! Il la prenait pour un garçon. Et si elle lui révélait la vérité ? Ce serait ridicule ! Il était noble et elle n'était que la fille d'un pauvre roturier.

— Vous n'avez pas peur de prendre froid ? demanda-t-elle, se sentant idiote.

Elle se garda bien de le regarder se rhabiller et ne prononça pas un mot jusqu'à ce qu'ils fussent de retour dans la tente. Là, elle se laissa tomber sur sa litière de paille mais fut incapable de s'endormir avant Raine. Alors seulement, quand elle entendit sa respiration s'apaiser, elle put trouver le sommeil.

6

Penchée au bord de la rivière, Alyx observait son reflet. Elle avait vraiment l'air d'un garçon, constata-t-elle, écœurée. Pourquoi était-elle ainsi ? Pourquoi ressemblait-elle autant à un garçon ? Ses cheveux, tout bouclés maintenant, changeaient sans cesse de couleur, ses yeux de lutin, ses lèvres fines, tout cela n'avait rien de commun avec les traits d'une vraie femme.

La voix de Jocelin la fit sursauter.

— Encore en train de nettoyer une armure ?

Les yeux embués de larmes, elle se remit à l'ouvrage.

— Raine est très exigeant. Aujourd'hui, j'ai dû redresser les bosses à coups de marteau.

— Tu sembles prendre grand soin de ses affaires. Serais-tu en train de changer d'avis à propos des nobles ? Certains trouveraient-ils grâce à tes yeux, désormais ?

— Même s'il n'était pas noble, Raine serait quelqu'un de bien, dit-elle avec chaleur.

Embarrassée, elle détourna les yeux. Cela faisait une semaine qu'elle était arrivée au camp. Elle n'avait pratiquement pas quitté Raine depuis et son opinion à son égard s'était complètement renversée. Elle avait cru qu'il s'était emparé du commandement mais, à présent, elle était convaincue que c'étaient les habitants du camp qui l'y avaient poussé. Ils étaient comme des enfants que l'autorité rassure mais qui sont toujours prêts à se rebeller contre elle. Raine se levait avant tout le monde, veillait à la sécurité de tous et se couchait le dernier après avoir, tous les soirs, veillé à ce que les gardes soient bien à leur poste. Il luttait contre la paresse et l'inaction, obligeant chacun à travailler pour gagner sa croûte. Pourtant, certains préféraient attendre qu'il leur apporte à manger comme s'il le leur devait. Rares étaient ceux qui chassaient et si Raine ne traquait pas les cochons sauvages dans la forêt, il n'y avait pas de viande au camp.

— Oui, reprit-elle plus calmement, Raine est quelqu'un de bien et ce qu'il obtient en échange de son dévouement est bien maigre. Pourquoi n'abandonne-t-il pas ces misérables à leur sort ? Un homme comme lui, avec sa richesse, pourrait sûrement s'installer n'importe où, en Angleterre ou ailleurs ?

— Tu devrais peut-être le lui demander. De nous tous, c'est toi qui es le plus proche de lui.

Oui, se dit-elle, elle était proche de lui et elle aurait voulu l'être encore plus. Elle commençait à peine à être capable d'endurer la fatigue, l'entraînement terrifiant auquel il la soumettait. Mais, à mesure que ses muscles durcissaient, elle se sentait mieux et comprenait mieux la vie du camp.

Blanche occupait une position particulière : elle se débrouillait pour faire croire qu'elle partageait les nuits de Raine et qu'il suivait son avis en tout. Alyx essayait de ne pas trop se morfondre à l'idée de Blanche et de Raine partageant le même lit. Elle espérait qu'il avait suffisamment de bon goût pour ne pas utiliser les « services » d'une pareille mégère. Par ailleurs, Alyx n'avait pas tardé à découvrir autre chose à propos de Blanche : Jocelin la terrifiait.

Jocelin, le beau Jocelin, que chaque femme du camp poursuivait de ses assiduités. Alyx en avait vu plus d'une user de toutes sortes de moyens — et même des plus indécents — pour s'attirer ses faveurs. Mais, jusqu'à présent, pour ce qu'elle en savait, Joss repoussait toutes leurs avances. Il préférait la solitude ou la compagnie d'Alyx à toute autre. Blanche était l'unique membre du sexe féminin qui, en l'apercevant, filait sans demander son reste.

En dehors de Joss, la seule autre personne convenable était Rosamund. Rosamund dont la beauté incomparable était flétrie par cette tache que les gens assimilaient à la marque du diable. Rosamund qui gardait toujours la tête basse devant la haine et la peur des autres. Un soir, Raine avait surpris deux hommes se défiant de la prendre de force, argumentant du fait que leur âme ne pouvait être damnée s'ils violaient une créature du diable. Vingt coups de fouet avaient été la punition pour chacun d'entre eux, suivie du bannissement. Alyx avait éprouvé une violente jalousie de voir Raine accorder une si féroce protection à la belle guérisseuse.

— Alyx ! fit une voix dans les arbres qui ne pouvait appartenir qu'au seigneur de cette forêt.

Au moins, à présent, l'appelait-il par son nom.

— Je travaille ! s'exclama-t-elle avec force.

Cet homme était obsédé par le travail ! Emergeant de la broussaille, il apparut, un large sourire aux lèvres.

— A chaque fois que j'entends ta voix, j'ai l'impression que tu es plus fort que tu ne l'es en réalité. En fait, je me demande si tu ne maigris pas encore. Tu as des jambes de donzelle, poursuivit-il en l'examinant d'un œil critique.

Alyx en fut ravie. Il l'ignorait mais il venait de lui faire un compliment. L'exercice avait du bon : il l'avait dotée de courbes fermes, certes, mais réelles. Ses hanches, ses cuisses avaient pris du volume. Elle pouvait enfin passer pour une fille. Et alors ? Alors, si cela arrivait, elle serait chassée de la tente de Raine et ce serait à nouveau cette chienne de Blanche qui s'occuperait de lui. Elle croisa ses jambes sous elle afin de les dissimuler.

— Je grandirai, rétorqua-t-elle, et quand je serai assez fort je vous clouerai au sol avec votre propre épée.

Raine ne répondit pas. Etonnée, elle le dévisagea et vit que quelque chose le rendait perplexe.

Joss brisa le silence d'une voix amusée.

— Tu avais une tâche précise à confier à Alyx ? s'enquit-il.

— Oui, répondit Raine. J'ai des lettres à écrire et d'autres à lire. Un messager de ma famille vient d'arriver. Tu sais lire, n'est-ce pas ?

La curiosité fit bondir Alyx. Elle désirait ardemment en savoir plus sur la famille de Raine.

— Oui, bien sûr, dit-elle en rassemblant les morceaux de l'armure.

Un homme, vêtu d'un pourpoint richement brodé de motifs dorés représentant des léopards, attendait patiemment devant la tente de Raine. D'un geste de la main, celui-ci le renvoya et le jeune homme s'inclina respectueusement. Alyx se demanda si tous les sujets de Raine lui obéissaient avec autant de bonne grâce.

Il y avait deux lettres pour Raine, l'une de son frère, Gavin, et l'autre de la femme de celui-ci, Judith.

Les nouvelles données par Gavin étaient mauvaises. Scarlett, l'épouse d'un autre frère de Raine, avait été faite prisonnière par le même homme qui retenait déjà sa sœur, Mary. Le mari de Scarlett n'osait rien faire de peur que Roger Chatworth ne la tue.

— Votre frère Stephen, demanda Alyx d'un ton hésitant, il aime sa femme ?

Raine hocha à peine la tête. Sous ses joues, les muscles de ses mâchoires se nouaient furieusement.

— Mais la lettre dit qu'elle était en Ecosse quand elle a été enlevée. Pourquoi était-elle en Ecosse ? Les Ecossais sont des gens cruels, vicieux et...

— Tiens ta langue ! commanda-t-il. Scarlett est à la tête d'un clan d'Ecosse et il n'existe pas de meilleure femme. Lis-moi l'autre lettre.

Mortifiée, Alyx ouvrit la lettre de Judith Montgomery et perçut le net changement d'attitude de Raine quand elle commença à la lire. La missive était remplie de suppliques exhortant Raine à veiller à sa propre sécurité, lui conseillant de quitter l'Angleterre jusqu'à ce que tout danger soit écarté. Judith s'inquiétait aussi de son confort et se demandait s'il avait de quoi manger et de quoi se vêtir, ce qui fit glousser Raine et rager Alyx.

— Son mari sait-il qu'elle se fait tant de souci pour son beau-frère ? demanda-t-elle d'un ton acide.

— Je ne te permets pas de parler de ma famille sur ce ton, la gronda-t-il.

Alyx se le tint pour dit : en fait, sa propre jalousie l'embarrassait. Ce n'était pas juste : elle devait faire semblant d'être un garçon et n'avait donc aucune chance d'attirer son attention. Si elle portait une jolie robe, il la remarquerait sûrement. Non, se reprit-elle, comment pourrait-il remarquer une fille aussi dépourvue de charmes ?

— Arrête de rêver, mon garçon, et écoute-moi.

Sa voix la ramena à la réalité.

— Peux-tu écrire ce que je vais dire ? Je veux répondre à ces lettres.

Dès qu'elle se fut munie de plumes, de papier et d'encre, Raine commença sa dictée. Il s'adressa à son frère avec colère et détermination. Il jurait de ne pas s'éloigner de ses deux sœurs et il saurait frapper Chatworth au moment opportun. Quant au roi, il ne le craignait pas, dans la mesure où la principale source de revenus d'Henri résidait dans ces nobles qu'il ne cessait de déclarer traîtres. Il était bien certain qu'Henri lui accorderait son pardon en échange d'une bonne partie de ses terres.

Raine ignora les exclamations de surprise d'Alyx devant une telle insolence à l'égard du roi.

La lettre à Judith fut bien plus chaleureuse et rassurante. Il y fit même référence à son nouvel écuyer qui éprouvait à l'égard de son seigneur une telle compassion qu'il se levait la nuit pour le couvrir. La tête basse, les joues enflammées, Alyx continuait à écrire. Elle ne savait pas qu'il s'en était rendu compte : à plusieurs reprises, elle s'était levée pour remonter la fourrure qui avait glissé le long de ses épaules nues.

Elle poursuivit la lettre sans comprendre ce qu'elle écrivait et quand elle eut terminé, elle la tendit pour que Raine y appose sa signature. Comme il se penchait, le visage tout près du sien, elle respira l'odeur cuivrée de son épaisse chevelure sombre. Elle eut envie d'y enfouir son visage. Au lieu de cela, elle toucha du bout du doigt une boucle brune, admirant la façon dont elle s'enroulait.

Raine sursauta comme s'il venait de se brûler. Son visage à quelques centimètres du sien, les yeux écarquillés, il la contempla. Alyx ne respirait plus. Elle avait l'impression que son corps n'était plus qu'un gigantesque cœur battant à tout rompre. Maintenant, il va savoir, se dit-elle. Il va savoir que je suis une femme.

Fronçant les sourcils, Raine recula en la regardant comme s'il n'arrivait pas à se décider.

— Scelle les lettres, dit-il enfin, et donne-les au messager.

Et il quitta la tente.

Alyx poussa un soupir à fendre l'âme et des larmes jaillirent dans ses yeux. Laide, pensa-t-elle. Voilà ce que je suis : très, très laide. Pas étonnant qu'aucun homme n'ait jamais contredit le prêtre pour me demander en mariage. Pourquoi se battre pour quelque chose qui n'en vaut pas la peine ? Qui veut d'une fille plate aux hanches maigres ? D'une fille qui ressemble tellement à un garçon que même un homme qui passe ses nuits et ses jours en sa compagnie ne voit pas la différence ?

Elle s'essuya les yeux d'un revers de manche et regarda les lettres. Nul doute que sa sœur et ses belles-sœurs étaient de belles femmes, de très belles femmes avec des poitrines opulentes et...

Avec un nouveau soupir, elle apposa le sceau de Raine sur les lettres et les apporta dehors au messager, l'accompagnant jusqu'à son cheval.

— Avez-vous déjà vu lady Judith ou lady Scarlett ? lui demanda-t-elle.

— Oh oui, souvent.

— Ce sont sûrement de belles femmes ?

— Belles ? fit-il en riant. Dieu devait être heureux le jour où il leur a donné vie. Si j'avais des merveilles pareilles dans ma famille, je ne m'éloignerais jamais d'elles. Tu sais, mon garçon, à ta place, en tant qu'écuyer fidèle, je lui chercherais quelqu'un pour le consoler. La perte de telles beautés doit le rendre vraiment malheureux.

Le consoler! maugréa Alyx en regagnant la tente. Elle n'eut pas le temps de s'appesantir sur cette notion. La voix de Raine grondait sur le camp.

— Heureusement pour vous que vous ne l'avez pas tuée, disait-il à deux hommes, un pickpocket et un mendiant qui avaient monté la garde toute la matinée. Alyx, lança-t-il par-dessus l'épaule, selle mon cheval. Nous partons.

Alyx se rua vers l'enclos. Elle avait à peine harnaché l'étalon que Raine émergeait à nouveau de la tente, une masse et une hache de combat à la main. Quelques secondes plus tard, ils galopaient à toute allure, comme à son habitude, au mépris des branches basses et des ornières.

Tout à coup, Raine sauta à terre sans même attendre que l'étalon ne soit à l'arrêt. Attrapant les rênes au vol, Alyx immobilisa l'animal avant de pouvoir jeter un regard à ce qui se passait. Une jolie femme avec de grands yeux bruns, portant une robe comme Alyx n'en avait encore jamais vu, se serrait contre un arbre en contemplant avec terreur les trois hommes du camp qui l'entouraient en brandissant couteaux et épées.

— Ecartez-vous, misérables, gronda Raine en se chargeant lui-même de faire exécuter son ordre.

La femme, tremblant de tous ses membres, le contempla avec une totale incrédulité.

— Raine, murmura-t-elle avant de fermer les yeux et de commencer à glisser le long de l'arbre.

Raine la rattrapa et la souleva dans ses bras.

— Anne, murmura-t-il. Tu es en sécurité, maintenant. Alyx, donne-moi du vin. Il y a une gourde sur la selle.

Quelque peu ébahie par la scène qui se déroulait devant ses yeux, Alyx descendit de cheval. Elle trouva sans la voir la gourde de cuir et l'apporta à Raine qui continuait à réconforter l'inconnue en la serrant contre lui.

— Buvez, Anne, fit-il d'une voix tendre.

Elle battit des paupières d'un air de biche effarouchée et se laissa faire.

— Maintenant, reprit-il, dites-moi ce que vous faisiez si loin dans la forêt.

Elle ne semblait nullement disposée à quitter les bras de Raine, remarqua Alyx tout en contemplant sa robe avec émerveillement. Elle était taillée dans une soie d'un rouge très profond, un tissu qui semblait d'une douceur exquise et brodé de motifs représentant toutes sortes d'animaux : des lièvres, des daims, des oiseaux... Le décolleté en carré descendait très, très bas et faisait plus que révéler une généreuse poitrine. Un collier et une ceinture d'or et de rubis parsemaient cette superbe tenue d'éclats de lumière.

— Alyx ! fit Raine avec impatience en lui rendant la gourde de vin avant de reporter toute son attention à la plantureuse femme qu'il cajolait comme un enfant. Anne, dit-il tendrement.

— Que faites-vous ici, Raine ? demanda-t-elle d'une voix sucrée.

Elle ne chante pas, pensa immédiatement Alyx. Pas de puissance dans la voix et un ton trop plaintif.

— Le roi Henri m'a déclaré traître à la couronne, dit Raine avec gaieté, une fossette creusant sa joue.

Anne lui rendit son sourire.

— Ah, il en veut à votre argent ? Mais quel prétexte lui avez-vous fourni pour qu'il vous prenne vos terres ?

— Roger Chatworh a enlevé ma sœur Mary et la nouvelle femme de Stephen.

— Chatworth ! s'exclama-t-elle. Cette femme dont Gavin était si amoureux n'a-t-elle pas épousé un Chatworth ?

— Ah, mon cher frère ! Toujours aussi discret ! Cette femme est une catin de la pire espèce, mais Gavin était le seul à ne pas s'en rendre compte. A défaut d'autre chose, mon frère est fidèle. Même après avoir épousé Judith, il a continué à aimer Alice Chatworth pendant un temps.

— Mais qu'est-ce que cela a à voir avec votre présence ici ?

Pourquoi ne se lève-t-elle pas ? se demandait Alyx. Pourquoi faut-il donc qu'elle reste ainsi vautrée dans ses bras ?

— C'est une longue histoire, dit Raine. Par accident, Alice Chatworth a été défigurée et le peu de raison qu'elle possédait encore s'en est allée avec sa beauté. Devenue veuve, elle s'est réfugiée chez son beau-frère. Elle a dû lui inoculer son venin car Roger n'a pas tardé à défier mon frère, Stephen, en duel, le vainqueur gagnant la femme que le roi Henri avait promise à Stephen.

— Oui, dit Anne. Je m'en souviens. Il y avait beaucoup de terres en jeu.

— Scarlett, la femme de Stephen, est une femme riche, c'est vrai, mais Stephen aimait la femme et non ses terres, dit Raine en souriant. Chatworth n'a pas supporté d'être vaincu et il a enlevé mes sœurs.

— Oh, Raine, quelle horreur ! Mais comment le roi Henri...

— Je dirigeais une compagnie de soldats du roi. Nous étions en route pour le pays de Galles quand j'ai appris que Mary était prisonnière, aussi ai-je fait demi-tour et suis-je allé à son secours.

— Avec l'armée du roi ? demanda-t-elle, incrédule.

Quand il acquiesça, elle grimaça.

— Eh bien, je comprends pourquoi Henri vous a déclaré traître. Est-ce pour cette raison que vous êtes habillé comme un paysan et que vous vous cachez dans cette forêt ?

— Oui, dit-il en l'observant. Vous avez une mine superbe, Anne. Cela fait bien longtemps que nous...

Sur ce, elle se leva d'un bond. Elle lissa sa robe — une robe qu'Alyx rêvait de toucher — et considéra son interlocuteur.

— Vous ne me séduirez pas une nouvelle fois, Raine Montgomery. Mon père a promis de me trouver un époux très bientôt et je voudrais arriver à lui aussi pure que possible. Je n'écouterai donc pas un seul de vos beaux discours.

Elle se tourna pour la première fois vers Alyx.

— Et qui est ce jeune garçon qui ne cesse de nous regarder la bouche ouverte ?

Alyx claqua aussitôt des dents et détourna les yeux pour fixer le sol d'un air inspiré.

— C'est mon écuyer, annonça Raine gaiement. Je vis peut-être dans les bois mais je jouis quand même d'un certain confort. Il travaille dur et il sait lire et écrire.

— Je gage que personne n'a pu inculquer une parcelle de ce savoir dans votre épaisse cervelle, rétorqua-t-elle. Raine ! Arrêtez de me dévorer des yeux ainsi. Vous n'arriverez à rien avec moi. Dis-moi, mon garçon, comment t'appelles-tu ?

— Alexander Blackett.

— Blackett ? répéta-t-elle. Ce nom ne m'est pas inconnu. Où l'ai-je déjà entendu ?

Elle sait, se dit Alyx, paniquée. Elle sait que je suis poursuivie. Pourquoi n'ai-je pas changé de nom ? Maintenant, cette femme odieuse allait tout révéler à Raine.

— C'est un nom assez commun, fit celui-ci.

A l'évidence, il avait d'autres préoccupations en tête.

— Alyx, ordonna-t-il, retourne m'attendre au camp.

— Non, mon garçon ! dit Anne. Raine, je suis sérieuse. Vous n'abuserez plus de moi et je ne resterai pas seule avec vous. Ramenez-moi vers les autres chasseurs. Ne me voyant pas revenir, ils ne tarderont pas à me chercher.

— J'ai posté des gardes, dit-il en l'attrapant par la taille et en l'attirant tout contre lui. Nous avons tout le temps nécessaire. Alyx, laisse-nous.

— Je veux que votre mignon petit écuyer reste, insista Anne en tentant de le repousser. Vous avez séjourné si longtemps dans les bois... Vous préférez peut-être la compagnie de charmants petits garçons à...

Elle ne finit pas sa phrase. Raine l'avait serrée dans ses bras et il l'embrassait.

Alyx les regardait. Elle n'avait jamais vu deux personnes s'embrasser ainsi, les corps noués, les bouches collées. Plus que tout au monde, elle désirait être celle que Raine tenait dans ses bras.

Tellement captivée par la scène à laquelle elle assistait, Alyx ne broncha pas quand la première flèche vint se ficher dans le sol tout près du pied de Raine. Ne comprenant pas immédiatement ce qui se passait, elle resta figée sur place. La réaction de Raine fut foudroyante. En un éclair, il projeta Anne et Alyx au sol, derrière un arbre abattu.

— Ils sont après moi, annonça-t-il avec calme. Alyx, tu es assez petit pour te faufiler derrière cet arbre. Essaye d'aller jusqu'à mon cheval et ramène-moi mes armes.

— Et vous ? demanda-t-elle d'une voix étranglée tandis qu'une nouvelle flèche vibrait au-dessus de leurs têtes.

— Je dois veiller sur Anne. Obéis ! commanda-t-il.

Son ton n'admettait aucune réplique. Alyx se mit à ramper sur le sol couvert de mousse et de feuilles mortes. Elle entendit le choc suivi d'une intense vibration annonçant qu'une flèche venait de se planter dans l'arbre qui la protégeait. Elle n'osait se retourner de peur de voir Raine transpercé. Elle atteignit le bout du grand arbre mort. Risquant un regard autour d'elle, elle se dressa et se mit à courir, pliée en deux. Quand elle s'aperçut qu'on ne la prenait pas pour cible, elle accéléra.

Le cheval, le grand étalon furieux de Raine, se cabrait farouchement devant l'arbre auquel il était attaché. Un homme essayait de saisir ses rênes. S'ils prenaient le cheval, Raine ne pourrait pas combattre : la plupart de ses armes étaient attachées à la selle. Maudit Raine ! pensa-t-elle. Il avait été si prompt à porter secours à cette femme gainée de soie qu'il en avait oublié toute prudence.

Après un instant de réflexion, Alyx se mit à fredonner un air que l'étalon aimait. Aussitôt, il se calma, les oreilles tendues. A cet instant, l'homme s'empara de sa bride et le détacha. Le cheval ne se révolta pas.

— Ce cheval est aussi stupide que son maître, grommela-t-elle avant d'entamer une autre série de notes aiguës et discordantes.

Elle fut récompensée de ses efforts en le voyant hennir et se cabrer. L'homme, effrayé par cette fureur soudaine, le relâcha. Alyx retint son souffle en voyant le cheval galoper à toute allure vers elle. Elle se força à chanter la mélodie apaisante. L'animal s'arrêta devant elle.

Quand elle fut sur son dos, il se tourna vers elle, les naseaux frémissants comme s'il attendait ses ordres.

— En avant ! cria-t-elle avec la puissance qu'elle utilisait pour que sa voix couvre une chorale de vingt-cinq personnes.

Et il partit dans la mauvaise direction. Alyx tira sur les rênes de toutes ses forces et parvint à le lancer vers son maître.

— Non, Raine ! Non !

Alyx entendit le cri de cette femme, Anne, et poussa encore plus vite sa monture parmi les fourrés. Bientôt, elle aperçut Raine. L'épée brandie et ensanglantée, il se tenait devant un homme à terre et faisait face à deux autres également armés d'épées. Anne s'agrippait furieusement à lui pour le retenir.

— Ce sont les hommes de mon père ! hurlait-elle. Ils sont venus me chercher. Je vous l'avais bien dit.

Là-dessus, elle abandonna Raine et se dirigea vers l'homme gisant à terre.

— Il n'est pas mort, annonça-t-elle. Nous pouvons le ramener avec nous.

Jetant un regard noir à Raine, elle reprit sa diatribe :

— Pourquoi n'écoutez-vous jamais personne ? Pourquoi faut-il que vous vous battiez avant de parler ?

Alyx, dont la peur se muait en colère, sauta au bas de sa monture. Raine ne semblait nullement décidé à se défendre.

— Mon seigneur a été attaqué ! cracha-t-elle avec rage. Quand des flèches pleuvent sur lui, est-il censé s'offrir à elles sans résistance ? Doit-il demander qui lui a envoyé ces flèches avant de se défendre ? Vous, ma belle lady, étiez bien contente quand il a protégé votre précieux petit corps avec le sien mais, à présent qu'un de vos homme est blessé, vous avez oublié comment vous avez tenté de le séduire et d'entraîner mon maître dans les fourrés.

— Alyx, dit Raine derrière elle, souviens-toi qu'il n'est pas chevaleresque de...

— Chevaleresque ! hurla-t-elle en faisant volte-face. Cette chienne...

Raine la bâillonna d'une main et la serra contre lui, insouciant des efforts qu'elle faisait pour se libérer.

— Anne, dit-il tranquillement, pardonnez-moi ainsi qu'au garçon. Il commence à peine son entraînement. Partez avec vos hommes et retournez à la rivière. J'enverrai quelqu'un pour vous guider hors des bois.

— Raine, je ne voulais pas...

— Partez maintenant, Anne, et si vous rencontrez un membre de ma famille, dites que je me porte bien.

Elle hocha la tête. Un des hommes de sa suite l'aida à enfourcher un cheval tandis qu'on chargeait le blessé. La petite troupe disparut bientôt.

Alors seulement, Raine relâcha Alyx.

— Ils ont essayé de vous tuer ! s'étrangla-t-elle. Et cette femme ne voulait pas que vous vous défendiez.

Il haussa les épaules.

— Qui comprend les femmes ? Celle-ci ne pense qu'à l'argent et aux terres.

— Je vois que vous la connaissez bien.

— Son père me l'a, un jour, offerte en mariage.

Alyx devint soudain très attentive.

— Est-ce vous qui avez refusé ou bien vous a-t-elle repoussé ?

Une fossette coquine apparut sur sa joue.

— Oh, elle ne m'a pas repoussé, loin de là ! En fait, je dirais même qu'elle a tout fait pour me séduire. Mais elle est trop versatile. Elle change d'avis en moins de temps qu'il ne m'en faut pour sortir mon épée. Elle a même du mal à décider de la robe qu'elle portera. Je suis sûr qu'elle aurait été incapable de me rester fidèle et je n'aime pas battre une femme.

— Vous n'aimez pas... bafouilla Alyx.

— Maintenant, fit-il en se détachant de l'arbre contre lequel il était appuyé, si ta leçon à propos des femmes est terminée, j'aimerais bien m'occuper de ma jambe.

Alyx baissa les yeux et vit pour la première fois la flèche qui lui traversait la cuisse.

7

— Vous êtes blessé, dit-elle comme si elle avait dit : « Vous êtes mort. »

— Je ne crois pas que ce soit très grave, mais il vaut mieux s'en occuper.

Elle se précipita pour l'aider à s'asseoir.

— Restez là, je vais chercher Rosamund et...

— Alyx, fit-il, amusé. Ce n'est pas une blessure mortelle et je peux très bien retourner au camp. En tout cas, dès que j'aurai enlevé cette flèche.

Il s'assit avec une grimace sur l'arbre mort et, avant qu'elle ait pu esquisser le moindre geste, avait brisé la flèche d'un coup sec et retiré la hampe de sa cuisse. La blessure saignait abondamment. Soudain très pâle, Alyx vacilla. Raine leva les yeux vers elle et esquissa un sourire malgré la douleur qui lui tordait les chairs.

— Tu sais, tu es le pire écuyer que j'aie jamais eu.

— Le pire ! s'écria-t-elle, révoltée.

— Tu as mis un temps fou à revenir avec le cheval. Je luttais pour ma vie et je t'entendais chanter dans les bois. Tu espérais distraire l'ennemi, peut-être ?

Jamais, jamais plus, elle ne lui adresserait la parole, décida-t-elle en lui tournant le dos pour aller chercher l'étalon. Elle l'entendit alors glousser, ce qui ne fit qu'accroître sa rage.

Même quand il se releva avec difficulté, elle se refusa à lui porter secours.

Mais quand elle le vit boiter jusqu'au cheval, elle sut qu'il ne pourrait jamais monter en selle sans son aide. L'animal, rendu nerveux par l'odeur du sang, ne cessait de secouer sa noble tête. Alyx s'approcha de lui, posa deux mains rassurantes sur ses yeux et se mit à chanter pour le calmer. Raine se hissa à la force des bras et prit un instant pour récupérer avant d'offrir sa main à Alyx.

Pendant tout le trajet de retour, elle se tint à la selle tout en regardant le sang de Raine ruisseler sur sa cuisse. L'étalon piaffait d'inquiétude. A chacune des secousses qu'il leur imposait, Alyx sentait Raine se raidir.

— Tu pourrais peut-être le calmer avec tes chansons, dit-il soudain.

— Avec mon bruit, vous voulez dire ? rétorqua-t-elle, toujours vexée.

— Comme il te plaira, répondit-il sèchement.

Elle comprit, au son de sa voix, qu'il luttait contre une douleur abominable. Il avait prétendu que sa blessure n'était pas grave mais le sang coulait de plus en plus fort. L'heure n'était pas à la colère. Elle se mit à chanter. L'étalon adopta aussitôt un pas plus tranquille.

— Il faudra que mes frères voient cela, murmura-t-il. Ils ne me croiront pas.

Aux abords du camp, plusieurs hommes se portèrent à leur rencontre comme s'ils étaient à l'affût de quelque mauvaise nouvelle.

— Il vaudrait mieux qu'ils ne voient pas que je suis blessé, dit Raine à Alyx. Ils sont assez difficiles à contrôler comme cela, inutile d'ajouter un nouveau problème.

Rapidement, elle glissa à terre, marchant aux côtés de Raine, son corps cachant sa jambe à la vue de ceux qui arrivaient.

— J'ai entendu dire qu'il y a eu un accrochage, dit un homme au regard chassieux.

— On t'a raconté des histoires, bonhomme, cria Alyx, surprenant tout le monde par la puissance de sa voix.

L'étalon réagit lui aussi et se cabra sauvagement.

— Reculez, reprit-elle. Il est dans une sale humeur. On a dû lui donner le fouet pour le calmer.

Tandis que les gens considéraient avec crainte le grand étalon exaspéré par l'odeur du sang de Raine, celui-ci fit tournoyer sa masse de guerre au-dessus de sa tête.

— Vous n'avez donc rien à faire ? tonna-t-il. Joss, suis-moi à ma tente. J'ai du travail pour toi.

Bougonnant, les hommes retournèrent vers leurs abris de fortune.

Arrivés devant la tente, Alyx voulut aider Raine à descendre de cheval.

— Au nom du Ciel, ne fais pas ça ! fit-il, les dents serrées. Ils te verront. Essaye de calmer le cheval. Chante fort pour attirer l'attention.

Alyx lui obéit et parvint aisément à attirer toute l'attention sur elle. Tant et si bien qu'une demi-heure après, elle chantait encore à la demande de tous ceux qui s'étaient réunis autour d'elle. Certaine que personne n'avait remarqué avec quelles difficultés Raine était descendu de selle, elle remercia son auditoire et se glissa sous la tente.

Il était allongé sur sa couche, ne portant que sa chemise et son linge de corps. Rosamund, agenouillée, le pansait, une bassine d'eau rougeâtre devant elle.

— Ah, te voilà ! gronda-t-il. Tu ne sais donc que chanter ? Que le Ciel nous vienne en aide si tu dois un jour partir à la guerre. L'ennemi serait à peine en vue que tu te mettrais à brailler pour être sûr qu'il te trouve et te trucide. Rosamund, pars maintenant t'occuper de l'homme que j'ai blessé. Jocelin, accompagne-la. Quant à toi, mon petit rossignol, essaye de bander cette jambe. A moins que tu ne parviennes à refermer la blessure avec une de tes chansons.

Alyx ouvrit la bouche mais Joss, qui tournait le dos à Raine, lui fit un signe impérieux.

— Il souffre, chuchota-t-il avant de quitter la tente.

Un seul regard vers le visage blafard de Raine le lui confirma.

— Ne me regarde pas comme ça ! Rends-toi utile ! lui cracha-t-il.

— Calmez-vous, Raine Montgomery ! ordonna-t-elle. Je n'accepterai plus une seule insulte. Restez tranquille et je m'occuperai de votre blessure. Rien ne pourra changer le fait que vous avez été touché. Me hurler dessus ne vous soulagera sûrement pas.

Il commença à se redresser mais un regard vers Alyx le fit se rallonger.

— Ils vont s'entre-tuer, dit-il en faisant allusion aux hommes du camp.

— Peu importe, répliqua-t-elle sans pitié. Il n'y en a pas cinq qui valent la vie que Dieu leur a accordée.

Elle s'agenouilla devant la cuisse blessée de Raine et souleva le linge que Rosamund y avait placé. C'était la première fois qu'elle voyait une blessure pareille, faite par une arme. La plaie était béante, les chairs déchirées et enflammées, le sang coulait encore par petits jets faibles. Elle fut prise d'une envie de vomir.

— Tu as trop mangé ? se moqua Raine en la voyant pâlir. J'ai eu des blessures bien pires. Au moins, celle-ci est propre, profonde mais propre.

Il ne mentait pas : ses jambes et ses cuisses puissantes, noueuses comme des troncs d'arbre, étaient couvertes de cicatrices, certaines plus longues que le bras d'Alyx. Du bout des doigts, elle en toucha une.

— Une hache, murmura-t-il en fermant les yeux.

La perte de son sang l'affaiblissait.

Avec les plus grandes précautions, elle entreprit de nettoyer la plaie. Il se trompait sur un point : ce n'était pas une blessure propre. La flèche devait être sale car, malgré les soins de Rosamund, les chairs s'enflammaient. Quand elle eut terminé, elle s'installa sur un tabouret à ses côtés, l'observant, guettant son souffle. Il avait les yeux fermés. Sa respiration oppressée demeurait régulière. Elle espérait qu'il dormait.

— Alyx, murmura-t-il peu après en gardant les yeux fermés. Il y a un étui dans mon coffre. Va le chercher, s'il te plaît.

Elle lui obéit et sourit en découvrant l'étui de cuir. A l'évidence, il contenait un luth.

— Tu sais en jouer ? demanda-t-il.

Ses doigts volaient déjà vers les cordes dans son impatience à jouer. C'était un bon instrument, avec un beau son. Elle commença à pincer les cordes avec douceur et chanta une de ses compositions.

Il lui fallut jouer pendant plusieurs heures avant d'être certaine que Raine dormait enfin. Elle rangea le luth. Dans le silence, elle écouta la respiration heurtée de Raine en souhaitant que Rosamund revienne vite. Il semblait plus mal en point que jamais.

Un regard autour d'elle lui apprit qu'ils n'avaient plus d'eau propre. Son pourpoint était maculé du sang de Raine. Elle devait le laver : les gens du camp ne manqueraient pas de se poser des questions quant à la provenance de ce sang.

Silencieusement, les deux seaux à la main, elle quitta la tente et se dirigea vers la rivière, évitant tout contact avec les autres. Avec soulagement, elle vit que Blanche était engagée dans une partie de dés : quand elle jouait, elle ne pensait plus à rien d'autre ; elle ne viendrait pas déranger Raine sous la tente.

Il faisait presque nuit quand elle atteignit la

rivière. Elle remplit les seaux et lava son pourpoint. Elle remarqua alors que sa chemise aussi était tachée de sang. Après une brève hésitation, elle l'enleva ainsi que le bandage qui recouvrait ses seins et entreprit de tout laver, y compris elle-même. Frigorifiée, elle se sécha rapidement avec le tissu qu'elle utilisait pour se compresser la poitrine. Elle enfila ses collants et sa chemise trempés en claquant des dents. Son pourpoint sous le bras, les seaux à la main, elle courut jusqu'à la tente de Raine.

Il dormait toujours. Elle posa les seaux dans un coin et enleva rapidement ses vêtements mouillés pour enfiler une des chemises de Raine qui la couvrait jusqu'aux genoux. Elle savait qu'elle courait un risque démentiel, qu'il pouvait se réveiller d'un instant à l'autre et découvrir qu'elle était une femme. Mais, à la vérité, elle aurait peut-être préféré qu'il en soit ainsi.

Elle avait à peine revêtu la chemise qu'un gémissement de Raine la fit sursauter.

— Mary, disait-il, Mary, je te trouverai.

En un bond, elle fut à ses côtés. Il ne devait pas faire de bruit. Les occupants du camp ne devaient pas apprendre qu'il était malade. Le bruit courait que Raine fabriquait des joyaux et de l'or sous sa tente et Alyx ne doutait pas qu'ils saisiraient cette opportunité pour vérifier cette ineptie.

— Mary, appela Raine avec plus de force.

Son bras se dressa brusquement, ratant de peu le menton d'Alyx.

— Raine, réveillez-vous, chuchota-t-elle. C'est un mauvais rêve.

Elle s'aperçut qu'il avait la fièvre. Sa peau était brûlante.

— Oh non ! gémit-elle en maudissant Rosamund d'être partie du camp quand Raine avait besoin d'elle.

La fièvre ! Que fallait-il faire ? Avec un sentiment de totale impuissance, elle trempa un linge dans un des seaux pour le placer sur le front de Raine, mais il fit un geste désordonné. Le linge lui échappa des mains. S'il continuait à gesticuler comme ça, il allait abattre un des piquets qui soutenaient la tente et celle-ci allait leur tomber sur la tête.

— Raine, dit-elle d'une voix forte. Vous devez vous calmer.

Elle lui attrapa les mains et se sentit soulevée du sol, irrésistiblement attirée contre lui.

— Je dois trouver Mary, articula-t-il d'une voix indistincte.

Il voulut se lever. Malgré son état de faiblesse, il n'avait aucun mal à maintenir Alyx.

— Espèce de taureau idiot, siffla-t-elle. Du calme !

Ceci parut l'atteindre car il ouvrit les yeux et elle put voir, dans la semi-obscurité, l'éclat fiévreux de son regard.

Pendant une seconde, il la regarda sans la voir puis sa vision sembla se faire plus précise. Une main derrière sa nuque, il l'attira vers lui et l'embrassa.

Même si Alyx avait songé à protester, cela lui était impossible. A l'instant où ses lèvres touchèrent celles de Raine, plus rien d'autre ne compta. Elle était une femme de passion, à la sensibilité exacerbée, et elle avait toujours investi cette passion dans la musique. Au premier contact entre Raine et elle, la musique explosa à travers toutes les fibres de son corps : les anges chantaient, les démons murmuraient, le chœur s'élevait vers des hauteurs inconnues, vertigineuses.

Raine devenait de plus en plus exigeant, sa bouche de plus en plus ardente. Il ne fallut pas longtemps à Alyx pour comprendre comment lui rendre son baiser. Un pied toujours au sol, l'autre sur la couche, elle se laissa aller contre lui, emprisonnant son visage entre ses mains et l'attirant à son tour contre elle. C'était ce qu'elle avait voulu depuis le premier instant où ses yeux s'étaient posés sur lui : être traitée non comme un garçon mais comme la femme qu'elle était.

Raine réagit avec enthousiasme à son agressivité, léchant, mordant, se régalant de la douceur de ses lèvres.

Quand sa main glissa et vint la toucher au sommet de la hanche, elle retint son souffle. Ses lèvres quittèrent les siennes pour s'aventurer sur son cou, ce cou puissant qu'elle avait si souvent observé à l'entraînement quand des filets de sueur ruisselaient le long de ses muscles tendus comme des câbles.

Il était brûlant et elle n'avait qu'une envie : se rouler dans ce feu, s'envelopper de cette peau comme d'un manteau de flammes. Il émit un grognement et la saisit à pleines mains pour la sentir tout entière contre lui. Quand il atteignit ses fesses, son grognement se mua en gémissement de plaisir.

— Douce sorcière, murmura-t-il.

Il se déplaça de façon à lui ravir une nouvelle fois les lèvres. Cette fois-ci son baiser fut plus doux, plus ensorcelant. Ses mains exploraient son petit corps, pétrissant la chair, dessinant les contours de ses jambes, de ses cuisses.

Mais Alyx ne voulait nullement se contenter d'être une chose passive entre ses doigts. Elle le caressa à son tour, écartant sa chemise, touchant sa peau fiévreuse. La toison de poils sur sa poitrine était bien plus douce qu'elle ne l'avait imaginé et ses gros muscles frémissants prenaient vie sous ses paumes.

— Raine, murmura-t-elle.

Ses lèvres suivirent ses mains, maudissant l'obstacle constitué par sa chemise. Il interrompit ce qu'il faisait afin de s'abandonner tout entier au traitement qu'elle lui infligeait. Quand la chemise l'empêcha de descendre plus bas, elle la souleva.

Ses lèvres effleurèrent la ligne de poils qui s'enfonçaient dans son linge intime et la respiration de Raine s'accéléra tandis que ses mains se bloquaient sur les hanches fermes et rondes d'Alyx. Elle refit le trajet en sens inverse, vers le haut, et cette fois-ci, ses mains suivirent ses lèvres, entraînant la chemise avec elle. Comme par miracle, celle-ci glissa le long du corps de Raine, exposant sa peau dorée et brûlante au regard et au toucher d'Alyx.

Raine, dans son état, ne comprenait pas ce qui se passait. Mais, quand il enregistra le fait que cette nymphette en provenance du paradis était en train de lui faire l'amour, il ne perdit plus une seconde. Il lui arracha sa chemise pour mieux l'attirer contre lui.

Ce fut au tour d'Alyx de gémir quand leurs deux peaux nues entrèrent au contact l'une de l'autre. A nouveau, les mains de Raine avaient repris leur exploration, s'attardant un instant sur sa taille fine. Quand elles remontèrent vers sa poitrine, Alyx retint son souffle de peur qu'il ne trouve ses seins trop petits. Il les emprisonna entre ses mains pour venir les taquiner du bout des lèvres et elle oublia alors toutes ses appréhensions. Il avait l'air d'aimer cela car il s'attarda sur cette partie de son anatomie jusqu'à ce qu'elle se débatte comme une folle. Son corps s'arquait, ses hanches battaient furieusement contre le ventre de Raine tandis qu'il prenait un malin plaisir à déclencher chez elle des tourments inconcevables.

Tout à coup, dans la fureur qui les animait, il mordit un peu trop violemment la pointe de son sein. Elle poussa un petit gémissement et eut un mouvement de recul. D'une seule main, Raine la ramena contre lui. Sa bouche minauda près de son oreille.

— Tu es à moi, petite fée.

Son souffle était aussi brûlant que sa peau et elle eut l'impression qu'il lui traversait tout le corps pour venir se répandre au fond de son ventre.

— Non, souffla-t-elle.

Les mains sur ses pectoraux, elle le repoussa. Il la laissa faire pour mieux la ramener contre lui, jouant avec elle comme avec une poupée.

Alyx n'aima pas ce jeu. Posant les genoux sur sa poitrine, elle s'arc-bouta de toutes ses forces pour lui échapper. Elle eut au moins la satisfaction de constater qu'il avait besoin de ses deux mains pour équilibrer la force de ses jambes.

Semblant apprécier de la trouver ainsi agenouillée sur lui, il la maintint dans cette position et lui caressa le dos et les jambes, s'attarda sur ses fesses arrondies, griffant, malaxant, frôlant jusqu'à ce qu'Alyx soit aussi brûlante que lui. Tout à coup, il redevint extrêmement sérieux pour l'embrasser avec fougue, meurtrissant ses lèvres, sa langue, à mesure que sa passion se déchaînait.

Impatient, il repoussa ses jambes de façon qu'ils se retrouvent allongés côte à côte. Ses mains n'étaient plus douces et tendres mais dures et exigeantes. Il la serrait tel un forcené contre lui, comme s'il cherchait à mélanger leurs peaux.

Aveuglée, ravagée par la musique, la magnifique musique qui grondait partout en elle, Alyx était tout aussi sauvage. Elle lança une jambe par-dessus la sienne, l'enroula sur ses hanches pour coincer son pied derrière son genou.

La main de Raine descendit le long de son dos, lentement, s'attardant sur chaque creux, chaque renflement qu'elle rencontrait. Au bout d'une trop brève éternité, elle arriva à l'endroit le plus intime de son être.

Frémissant de plaisir, les yeux grands ouverts, Alyx regarda Raine. Les paupières toujours baissées, il se concentrait sur les sensations qu'il lui procurait. Quand ses doigts la pénétrèrent, elle se mit à trembler, effrayée par cette nouvelle expérience, terrifiée par ce qui était en train de lui arriver.

Sa main bougea, elle hurla. La main s'arrêta, la laissant pantelante. Au moment où cette immobilité devint insupportable, les doigts bougèrent à nouveau. Tout le corps d'Alyx se tendit. C'était comme s'il tirait là-bas des fils qui la traversaient de part en part, comme s'il actionnait en elle un mécanisme intime et inconnu qui la bouleversait. Ses jambes s'écartaient. Elle voulait qu'il continue, qu'il ne s'arrête jamais, tout en ayant l'impression que chaque nouvelle onde de plaisir qu'il déclenchait était plus insupportable que la précédente. Cet équilibre entre le plaisir et l'insoutenable avait quelque chose de magique, d'obsédant.

Tout à coup, il la lâcha. Déconcertée, Alyx n'osa pas protester. Elle sentit Raine bouger et son linge de corps glisser le long de ses jambes. Quelque chose de dur, de brûlant, s'insinua entre eux et vint frôler le sexe délicat d'Alyx. Aussitôt, celle-ci bondit sur Raine et voulut s'empaler sur son membre dressé telle un arme. Il l'en empêcha et la pénétra doucement, très doucement, centimètre par centimètre.

Quand il fut entièrement en elle, il s'immobilisa, la maintenant afin que la sensation se répande en eux, se déverse d'un corps à l'autre. Alyx, dans son inexpérience généreuse, commença à bouger maladroitement. Les mains de Raine emprisonnèrent ses fesses et il la guida, l'incita à adopter un rythme lent, fluide, soutenu, qui à chaque fois la menait plus loin encore dans la douleur et dans le plaisir.

Quand elle commença à bouger plus vite, il accéléra à son tour, se lançant plus loin et plus fort, plus profondément, jusqu'à ce qu'Alyx lui griffe les épaules, lui morde le cou. Tout son corps se révoltait, se tordait comme s'il luttait contre celui de Raine tout en lui mendiant quelque chose.

D'un seul mouvement, Raine la renversa et son corps magnifique, glorieux, la cloua sur la couche, pesant sur elle avec une telle puissance qu'il menaçait de l'enfoncer dans la terre sous la paille. Elle lança ses jambes par-dessus ses hanches et les noua dans son dos, se pressant avec fougue contre lui. Deux coups d'une violence inouïe la poignardèrent... et Alyx mourut.

Une musique brûlante, sauvage, foudroyante explosa en elle, la mettant en miettes, déchirant ses chairs. Son sang bouillonna et elle perdit toutes ses forces.

Moite, terriblement faible, incertaine de ce qui venait juste de se passer, elle s'accrocha à Raine. Elle avait l'impression d'être broyée. Raine roula sur le côté, l'entraînant avec elle, serrant sa main si fort qu'il risquait de lui briser les doigts.

— Tu es mienne, murmura-t-il, portant la main à ses lèvres, embrassant ses doigts avant de sombrer dans un profond sommeil.

Pendant quelques minutes, Alyx hésita au bord de l'inconscience. Son corps était épuisé, vidé, pourtant, d'une certaine manière, elle était plus vivante qu'elle ne l'avait jamais été. Elle n'éprouvait aucune honte. Il n'y avait rien, en cet instant, de plus important que l'homme endormi à ses côtés.

— Je t'aime, murmura-t-elle. Je sais que tu ne seras jamais à moi mais cela m'est égal. Je t'aime, répéta-t-elle avant d'embrasser une boucle de ses cheveux et de glisser irrémédiablement dans un sommeil béni.

8

La lumière du matin réveilla Alyx et, contre sa peau, celle de Raine était encore plus brûlante que la veille. Dormant d'un sommeil agité, il roulait d'un côté et de l'autre, menaçant d'écraser la jeune femme sous son poids. Elle parvint à le repousser pour se lever et enfila ses vêtements qui n'étaient pas encore complètement secs. Elle aurait préféré abandonner ce déguisement. Les habits d'homme donnaient peut-être un sentiment de liberté plus grand mais si elle avait été un garçon, elle n'aurait jamais connu le bonheur qu'elle avait éprouvé au cours de la nuit.

Elle avait à peine boutonné son pourpoint que le rabat de la tente se souleva, livrant passage à Jocelin et à Rosamund.

— Comment va-t-il ? demanda celui-ci.

Avant qu'elle ne réponde, Rosamund intervint.

— Il faut faire tomber sa fièvre. Allez chercher de l'eau pendant que je prépare mes herbes.

Alyx s'empara immédiatement des seaux et partit à la rivière pour les remplir d'eau propre.

Les trois jours qui suivirent furent une véritable torture pour elle. Avec Rosamund, elles se relayaient sans relâche au chevet de Raine. Son corps massif était recouvert d'emplâtres et les deux femmes devaient le forcer à avaler des décoctions nauséabondes. Ce qui n'allait pas sans mal. Pour le convaincre d'ouvrir la bouche, Alyx usait d'épithètes imagées, le traitant tour à tour d'âne bâté ou de taureau borné, ce qui faisait glousser ou rougir Rosamund. Quand elle ne l'invectivait pas, Alyx jouait du luth et chantait pour lui constamment.

Et tandis que Raine se consumait de fièvre, Jocelin essayait de maintenir l'ordre dans le camp, intensifiant l'entraînement et augmentant les rondes de garde.

— Je me demande s'ils en valent la peine, remarqua-t-il un jour dans la tente de Raine. Je me demande pourquoi il se sent obligé de veiller sur eux.

Il accepta le bol fumant que Rosamund lui tendait.

— Raine a un grand cœur, dit-elle avec douceur, les yeux baissés comme à son habitude. Il croit vraiment que chaque être, même le plus grand des meurtriers, mérite qu'on s'occupe de lui.

— Et toi, Rosamund ? demanda Jocelin. Quel crime as-tu commis ?

Elle ne répondit pas mais dès qu'elle fut certaine que Joss ne la regardait plus elle leva un tel regard vers lui qu'Alyx en fut stupéfaite. Comment ne s'était-elle pas encore rendu compte que Rosamund était follement amoureuse de Jocelin ? En les contemplant, Alyx ne pouvait qu'admirer leur beauté : ils semblaient faits l'un pour l'autre. La raison de la présence de Rosamund dans ce camp était claire : la jeune femme fuyait ceux qui prenaient sa tache de naissance pour la marque du démon. Mais pourquoi Joss était-il venu vivre ici ?

Le lendemain matin, la fièvre de Raine tomba. Alyx dormait, assise près de lui, la tête posée à quelques centimètres de son bras, quand elle sentit qu'il se passait quelque chose. Ouvrant les yeux, elle vit qu'il était enfin réveillé. Il parcourut la tente du regard pour finalement la dévisager.

Le cœur battant, Alyx sentit le sang lui monter aux joues. Comment allait-il réagir après leur nuit d'amour ?

Son expression restait parfaitement indéchiffrable.

— Combien de temps ai-je été malade ?

— Trois jours.

— Qu'est-il arrivé depuis ? Ils ont commencé à s'égorger ?

— Non... non. Tout va bien. Jocelin les a obligés à se tenir tranquilles.

Comme il se taisait, elle retint son souffle. Maintenant, il allait sûrement parler de ce qui s'était passé entre eux.

Au lieu de cela, il s'efforça de se redresser et quand elle se précipita pour l'aider, il la repoussa d'un geste désinvolte. Soulevant la couverture de fourrure, il déchira le bandage qui lui recouvrait la cuisse et inspecta sa blessure, la palpa.

— Elle cicatrise, annonça Alyx. Il y a eu une infection, mais elle s'est résorbée puisque la fièvre est tombée.

Il la contempla d'une manière étrange, dure, comme s'il était furieux après elle.

— Apporte-moi à manger. J'ai besoin de reprendre des forces.

Alyx ne broncha pas.

— Bon sang ! tonna Raine d'une voix qui fit trembler la tente.

Il eut soudain l'air épuisé et leva la main pour se masser le front.

— Obéis, fit-il plus calmement en se rallongeant. Et, mon garçon, ajouta-t-il comme elle s'apprêtait à sortir, apporte du vin chaud.

— Mon garçon ! s'exclama-t-elle dès qu'elle fut dehors. Mon garçon !

— Alyx ? appela Joss. C'est la voix de Raine que je viens d'entendre ?

Maussade, elle hocha la tête.

— Tout va bien ? Pourquoi criait-il ?

— Comment veux-tu que je le sache ? Cette tête de lard hurle pour un oui ou pour un non ! Comment le misérable ver de terre que je suis pourrait-il savoir ce que pense un familier du roi ?

Elle fut consternée de voir Jocelin éclater de rire et s'éloigner en sifflant une chanson paillarde.

— Les hommes ! maugréa-t-elle.

Elle alla à la rivière chercher de l'eau. En se penchant par-dessus le bord, la vue de son image lui fit monter les larmes aux yeux.

— Mon garçon, murmura-t-elle à l'eau vive et glacée.

Avait-elle si peu d'importance à ses yeux pour qu'il ne se souvienne même plus de leur nuit passionnée ?

La fièvre l'avait sûrement affecté. Il avait peut-être besoin d'un peu de repos avant de retrouver la mémoire, se dit-elle en retournant vers le camp. Elle s'arrêta en chemin pour dire à Blanche que Raine voulait manger.

— Il m'a déjà appelée, répondit celle-ci d'un ton satisfait. Et je dois dire que Raine Montgomery n'a rien perdu de sa vigueur, ajouta-t-elle plus fort pour que tout le monde l'entende, remontant ostensiblement le col de sa chemise immonde. Je lui ai aussi apporté son repas.

— Pourquoi es-tu parti si longtemps ? demanda Raine, la bouche pleine, dès qu'Alyx franchit le seuil de la tente.

Elle prit le temps de déposer les deux seaux avant de lui faire face.

— J'ai du travail, moi, cingla-t-elle. Je ne dois pas simplement vous rapporter à manger. D'ailleurs, j'ai l'impression que votre espèce d'esclave lubrique s'en charge très bien.

— Assez bien, oui, répliqua-t-il, nullement démonté, en déchirant à belles dents un gros morceau de porc. Nous devrions peut-être nous occuper de ton éducation, mon garçon. Tu sais, une femme est une femme. Une petite chose fragile qu'il faut protéger et aimer, quelle que soit sa position dans la vie. Si tu traites une putain comme une lady, alors elle agira comme une lady et j'ai vu bien des ladies se conduire comme des putains. Tout dépend de l'homme. Ne l'oublie pas. Tu as encore du chemin à faire pour devenir un homme mais quand tu en seras un...

— Quand j'en serai un, je me passerai de vos conseils, rétorqua-t-elle avec violence avant de quitter la tente.

Elle se cogna à Jocelin qui s'écarta vivement en croisant son regard furieux.

Joss jeta un coup d'œil à Raine avant de prendre

place sur un tabouret. Il se mit à gratter paresseusement son luth tandis que Raine mangeait en silence. Au bout d'un moment, Joss s'arrêta de jouer.

— Depuis quand sais-tu pour Alyx ? demanda-t-il.

Une brève hésitation de Raine montra qu'il l'avait parfaitement compris.

— Depuis quelques heures, en fait, répondit-il calmement. Et toi ?

— Depuis le début, fit-il en riant devant l'expression de Raine. J'ai été étonné que personne ne s'en rende compte. Pour moi, c'était évident. On aurait dit une fille qui portait les habits de son frère. Je n'arrivais pas à croire que tu n'y voyais rien.

— Tu aurais pu me le dire, s'insurgea Raine tandis qu'une fossette creusait sa joue. Il y a quelques jours de cela, elle écrivait une lettre pour moi et j'ai failli l'embrasser. Ça m'a rendu malade pendant des heures.

— Tu l'as fait travailler plus dur que n'importe qui, tu le sais, n'est-ce pas ?

— J'essayais peut-être de changer ses formes, fit Raine en riant. Cela faisait un bon moment que ses jambes me fascinaient.

— Et maintenant, que vas-tu faire ?

Repoussant son plateau, Raine s'adossa à un piquet de la tente. Il se sentait très fatigué.

— Sais-tu si son histoire est vraie ? Que lui a fait Pagnell ?

— Il l'accuse de l'avoir volé, d'être une sorcière et offre une grosse récompense pour sa capture.

Raine haussa un sourcil.

— Comment crois-tu que nos chers compagnons

réagiraient s'ils savaient que la capture de cette jeune fille peut leur rapporter quelques pièces d'or ?

Pour toute réponse, Joss laissa échapper un grognement dégoûté.

— Il vaut mieux qu'elle continue à être un garçon, dit Raine d'un air pensif. Et qu'elle reste sous ma protection. Plus longtemps on ignorera sa véritable identité, mieux ce sera.

— Mais tu vas lui dire que tu as tout compris, non ?

— Je ne crois pas ! s'exclama Raine avec malice. Qu'elle en bave un peu à son tour. Elle n'a pas arrêté de se trémousser devant moi à la moindre occasion. Ce matin, quand j'ai compris qu'elle s'était moquée de moi, j'ai eu envie de lui tordre le cou. Non, laissons-la mijoter un peu. Elle croit que je ne me souviens pas de...

Il lança un rapide coup d'œil vers Joss avant d'enchaîner :

— Elle pense que je ne me doute de rien. Qu'il en soit ainsi.

Joss se leva.

— Tu ne seras pas trop dur avec elle, quand même ? J'ai bien l'impression qu'elle est très amoureuse de toi.

Le sourire de Raine s'agrandit encore.

— Non, je ne lui ferai aucun mal, mais je vais lui faire goûter un peu de son propre traitement.

Une heure plus tard, quand Alyx revint dans la tente, Raine et Jocelin jouaient aux dés.

— Alyx, fit Raine sans même lever les yeux, t'es-tu entraîné, aujourd'hui ? Tu ne dois pas perdre le peu de muscles qu'on a réussi à te donner.

— Entraînée ? s'étrangla-t-elle. Pour une raison qui m'échappe maintenant, ces derniers jours je me souciais plus de votre santé que de fortifier mon pauvre corps.

Raine la regarda d'un air mêlé de stupeur et de chagrin.

— Alyx, comment peux-tu parler ainsi ? Aurais-tu préféré que je meure ? Laisse-moi, Joss, je suis trop fatigué pour continuer à jouer. J'irai peut-être me chercher un peu de vin, dès que j'aurai retrouvé quelques forces, ajouta-t-il.

Il s'allongea sur sa couche en faisant étalage d'une faiblesse exagérée.

Joss toussa pour dissimuler son rire et quitta la tente en adressant un clin d'œil à Raine qui gémit de plus belle.

Alyx essaya de rester impassible mais un regard vers les traits tirés et le visage livide de Raine lui fit maugréer :

— Je vais chercher le vin.

Un peu plus tard, quand elle lui tendit la coupe, il tremblait tellement qu'elle dut l'aider à la porter à ses lèvres... ces lèvres qui, même maintenant, lui évoquaient des plaisirs insoutenables.

— Tu es fatigué, dit Raine avec sympathie. Et depuis quand n'as-tu pas pris un bain ? C'est toujours pareil avec les garçons de ton âge : ils ne veulent jamais se laver. Ah, fit-il en souriant, le jour viendra où tu trouveras la femme de tes rêves et alors rien ne sera assez beau pour elle. Jamais tu ne seras assez propre. Je t'ai déjà parlé de ce tournoi auquel j'ai participé à Paris ? Il y avait là trois femmes qui...

— Non ! hurla-t-elle. Je ne veux pas entendre cette histoire.

Il la contempla avec un paternalisme exaspérant.

— L'éducation d'un écuyer ne consiste pas simplement à apprendre le métier des armes. Par exemple, quand tu joues du luth, les chansons et les paroles que tu choisis sont plutôt celles d'une femme. Les femmes aiment qu'un homme soit fort, sûr de lui, elles ne veulent pas d'un braillard plaintif qui a tout d'une femmelette.

— Braillard plaintif ! s'insurgea-t-elle, outrée.

Elle n'était peut-être pas belle mais s'il y avait une chose qu'elle connaissait mieux que quiconque, c'était la musique.

— Et que savez-vous des femmes ? gronda-t-elle. Si vous en savez autant sur elles que sur la musique, alors vous êtes aussi ignare qu'un... que...

— Que quoi ? demanda-t-il avec intérêt en se dressant sur un coude.

Elle eut la désagréable certitude qu'il était sur le point d'éclater de rire.

— Que stupide ! cria-t-elle.

— Ah, si seulement tu étais aussi fort que ta voix est puissante. N'as-tu jamais essayé de faire s'écrouler les murs d'un château fort par la seule force de tes cris ? Peut-être pourrais-tu hurler une note qui épouvanterait tous les chevaux de l'ennemi ?

— Assez ! Assez ! s'écria-t-elle. Je vous déteste, espèce d'idiot ! Espèce de taureau débile ! Espèce de... noble !

Elle tourna les talons mais la voix grave et autoritaire de Raine l'arrêta.

— Appelle Rosamund, veux-tu ? Je ne me sens pas bien du tout.

Elle hésita mais sa fierté fut la plus forte et elle sortit. Plusieurs personnes étaient rassemblées devant la tente, ayant visiblement écouté leur dispute. Alyx fit de son mieux pour les ignorer tandis qu'ils riaient sous cape et se poussaient du coude. Après avoir averti Rosamund, elle passa trois heures sur le terrain d'entraînement à manipuler une lourde épée.

Finalement, épuisée, elle alla à la rivière, se baigna et se lava les cheveux. Après son dîner, elle retourna à la tente.

Il y régnait la plus grande obscurité. Comme aucun bruit ne provenait de la couche de Raine, elle supposa qu'il dormait. Si elle en avait le courage, se dit-elle, elle devrait quitter ce camp et ne plus jamais revenir. Que pouvait-elle espérer de la part de cet homme, de ce noble qui avait déjà dû connaître bien des femmes ? Une de plus ou de moins, quelle différence pour lui ? Si elle lui révélait ce qui s'était passé cette nuit-là, il lui rirait au nez ! Il ferait d'elle une de ses servantes chargées de lui procurer du plaisir, comme Blanche !

— Alyx ? Tu avais disparu ? Tu as mangé quelque chose ?

— Un sac entier d'avoine, répliqua-t-elle. J'espère devenir aussi grosse que votre cheval.

— Alyx, calme-toi. Viens t'asseoir près de moi et chante-moi une chanson.

— Les chansons que je connais ne vous plaisent pas.

— Elles conviendront ce soir.

Elle discerna un tel épuisement dans sa voix qu'elle eut honte de s'être montrée si agressive. Saisissant le luth, elle commença à fredonner un air lent.

— Judith t'aimera, murmura-t-il.

— Judith ? La si belle femme de votre frère ? Pourquoi une lady comme elle se soucierait de la... du rejeton d'un misérable roturier ?

— Elle aimera tes chansons, dit-il d'une voix alanguie par le sommeil.

Alyx continua à jouer jusqu'à ce qu'elle soit certaine qu'il dormait. Puis, elle s'agenouilla devant son lit et le contempla longuement avant de regagner sa couche. Là, elle dut lutter de toutes ses forces pour ne pas éclater en sanglots.

Au matin, Raine insista pour aller s'entraîner. Ni Alyx ni Jocelin ne parvinrent à le convaincre de se reposer un jour de plus. Pourtant, le simple fait de marcher le mettait en nage.

— Si vous mourez, je ne vois pas à quoi cela vous aura avancé, remarqua Alyx.

— Si je meurs, iras-tu personnellement prévenir ma famille ? demanda-t-il d'un ton si sérieux qu'elle retint son souffle.

Puis la fossette apparut et elle comprit qu'il se moquait d'elle.

— Je jetterai votre grande carcasse sur un cheval pour l'amener à votre noble famille. Mais ne comptez pas sur moi pour pleurer avec vos femmes !

— C'est vrai. Nombreuses seront les femmes qui pleureront ma mort. Ne t'ai-je jamais parlé de la servante de Judith, Joan ? Je n'ai jamais rencontré de femelle aussi enthousiaste.

Là-dessus, Alyx lui tourna le dos et dut encore supporter son tonitruant éclat de rire.

Au bout d'une heure d'entraînement, elle revint à la tente préparer une potion à l'intention de Raine, comme Rosamund le lui avait appris. Elle trouva Blanche en train de fouiller dans le coffre.

— Que fais-tu là ?

Blanche sursauta.

— Pour... pour la lessive, balbutia-t-elle, le regard fuyant.

Alyx poussa un grognement ironique.

— Depuis quand as-tu découvert le savon ? (D'un geste vif, elle attrapa le bras de la femme.) Tu ferais mieux de me dire la vérité. Tu connais la punition pour le vol ? Vingt coups de fouet et le bannissement.

— Lâche-moi ! couina Blanche en cherchant à se libérer.

Alyx se débarrassa violemment d'elle, l'expédiant à travers la tente. Elle atterrit douloureusement sur les fesses.

— Tu me paieras ça. Tu vas regretter de m'avoir pris lord Raine.

— Tiens, tiens, fit Alyx. Et comment t'aurais-je *pris* lord Raine ?

— Tu sais très bien qu'il ne veut plus de moi dans son lit, fit Blanche en se redressant. Maintenant qu'il a un garçon...

— Fais attention à ce que tu vas dire, la prévint Alyx. Tu t'es mise dans de mauvais draps. Que cherchais-tu quand je suis entrée ?

Blanche refusa de répondre.

— A ta guise... Je vais donc informer Raine...

commença Alyx en se dirigeant vers le seuil de la tente.

— Non ! s'écria Blanche d'un ton larmoyant. Je n'ai nulle part où aller. S'il vous plaît, ne lui dites rien. Je ne volais pas. Je n'ai jamais volé.

— Si tu ne veux pas que je parle à Raine, il faudra que tu me donnes quelques renseignements.

— Sur quoi ?

— Parle-moi de Jocelin.

— Jocelin ? répéta Blanche comme si elle entendait ce nom pour la première fois.

Alyx la considéra avec sévérité.

— Raine m'attend. Et il n'est pas très patient. Si je tarde trop, il viendra me chercher.

Aussitôt, Blanche se mit à déverser un flot de paroles.

— Jocelin était un troubadour et toutes les plus nobles ladies le voulaient. Pas à cause de ses chansons mais...

Elle s'interrompit avant de poursuivre d'un air entendu :

— Il n'est jamais fatigué... Au château des Chatworth, il était à la disposition de lady Alice.

En entendant ce nom, Alyx dressa les oreilles : celui qui retenait prisonnières la sœur et la belle-sœur de Raine s'appelait Chatworth.

— Lady Alice est une mauvaise femme, poursuivait Blanche, mais son mari, Edmund, était encore pire. Il aimait battre les femmes, les entendre hurler et pleurer quand il les violait. Il y avait une servante, Constance... Il l'a battue à mort. Enfin, il croyait qu'elle était morte et a chargé Jocelin de se débarrasser du cadavre.

— Et alors ?

— Constance n'était pas morte et Joss l'a cachée, l'a soignée et est tombé amoureux d'elle.

— N'était-ce pas inhabituel de la part d'un homme possédant de tels... talents ?

Blanche parut soudain extrêmement nerveuse. Ses mains se tordaient tandis qu'elle ne cessait de se balancer d'un pied sur l'autre.

— Je ne crois pas qu'il ait jamais aimé personne avant. Quand lord Edmund a découvert que la fille était encore vivante, il s'est à nouveau servi d'elle pour son bon plaisir et a jeté Jocelin aux oubliettes. Et la fille... cette Constance...

— Oui ? s'impatienta Alyx.

— Elle a cru que Joss était mort et elle s'est suicidée.

Alyx se signa devant un tel péché.

— Mais Joss s'en est sorti puisqu'il est ici, remarqua-t-elle.

— Il s'est échappé et il a tué lord Edmund, dit Blanche avant de pousser Alyx et de s'enfuir en courant.

— Il a tué un noble ! murmura Alyx.

Nul doute que sa tête était mise à prix, et très cher ! Et elle comprenait mieux maintenant pourquoi il n'accordait jamais aucune attention aux femmes du camp qui ne cessaient de lui courir après.

— Qu'est-ce que tu fabriques ? grommela Raine derrière elle. Cela fait bien une heure que tu es parti et je te trouve ici seul à ne rien faire.

— Je vais travailler, maugréa-t-elle.

Il posa une main sur son bras mais la retira aussitôt.

— Tu as appris une mauvaise nouvelle ? demanda-t-il.

— Rien qui puisse intéresser Votre Altesse, répliqua-t-elle en quittant la tente.

Pendant le restant de la journée, Alyx ne pensa qu'à Jocelin. Joss était un homme doux, tendre, sensible, qui méritait l'amour d'une femme. Si seulement elle était tombée amoureuse de lui, comme tout serait plus simple ! Un jour, bientôt peut-être, Raine quitterait la forêt pour retourner vivre dans sa riche famillle. Alors, elle serait seule.

Tandis qu'elle soulevait son épée et essayait de la stabiliser au-dessus de sa tête, elle perçut un mouvement à la limite de son champ de vision. A moitié cachée dans les broussailles se tenait Rosamund. Suivant son regard, Alyx vit qu'elle contemplait Jocelin et reconnut facilement les émotions qui la traversaient : la passion, l'amour, le désir. Pour la première fois, elle avait la tête haute et on ne sentait aucune servilité en elle.

— Alyx ! Au travail ! hurla Raine non loin de là.

Avec une grimace, elle reprit son exercice.

Ce soir-là, encore très faible, Raine se coucha tôt tandis qu'Alyx restait un moment près du grand feu au milieu du camp, mangeant son bol de haricots en compagnie de Jocelin.

— Ta chemise est déchirée, observa-t-elle. Quelqu'un devrait te la recoudre.

Avant qu'elle ait repris son souffle, trois femmes s'étaient déjà proposées pour cette tâche.

— Non, grommela Joss, le nez dans son bol. Elle me va très bien comme cela.

— Donne-la-leur, fit Alyx avec impatience. Je te

prêterai une des chemises de Raine. Il en a plus que nécessaire.

A contrecœur, Jocelin se dépouilla de sa chemise tandis qu'Alyx courait à la tente. Un regard vers la forme endormie sur la plus grande des couches et elle ressortit, une chemise sous le bras. Dehors, elle s'immobilisa de stupeur. Jocelin était assis devant le feu, torse nu, entouré de plusieurs femmes l'admirant sans pudeur. A l'écart, se tenait Rosamund.

Alyx rejoignit Jocelin et lui tendit la chemise puis se servit un bol de cidre bouillant.

Soudain, un bruit retentit dans l'obscurité et tout le monde se retourna vers l'endroit d'où il semblait provenir.

Alyx aurait été bien incapable d'expliquer ce qui se passa dans sa tête à ce moment-là. Tout ce qu'elle savait, c'est que personne ne la regardait, qu'elle se trouvait là, un bol de cidre bouillant à la main et que Joss se tenait à côté d'elle à moitié nu. Elle ne pensait qu'à une chose : si Joss se blessait, Rosamund le soignerait. Suivant son impulsion, elle renversa la moitié de son bol sur le bras de Joss.

Le cri mêlé de surprise et de douleur de Joss lui fit aussitôt regretter son geste.

— Joss, je... commença-t-elle, voyant avec horreur la peau de son bras virer au rouge.

— Rosamund, murmura quelqu'un. Qu'on aille chercher Rosamund.

Mais cette dernière était déjà auprès de Jocelin et commençait à s'occuper de sa brûlure.

Les larmes aux yeux, tremblant de tous ses membres, Alyx n'arrivait pas à admettre son propre acte.

Soudain, une main énorme se referma sur son cou, la paralysant sur place.

— Suis-moi à la rivière. Tu mérites le fouet pour ça, gronda Raine d'une voix déformée par la rage.

La culpabilité qu'elle éprouvait laissa place à une abominable terreur. Le fouet ? Oui. C'était bien ce qu'elle méritait après ce qu'elle venait de faire...

9

— Je devrais te battre, gronda Raine en la bousculant.

Elle s'effondra sur la berge glaciale de la rivière.

— Que lui reproches-tu ? reprit-il, les dents serrées. Il s'est moqué de toi ? Il est mieux habillé que toi ? T'a-t-il insulté ? Peut-être chante-t-il mieux que toi ?

Cette dernière supposition la fit réagir.

— Personne ne chante mieux que moi, affirma-t-elle.

La saisissant par le col, il la souleva à bout de bras.

— Bon sang ! Je te faisais confiance. Je pensais que tu avais le sens de l'honneur. Mais tu es comme tous les autres : tes petites manigances, ton égoïsme sont les seules choses qui comptent.

Ils formaient un couple étrange. Dans l'obscurité, la silhouette de Raine semblait deux fois plus grosse que celle d'Alyx, mais la voix de la jeune femme n'avait pas son pareil.

— L'honneur ! lui cria-t-elle. Tu ne connais pas le sens de ce mot. Et Jocelin est mon ami !

Dans sa fureur, elle ne se rendait pas compte qu'elle le tutoyait.

— Tiens donc ! Et c'est en toute amitié que tu lui as renversé du cidre bouillant sur le bras ! Tu es comme Alice Chatworth. Cette femme adore faire le mal. Si j'avais su que tu lui ressemblais...

Il dut s'interrompre car Alyx venait de lui envoyer son poing dans l'estomac. Tandis qu'il la considérait avec surprise, elle lui subtilisa le couteau qu'il portait à la ceinture.

— Epargne-moi l'histoire de ta maudite famille, hurla-t-elle en pressant la pointe du couteau contre son ventre. J'expliquerai à Jocelin ce que j'ai fait et pourquoi je l'ai fait. Mais je n'ai aucune explication à te fournir, espèce de vantard imbécile ! Tu juges et condamnes avant de savoir de quoi il retourne.

D'un revers de main impatient, Raine voulut écarter le couteau mais, au cours des dernières semaines, les réflexes d'Alyx s'étaient singulièrement aiguisés tandis que les siens étaient amoindris par la fièvre. Il se figea en sentant la lame lui entailler le dos de la main.

— Ta soif de sang, dit-il. N'importe lequel te convient, celui de mes amis ou le mien, hein ? Je vais te montrer ce que c'est que la souffrance.

Il voulut l'attraper mais elle l'esquiva.

Au troisième essai, ses mains se refermèrent sur les épaules d'Alyx et il la secoua avec brutalité.

— Pourquoi as-tu fait ça ? Je te faisais confiance. Comment as-tu pu me trahir ?

Alyx avait l'impression qu'il allait la broyer sur place.

— Rosamund, Rosamund, se mit-elle à répéter.

Il finit par l'entendre et arrêta de la secouer.

— Parle !

— Rosamund est amoureuse de Jocelin et j'ai pensé qu'elle pouvait remplacer Constance. Mais il fallait les réunir.

Pour lui montrer qu'il ne comprenait rien à son histoire, Raine enfonça un peu plus les doigts dans les épaules d'Alyx. Rapidement, elle raconta les aventures de Joss, sans mentionner le nom des Chatworth.

Ebahi, Raine la dévisagea.

— Tu veux les marier ? Tu as brûlé Joss à cause de l'idée imbécile que tu te fais de l'amour ?

— Que savez-vous de l'amour ? riposta-t-elle. Votre ignorance est telle que vous êtes incapable de reconnaître une femme quand vous en voyez une.

— C'est vrai, lui accorda-t-il. Je ne connais rien des mensonges et des tromperies coutumières aux femmes.

— Toutes les femmes ne sont pas des menteuses.

— Cite-m'en une qui ne le soit pas.

Elle mourait d'envie de dire « moi », mais c'était impossible.

— Rosamund, bafouilla-t-elle. Elle est honnête et bonne.

— Pas si elle accepte de telles méthodes pour séduire un homme.

— Quelles méthodes ? s'insurgea-t-elle. J'essayais simplement de...

Elle s'arrêta brusquement en voyant la lueur qui

dansait dans les yeux de Raine. Un horrible soupçon la saisit.

— Tu sais, articula-t-elle. Tu sais.

Elle se jeta sur lui les poings serrés.

— Espèce de... !

Il l'interrompit en emprisonnant ses mains et en l'attirant contre lui pour l'embrasser avec fougue.

— Souviens-toi que je suis très faible, murmura-t-il. Et je me suis trop entraîné aujourd'hui...

Elle le mordit à l'épaule.

— Depuis quand le sais-tu ?

— Pas depuis aussi longtemps que je l'aurais voulu. Pourquoi ne m'as-tu rien dit au début ? Je comprends pourquoi tu t'es déguisée en garçon mais j'aurais gardé ton secret.

Au creux de l'épaule de Raine, Alyx avait juste la place d'enfouir son visage. Elle se mit à butiner sa peau si douce, si chaude.

— Je ne te connaissais pas. Oh, Raine, es-tu vraiment *très* faible ?

Le rire de Raine monta des profondeurs de son corps.

— Tu as goûté à l'amour et tu ne peux plus t'en passer, n'est-ce pas ? fit-il en la soulevant dans les airs.

— C'est comme la musique, murmura-t-elle. Comme la meilleure musique.

— Je suppose que je dois prendre cela pour un compliment.

Il commença à lui déboutonner son pourpoint.

Une crainte irraisonnée envahit alors Alyx : aimerait-il sa poitrine plate, à présent qu'il n'était pas affaibli par la fièvre ?

— Raine, souffla-t-elle en posant les mains sur les siennes. Je suis comme un garçon.

Il ne comprit qu'au bout d'un instant ce qu'elle voulait dire.

— Tu n'as pas arrêté de m'aguicher avec tes jambes et maintenant tu me dis que tu es faite comme un garçon ? J'ai tenté tout ce qui était en mon pouvoir pour faire de toi un homme et j'ai échoué. Mais je n'ai *pas* échoué à faire de toi une femme.

Retenant son souffle, Alyx lui permit de la déshabiller et quand il parcourut son corps d'un regard brûlant de désir, ses réticences s'envolèrent.

Alors elle entreprit de le dévêtir à son tour, ses mains impatientes écartant tout ce qui les empêchait de toucher sa peau.

Raine l'allongea sur le sol tandis qu'elle continuait à s'occuper de lui avec un enthousiasme qu'il n'avait rencontré chez aucune autre femme.

— Je ne te fais pas mal ? s'inquiéta-t-il tandis qu'il roulait sur lui-même pour éviter de l'écraser.

— Un peu mais c'est bon. Oh, Raine, j'ai eu si peur quand tu avais la fièvre...

Sans transition, elle bondit sur lui. Le premier moment de surprise passé, il saisit ses hanches minces et rondes.

— Chante pour moi, mon petit rossignol, chuchota-t-il en la pénétrant d'un seul coup.

Le cri qu'elle poussa fut comme une note de musique, de ces notes qui font trembler le verre et brisent le cristal. Cette fois-ci, elle ne mit pas longtemps à suivre le rythme de Raine tandis que ses grandes mains parcouraient son corps, emprisonnaient ses seins, exagérant leur rondeur, les pressant l'un contre l'autre comme pour mieux lui démontrer qu'elle était réellement une femme. Puis les mains descendirent, s'arrêtèrent sur ses hanches pour en guider le rythme.

Les mains de Raine étaient énormes mais elles étaient d'une précision extraordinaire. Elles semblaient capables d'exciter chacun de ses nerfs. Et tandis qu'il la manipulait, lui arrachait des cris étouffés, des rires se mêlant à des larmes, son propre désir s'exacerba et il se lança une dernière fois avec violence pour se répandre en elle. Alyx se figea, trembla et poussa un dernier gémissement de délicieuse agonie avant de retomber dans ses bras.

— Comment une telle femme a-t-elle pu se faire passer pour un garçon ? murmura-t-il en fouillant ses boucles folles. Je comprends pourquoi j'ai failli devenir fou.

— Oh vraiment ? Et quand ça ? J'avais l'impression que tu ne savais même pas que j'existais.

— Par exemple, quand tu balançais tes jambes devant mes yeux ou que tu te penchais pour mieux m'exciter.

— T'exciter ! Mais je n'ai jamais fait une chose pareille. Et toi alors ? Me faire monter sur ton dos pour te chevaucher ! Est-ce ainsi que tu traites les garçons ?

Il rit de bon cœur.

— Un garçon n'aurait été intéressé que par ma force. Tu as froid ?

Elle se roula en boule contre lui.

— Non.

Il se redressa soudain.

— Alyx ! Quel âge as-tu ?

Il y avait de la crainte dans sa voix. Elle lui lança un regard hautain.

— J'ai vingt ans et si tu espères que mes formes vont changer...

Avec un petit rire, il la força gentiment à reposer son visage sur sa poitrine.

— Dieu t'a donné la musique, que peux-tu vouloir de plus ? J'avais peur que tu ne sois qu'une enfant. On te donne douze ans, à peine.

— Tu aimes ma musique ? demanda-t-elle innocemment, la voix aussi douce qu'une goutte de rosée.

— Tu n'obtiendras plus un seul compliment de moi, ce soir. Je t'en ai déjà trop fait. Qui t'a appris à jouer ?

Brièvement, elle lui parla du prêtre et du moine.

— Voilà donc pourquoi tu étais toujours vierge à vingt ans et Pagnell... Chut, fit-il quand elle voulut parler. C'est un couard et il ne te touchera pas tant que tu seras près de moi.

— Oh, Raine, je savais que tu dirais cela. Je le savais ! Il y a bien des avantages à être noble. Maintenant tu peux aller voir le roi pour implorer son pardon, ainsi nous pourrons toi et moi rentrer chez toi. Je chanterai et je jouerai pour toi, et nous serons très heureux.

Raine la repoussa et commença à se rhabiller.

— Implorer le pardon du roi, grogna-t-il. Qu'ai-je fait pour qu'on me pardonne ? Oublierais-tu que deux membres de ma famille sont retenus prisonniers ? Oublierais-tu pourquoi je suis ici ? Et tous les autres du camp ? Il n'y a pas si longtemps tu te révoltais contre les Actes de Clôture et maintenant tu voudrais que les paysans non seulement abandonnent leurs terres mais aussi le dernier abri qu'il leur reste.

— Raine, plaida-t-elle en enfilant précipitamment sa chemise, ce n'est pas ce que je voulais dire. Mais si le roi entendait ta version des faits, il t'aiderait sûrement. Cet homme, ce Chatworth, n'a pas le droit de retenir ta famille.

— Henri ! fit-il, excédé. Tu en parles comme d'un dieu. Mais ce n'est qu'un homme et un homme cupide. Sais-tu pourquoi il m'a déclaré hors la loi ? Pour mes terres ! Il veut enlever tout pouvoir aux nobles et le garder pour lui-même. Bien sûr, les gens du commun, comme toi, le soutiennent parce qu'il accomplit de bonnes choses pour vous. Mais que se passera-t-il si un mauvais roi arrive ? Tant que les nobles existeront, un mauvais roi ne pourra jamais faire subir ses méfaits à toute l'Angleterre. Imagine que Pagnell devienne roi ! Soutiendrais-tu un homme tel que lui ?

Elle ne l'avait jamais vu aussi furieux.

— Je ne parlais pas de toute l'Angleterre, dit-elle d'une voix apaisante. Je pensais simplement à nous. Tu serais sûrement plus utile à ta famille en étant près d'elle.

— Et pour cela tu veux que j'aille m'agenouiller devant le roi ? gronda-t-il. C'est cela que tu veux ? Tu veux que je me vautre dans la fange, que je renie la chevalerie, que je bafoue mon honneur ?

— L'honneur ! s'exclama-t-elle. Qu'est-ce que l'honneur a à voir là-dedans ? Tu as eu tort d'utiliser l'armée du roi.

Pendant un instant, elle crut qu'il allait la frapper mais il recula, les yeux étincelants de rage.

— L'honneur est tout pour moi, murmura-t-il avant de prendre la direction du camp.

Aussi vite qu'elle le put, elle finit de s'habiller et le suivit.

Devant la tente, un messager du frère de Raine attendait. Elle fut contente de le voir : il apportait peut-être de bonnes nouvelles.

A l'intérieur, Raine lui tendit la lettre sans la regarder. Elle la prit et l'ouvrit avec espoir. Dès qu'elle lut les premières lignes, ses épaules s'affaissèrent.

— Qu'y a-t-il ? gronda Raine. Quelqu'un est malade ?

Des larmes brillaient dans les yeux d'Alyx quand elle les leva vers Raine.

— Qu'y a-t-il ?

— Ta... sœur Mary est... morte, murmura-t-elle.

Le visage de Raine ne trahit aucune émotion mais les muscles de sa mâchoire se crispèrent.

— Et Scarlett ?

— Elle a échappé à Roger Chatworth mais on ne l'a pas encore retrouvée. Tes frères la cherchent.

— Il n'y a rien d'autre ?

— Non. Rien. Raine... commença-t-elle.

Il l'écarta d'un geste et lui tourna le dos.

— Va-t'en ! Laisse-moi seul !

Elle allait lui obéir mais en regardant son dos rigide, elle sut qu'elle ne pouvait pas l'abandonner.

— Assieds-toi ! commanda-t-elle.

Il fit volte-face. Ses yeux ressemblaient à deux brasiers d'enfer.

— Assieds-toi, répéta-t-elle plus calmement, et parlons.

— Laisse-moi ! grogna-t-il, mais il se laissa tomber sur un tabouret et se prit la tête à deux mains. Immédiatement, Alyx fut à ses pieds sans oser le toucher.

— Comment était-elle ? murmura-t-elle. Mary était-elle petite ou grande ? Est-ce qu'elle riait souvent ? Vous taquinait-elle, tes frères et toi ? Quand tu te montrais têtu comme un âne, n'avait-elle pas envie de te taper sur la tête avec un bâton ?

Il la regarda avec fureur.

— Mary était bonne et douce. Elle ne faisait jamais de caprices.

— C'est une bonne chose. Ce devait être une sainte pour pouvoir supporter ton obstination et je suis certaine que tes frères ne valent pas mieux que toi.

Le tabouret traversa la tente. La main de Raine s'abattit sur le cou d'Alyx. Il la souleva à bout de bras.

— Mary était un ange, lui cracha-t-il au visage.

— Tu peux me tuer, parvint-elle à articuler. Cela ne fera pas revenir Mary.

Il hésita puis la serra contre lui si fort qu'Alyx crut qu'il allait l'écraser. Doucement, il se mit à la bercer en caressant ses cheveux.

— Parle-moi de ton ange. Parle-moi de tes frères. Comment est Judith ? Et Scarlett ?

Les mots ne lui venaient pas facilement mais à mesure qu'il parlait, elle vit une famille unie, aimante. Mary était la plus vieille des cinq et ses frères l'adoraient. Raine parla de son indépendance et de la façon dont elle avait, avec Scarlett, risqué sa vie pour sauver l'enfant d'un serf. Il parla de Judith, du traitement horrible que son frère lui avait infligé mais qui n'avait pas réussi à entamer son amour pour lui. Il lui raconta comment, malgré cela, elle lui avait pardonné.

Recluse derrière les hauts murs de son village, Alyx avait toujours imaginé que la vie des nobles n'était faite que de luxe et de distractions. En écoutant Raine, elle comprenait que la peine, la douleur et la mort faisaient aussi partie de leur quotidien. Elle n'avait pas lu à haute voix le message de Gavin et elle en était heureuse : Roger Chatworth avait violé Mary qui était encore vierge. Celle-ci, prise de désespoir, s'était alors jetée du haut d'une tour.

— Alyx, murmura Raine, tu comprends maintenant pourquoi je ne peux pas aller voir le roi ? Chatworth est à moi. J'aurai sa tête.

— Quoi ! s'exclama-t-elle. Tu veux te venger ?

— Il a tué Mary.

— Non ! Il ne l'a pas tuée !

Elle détourna les yeux en se maudissant. Elle en avait trop dit.

Il la força à le regarder.

— Tu ne m'as pas tout dit, n'est-ce pas ? Gavin a écrit autre chose. Comment Mary est-elle morte ?

— Elle...

— Parle ! commanda-t-il.

— Elle s'est ôté la vie, fit Alyx dans un murmure.

Raine la fixa d'un regard brûlant.

— Elle était croyante, elle n'aurait pas commis un tel acte sans raison. Que lui a-t-il fait ?

Elle comprit qu'il avait deviné mais espérait

encore être détrompé. Pourtant, elle se sentait incapable de lui mentir.

— Roger Chatworth l'a... prise de force.

Il l'écarta de lui avec force et poussa un tel cri de rage et de désespoir qu'Alyx se recroquevilla sur le sol. Puis il se mit à trembler, en proie à une haine dévastatrice. Alyx se précipita à ses côtés.

— Non, Raine, non ! supplia-t-elle. Tu ne peux pas te lancer à la poursuite de Chatworth. Le roi...

Il la repoussa.

— Il sera trop content d'être débarrassé d'un autre noble dont il s'appropriera les terres.

Elle se pressa à nouveau contre lui.

— Raine, je t'en prie... Tu ne peux y aller seul. Tes frères sont à la recherche de Scarlett. Et pense aux gens du camp ! Ils s'entre-tueront si tu n'es plus là !

— Depuis quand te soucies-tu de leur sort ?

— Depuis que j'ai peur de te perdre, répondit-elle avec honnêteté. Comment combattrais-tu Chatworth ? Tes hommes ne sont pas ici. Chatworth doit être bien gardé ? Il a des soldats ?

— Des centaines. Il est constamment entouré par sa garde.

— Crois-tu qu'il accepterait de te rencontrer en combat singulier ? Ne devrais-tu pas d'abord affronter tous ses hommes ?

Raine détourna les yeux, et elle sentit qu'elle venait de toucher un point sensible. Ah, si seulement elle était plus au fait des coutumes des nobles ! L'honneur, se dit-elle, pense à l'honneur.

— Chatworth n'est pas un homme d'honneur, poursuivit-elle. Tu ne peux espérer l'affronter dans un esprit chevaleresque. Tu dois t'allier avec tes frères.

Silencieusement, elle pria le Ciel pour qu'ils ne possèdent pas un caractère aussi enflammé que le sien.

— S'il te plaît, Raine, attends d'avoir retrouvé ton calme. Nous écrirons à tes frères et vous préparerez un plan ensemble.

— Je ne sais pas si...

— Raine, Mary est morte depuis plusieurs jours maintenant. Il est possible que Roger Chatworth ait déjà été traîné en justice ou bien qu'il se soit enfui en France.

— Pourquoi cherches-tu à me détourner de mon devoir ?

Elle hésita à peine.

— Je t'aime, dit-elle. Je préférerais mourir que de te voir mort et c'est ce qui arrivera si tu attaques Chatworth seul.

— Je n'ai pas peur de la mort.

Elle lui lança un regard écœuré.

— Alors, vas-y ! s'écria-t-elle. Offre ta vie à Chatworth. Il pourra détruire ta famille en vous éliminant un par un. Va ! Va lui faciliter la tâche ! Si tu veux, je peux même t'aider à passer ta plus belle armure pour aller affronter l'armée de Chatworth. Allez, prépare-toi, dit-elle en saisissant un élément de son armure. Mary sera ravie, là-haut au paradis, de voir son frère se faire tailler en pièces.

Il ne broncha pas, ne protesta pas, se contentant de la regarder sans la voir.

— Laisse-moi, dit-il enfin.

Cette fois-ci, elle lui obéit. Dehors, le froid intense

n'eut aucun effet sur elle : elle claquait déjà des dents. Jamais elle n'avait éprouvé une pareille terreur.

— Alyx.

Jocelin se tenait devant elle, l'appelant doucement. En un éclair, elle s'effondra en larmes dans ses bras.

— La sœur de Raine, sanglota-t-elle. Mary est morte et Raine veut défier l'armée de son assassin tout seul.

— Cchhh, fit Joss pour la calmer. Il n'est pas comme nous. Nous avons appris à nous conduire en lâches, à nous enfuir dès que le danger menace. Il n'y a pas beaucoup d'hommes tels que Raine. Il préfère mourir qu'accepter le déshonneur.

— Je ne veux pas qu'il meure. Il ne doit pas mourir ! J'ai déjà tout perdu... Ma mère, mon père. Je sais que je n'en ai pas le droit, mais je l'aime.

— Tu as tous les droits. Maintenant calme-toi et essaye de réfléchir. Il faut trouver un moyen de l'empêcher de commettre un suicide. Ses frères doivent connaître son caractère. Si tu parvenais à convaincre Raine de leur écrire, tu pourrais ajouter un mot à la lettre sans qu'il s'en aperçoive...

— Oh, Joss ! s'exclama-t-elle en lui serrant le bras.

Il grimaça de douleur.

— J'avais oublié ta blessure ! Je suis vraiment désolée. Je...

— Chut, dit-il en posant un doigt sur ses lèvres. Rosamund me soigne. Ce n'est pas grand-chose. Maintenant va parler à Raine. Et surtout ne perds pas ton sang-froid.

Silencieusement, elle regagna la tente. Raine était assis au bord de sa couche, la tête entre les mains.

— Raine, murmura-t-elle en lui caressant les cheveux.

Il lui prit la main et y déposa un baiser.

— Je suis impuissant. Un homme tue ma sœur et je ne peux rien faire. Rien !

Elle s'assit à ses côtés et l'enlaça.

— Viens te coucher. Il est tard. Demain nous écrirons à Gavin. Peut-être que lui saura quoi faire.

Il accepta docilement de s'étendre mais quand Alyx voulut regagner sa propre couche, il la retint.

— Reste avec moi.

Ils se dévisagèrent longuement puis, avec un sourire, elle se nicha au creux de ses bras. Cette nuit-là, elle dormit peu. Et Raine encore moins.

Au matin, les yeux cernés, il était d'une humeur massacrante.

— Du vin, je t'ai dit ! gronda-t-il à Alyx. Et va chercher de l'encre et du papier.

Il lui dicta une lettre à l'intention de son frère, pleine de haine et de fureur. Il jurait de tuer Roger Chatworth et annonçait à Gavin que s'il ne l'aidait pas, il irait tout seul.

Alyx ajouta son propre message sous le sien, suppliant Gavin de raisonner Raine, lui expliquant qu'il était parfaitement déterminé à affronter seul l'armée de Chatworth. En apposant le sceau de Raine sur le message, elle se demanda comment le fameux lord Gavin allait prendre ses suppliques.

La réponse parvint deux jours plus tard. Le messager, épuisé par sa folle course, s'effondra pratiquement à leurs pieds en leur tendant la lettre. Avec des mains tremblantes, Alyx brisa le cachet de cire.

Le roi Henri était furieux, aussi bien après les Montgomery qu'après les Chatworth. Il avait exigé une lourde amende de Roger Chatworth et renouvelé son accusation de trahison à l'encontre de Raine. Il voulait condamner les deux nobles à l'exil. Il était exaspéré par l'attitude de Raine qui le défiait au cœur de son royaume en se cachant dans cette forêt. La rumeur disait que Raine y soulevait une armée pour combattre le roi.

Les yeux emplis d'effroi, Alyx considéra Raine.

— Ce n'est pas vrai, n'est-ce pas ?

— En vieillissant, cet homme devient lâche, nota-t-il. Comment transformer cette vermine en armée ?

— Ton frère assure qu'il faut que tu restes caché. Le roi Henri serait ravi de faire de toi un exemple à l'intention des autres barons du royaume qui auraient l'idée de contester son autorité.

— Gavin a peur pour ses terres, fit Raine avec dégoût. Mon frère se soucie plus de ses domaines que de l'honneur. Il a déjà oublié la mort de notre sœur.

— Il n'a rien oublié ! s'écria Alyx. Et surtout pas que sa famille compte d'autres membres. Cela te rendrait-il plus heureux s'il t'envoyait à une mort certaine ? Il a déjà perdu son enfant et son unique sœur, la femme de son frère a disparu et tu t'attends à ce qu'il t'incite à te sacrifier pour rien ?

— Pour venger la vie de ma sœur ! Crois-tu que je vais rester là à me morfondre après ce qu'on m'a fait ? N'y a-t-il aucun moyen de faire comprendre aux gens comme toi la signification de l'honneur ?

— Les gens comme moi ! Crois-tu qu'en raison de ta naissance tu sois le seul à avoir des sentiments ? En une nuit, un de tes semblables a tranché la gorge de mon père et brûlé ma maison. Comme si cela ne suffisait pas, on a dit que j'étais une voleuse et une sorcière. Tout cela, à cause des caprices d'un seul homme. Et maintenant, tu me parles de vengeance, tu me demandes de te comprendre ! Moi qui ne peux même pas sortir de cette forêt sous peine d'être tuée !

— Alyx...

— Ne me touche pas ! Tu nous méprises parce que nous ne pensons qu'à l'argent, mais qu'avons-nous d'autre ? Nous nous exténuons au travail pour vous donner le meilleur de ce que nous gagnons et vous permettre d'entretenir vos belles demeures et de gloser sur l'honneur et la vengeance. Si vous deviez vous battre chaque jour pour manger, je me demande si vous parleriez autant d'honneur.

— Tu ne comprends pas, dit-il sourdement.

— Je comprends parfaitement et tu le sais très bien, cingla-t-elle avant de quitter la tente.

10

Au bord de la rivière, Alyx n'arrivait pas à se calmer. Des barrières infranchissables se dressaient entre elle et Raine. Leurs croyances étaient opposées. Toute sa vie, elle avait dû travailler, lutter pour survivre. La crainte de ne pas avoir assez à manger était permanente. Et sans l'aide du prêtre, ils n'auraient pu affronter certains hivers. Parfois, Raine se plaignait de la nourriture du camp mais, à la vérité, elle n'avait jamais connu une telle variété et une telle abondance.

Quand Pagnell avait tué son père, elle avait dû une fois de plus se battre et fuir. Encore une fois pour survivre ! Cela ne signifiait pas grand-chose aux yeux de Raine ou de ses puissants frères. La guerre, la vengeance, l'honneur... Seuls ces jeux puérils avaient de l'importance à leurs yeux.

— Puis-je me joindre à toi ? demanda Jocelin. Tu as l'air bien sombre ? A quoi penses-tu ?

— J'imaginais Raine derrière une charrue. S'il devait labourer la terre, il n'aurait guère le temps d'aller tuer ce Chatworth. Et si Chatworth conduisait un attelage de bœufs, il n'aurait pas kidnappé la sœur de Raine.

— Ah, l'égalité entre tous ! C'est ce que veut le roi Henri. Tout le pouvoir à un seul homme et rien aux autres.

— Tu parles comme Raine, l'accusa-t-elle. Je pensais que tu serais de mon côté.

Jocelin s'adossa à un arbre en souriant.

— Je ne suis du côté de personne. J'ai connu les deux façons de vivre. La pauvreté du peuple ne m'attire pas, pas plus que la... décadence des nobles. Bien sûr, il y a un juste milieu. Je crois que j'aimerais assez être un riche marchand et avoir un gros ventre.

— Les quelques riches marchands de Moreton

n'étaient pas très heureux non plus. Ils avaient toujours peur de perdre leur argent.

— Un peu comme Raine a peur de perdre son honneur ?

Il avait une idée derrière la tête, pensa-t-elle.

— Qu'essayes-tu de me dire ?

— Nous sommes tous différents. Personne n'est tout bon ou tout mauvais. Si tu veux que Raine comprenne ta façon d'être, tu dois faire preuve de patience. Lui hurler dessus ne servira à rien.

Elle éclata de rire.

— Hurler ? Oui, tu as peut-être raison, je n'ai jamais su contrôler ma voix.

Jocelin poussa un gémissement.

— Tu sais que tu es aussi têtue que lui ? Vous êtes pareils, tous les deux : des têtes de mules. Vous étiez vraiment destinés à vous rencontrer.

Il sait ! songea Alyx. Lui aussi savait qu'elle était une femme... Cela ne la surprit pas outre mesure.

— Pourquoi crois-tu que je l'aime, Joss ? Il est beau mais bien d'autres le sont... Pourquoi faut-il que j'aime Raine, alors que je suis sûre que rien ne sortira de cet amour ? Le mieux que je puisse espérer, c'est qu'il m'engage comme musicienne de sa famille pour le servir lui... et sa femme et ses enfants.

— Qui sait ce qui nous fait aimer ? répondit Joss, l'air absent. Viens, reprit-il en secouant la tête comme s'il se réveillait d'un mauvais rêve, je suis certain que Raine a du travail pour nous. Et n'oublie pas qu'il a plus besoin de réconfort que de reproches.

— J'essaierai, dit-elle en acceptant la main qu'il lui tendait pour l'aider à se lever.

Dans l'ombre des arbres, se tenait une femme que tout le monde semblait avoir oubliée : Blanche. Son visage se tordit de haine quand elle vit Jocelin prendre la main d'Alyx. Pendant les derniers jours, Raine et Alyx s'étaient déchirés comme seuls des amants le font. Ils croyaient sans doute que la tente garantissait leur intimité mais ils possédaient tous deux des voix si puissantes que même des murs de pierre ne les auraient pas arrêtées. Les gens du camp commençaient même à lancer des paris : lequel des deux sortirait vainqueur de ces disputes ? Le gamin avait des ressources insoupçonnées, il savait se défendre...

Mais il y avait des choses que les autres ignoraient, des choses que seule Blanche entendait quand elle collait l'oreille à la toile de la tente. Elle avait ainsi appris que la tête d'Alyx était mise à prix. Et, la nuit, elle avait aussi entendu leurs murmures d'amour.

Autrefois, elle jouissait d'une bonne situation au château d'Edmund Chatworth et Jocelin avait été son amant. A présent, les rares fois où le regard de Jocelin se posait sur elle, elle avait l'impression qu'il lui vomissait dessus. Et tout cela à cause de cette maudite catin de Constance ! Constance lui avait volé Jocelin, elle l'avait volé à toutes les femmes du château. Jocelin, qui avait l'habitude de chanter et de rire, qui prenait trois femmes dans son lit en même temps et les rendait heureuses toutes les trois. Jocelin était maintenant comme un prêtre voué au célibat. Même si, récemment, il avait accordé une certaine attention à cette Rosamund marquée par le diable.

Et voilà qu'elle perdait Raine, le grand, le beau, le riche et puissant Raine. Et à cause de qui ? A cause d'une fille maigre, aux cheveux courts et aux seins plats. « Si je portais des habits d'homme, songeait Blanche, personne ne me prendrait pour un garçon. » Mais cette Alyx était plate comme une limande. Pourquoi Raine lui courait-il après ? Ce n'était pas une lady, elle était du peuple, comme Blanche. Avant l'arrivée d'Alyx, Blanche était la seule à s'occuper de Raine et une nuit, une unique et douce nuit, elle avait même partagé son lit. Maintenant, cela n'arriverait plus... à moins qu'elle ne parvienne à se débarrasser d'Alyx.

Avec une expression nouvelle, déterminée, elle regagna le camp.

L'échange de lettres entre le château des Montgomery et le camp se fit plus régulier. Plus d'une fois, Alyx remercia le Ciel de ce que Raine ne sache pas lire car, à chacune de ses lettres à Gavin, elle ajoutait son post-scriptum personnel, exposant sa version des faits. Elle décrivit comment la colère de Raine ne cessait de croître, comment il s'entraînait plus dur que jamais en vue de son combat contre Chatworth.

En retour, Gavin leur apprit que Scarlett avait été retrouvée et qu'elle attendait un enfant pour le mois d'août. Il mentionna la rage de leur frère cadet quand il avait appris la mort de leur sœur et comment Miles avait été envoyé sur l'île de Wight dans l'espoir que leur oncle parviendrait à le calmer. C'était leur oncle maintenant qui était en rage car sa pupille était tombée amoureuse de Miles et s'était mis en tête de le suivre au bout de la terre.

— Comment est-il, ce Miles ? demanda Alyx, curieuse.

— Les femmes aiment Miles, fut la réponse de Raine.

Il avait perdu son sens de l'humour ces jours-ci. Même quand ils faisaient l'amour, il y avait quelque chose de désespéré en lui.

Un autre frère, Stephen, écrivit d'Ecosse. La lettre, aux yeux d'Alyx, était étrange, emplie de colère envers les Anglais et de considérations sur les mauvaises récoltes.

— Ton frère est-il écossais ? demanda-t-elle.

— Il a épousé une MacArran et a pris son nom.

— Il a abandonné son nom anglais pour un nom écossais ? s'exclama-t-elle, incrédule.

— Un homme ferait n'importe quoi pour Scarlett, répliqua Raine.

Alyx se mordit la langue pour retenir un commentaire acide concernant toutes ces femmes merveilleuses que Raine connaissait. Elle l'avait fait une fois et l'avait amèrement regretté.

En avril, la situation empira brusquement. Le camp des hors-la-loi avait été docile durant tout l'hiver mais, à mesure que les arbres bourgeonnaient, qu'un souffle nouveau parcourait la forêt, des bagarres commencèrent à éclater, des bagarres sournoises, sans motif apparent.

Le travail de Raine s'accrut considérablement. Il était décidé à faire respecter l'ordre dans le camp.

— Pourquoi te donnes-tu tant de mal ? lui reprocha Alyx. Ils n'en valent pas la peine.

Pour la première fois depuis longtemps, elle vit réapparaître la merveilleuse petite fossette sur sa joue.

— On ne peut pas enseigner l'honneur aux gens du peuple, c'est cela, hein ? Ils ne nous ressembleront jamais ?

— Nous ? fit-elle. Depuis quand suis-je devenue une de tes ladies enrobées de satin ? Je parie que je me débrouille mieux avec une épée que Judith avec une aiguille.

Pour une raison ignorée, Raine parut trouver cela particulièrement drôle.

— Et tu gagnerais ton pari, dit-il en riant. Maintenant viens me donner un baiser. Pour cela tu n'as pas d'égale.

Joyeusement, elle se pendit à son cou.

— C'est vrai, Raine ? demanda-t-elle avec sérieux.

Elle essayait de vivre au jour le jour le bonheur d'aimer Raine, mais, parfois, elle ne pouvait s'empêcher de penser à l'avenir.

— Ne fais pas cette tête-là, murmura-t-il en lui soulevant le menton. Je suis si difficile à supporter ?

— J'ai si peur... Nous ne vivrons pas toujours dans la forêt.

— Dieu merci ! s'exclama-t-il. Je me demande dans quel état se trouve ma maison après tout ce temps.

— Si tu allais voir le roi... essaya-t-elle.

— Ne recommençons pas à nous disputer. Comment est-il possible d'aimer autant une femme aussi têtue ?

Avant qu'elle pût répondre, il l'embrassa. Et, comme toujours, ses baisers les entraînèrent un peu plus loin que prévu. En ce domaine, ils n'étaient jamais en panne d'imagination. Alyx mettait pleinement à profit la liberté que lui procuraient les vêtements d'homme. Un jour, alors qu'ils chassaient assez loin du camp, elle contourna Raine sur la selle pour venir s'asseoir face à lui et déboutonna le triangle de tissu qui fermait le haut de son collant. Raine, d'abord stupéfait, ne tarda pas à réagir. En quelques secondes, lui aussi s'était déboutonné et, soulevant Alyx à bout de bras, l'avait installée sur lui.

C'était sans compter sur l'étalon que l'odeur d'amour excitait. Le cheval, naseaux frémissants, s'emballa et partit au galop. Raine, tentant de faire deux choses à la fois, lutter contre sa monture et contrôler l'ardent petit corps d'Alyx, ne réussit ni l'une ni l'autre. En quelques secondes, il explosa dans la jeune femme au moment où le cheval les projetait en l'air.

Ils atterrirent au comble de l'extase dans un tapis de mousse et de feuilles. Alyx ouvrait de grands yeux étonnés comme si elle n'arrivait pas à se remettre de cette renversante expérience.

Raine partit d'un rire si tonitruant qu'elle se sentit insultée.

— Non, je t'en prie, ne m'en veux pas, l'implora-t-il en souriant. Quand je pense que tu as passé la majeure partie de ton existence dans une église et que maintenant... tu montes à cheval.

Elle l'ignora superbement mais en se relevant, elle s'aperçut que le morceau de tissu triangulaire avait disparu. Pendant une heure, elle dut endurer les moqueries de Raine tandis qu'ils fouillaient les alentours.

La vision qu'elle lui offrait ainsi habillée, ou plutôt déshabillée, provoqua à nouveau le désir de Raine. Moqueur, il devint badin. Alyx ne se laissa pas faire. Usant de cette fierté toute neuve qu'il lui inculquait depuis des semaines, elle le força à s'agenouiller devant elle pour mendier ses faveurs. Elle n'avait pas réfléchi à la hauteur à laquelle se trouverait ainsi sa bouche. Quelques secondes plus tard, elle demandait grâce.

Après lui avoir fait longuement, paresseusement l'amour, Raine sortit le morceau de tissu de sa poche où il l'avait caché depuis le début. Elle l'assaillit de tendres coups de poing auxquels il répondit par de furieux baisers.

Le retour fut long, difficile et particulièrement réjouissant.

Un rassemblement les attendait au camp.

— Que se passe-t-il ? demanda Raine. Il y a encore eu un vol ou une bagarre ?

Les hommes semblaient furieux.

— Nous exigeons que vous trouviez le voleur, dit le porte-parole du groupe. Quoi que nous fassions, nos affaires disparaissent.

Alyx sauta à terre.

— De quel droit exiges-tu quelque chose ? s'écria-t-elle avec colère. Depuis quand lord Raine est-il devenu votre protecteur ? Vous n'êtes que du gibier de potence !

— Alyx ! la reprit Raine en sautant à son tour. Avez-vous continué la garde ? Avez-vous caché vos biens ? demanda-t-il au chef du groupe.

L'homme jeta un regard hostile à Alyx avant de répondre.

— Certains d'entre nous ont même enterré leurs affaires. John avait gardé son couteau sous son lit et ce matin il avait disparu.

— Et personne n'a aperçu le voleur ? demanda Raine.

Blanche s'avança.

— Ce doit être quelqu'un de petit et d'agile pour se glisser aussi facilement parmi nous.

Son regard était fixé sur Alyx.

La foule considéra le garçon avec malveillance.

— Et il n'a pas peur, reprit Blanche. Il doit se croire protégé.

Instinctivement, Alyx recula d'un pas pour se rapprocher de Raine.

— Blanche, fit celui-ci avec calme, soupçonnes-tu quelqu'un ? Si oui, dis-le franchement.

— Je ne suis pas encore sûre, répondit-elle. Mais j'ai ma petite idée.

Alyx, retrouvant son courage, s'avança mais Raine l'arrêta.

— Nous attraperons le voleur, dit quelqu'un, et nous le punirons. N'est-ce pas, lord Raine ?

L'homme regardait Alyx. Elle lut une telle haine dans ses yeux qu'elle n'entendit pas la réponse de Raine. Il dut leur promettre quelque chose car ils se dispersèrent en maugréant.

— Ils me détestent, murmura Alyx tandis que Raine la poussait à l'abri de la tente. Pourquoi ?

— Parce que, toi aussi, tu les détestes, Alyx. Ils le sentent, même si tu ne l'as jamais dit. Ils pensent que tu te crois supérieure à eux.

L'une des grandes qualités de Raine était sa franchise. Elle croyait y être habituée mais, cette fois-ci, le coup était rude.

— Je ne les déteste pas, murmura-t-elle.

— Ce sont des gens comme toi et moi. Mais ils ont eu encore moins de chance que nous. Tu connais cette femme qui n'a plus de main droite ? Maude ? Son père lui a coupé la main à l'âge de trois ans pour qu'elle rapporte plus d'argent en mendiant. A dix ans, elle se prostituait. Si certains parmi eux sont des voleurs et des meurtriers, c'est qu'ils n'ont jamais connu autre chose.

Alyx se laissa lourdement tomber sur un tabouret.

— Tu ne m'en avais jamais parlé. Pourquoi ?

— Tu as ton opinion. Chacun de nous doit faire ce qu'il juge juste.

— Oh, Raine ! s'écria-t-elle, les larmes aux yeux. Tu es si bon, si généreux. On dirait que tu aimes tout le monde. Alors que moi, je n'aime personne.

— C'est vrai, approuva-t-il avec solennité. Je suis un saint. Et en tant que saint, je décrète que mon armure est sale et que c'est à mon petit ange de la nettoyer.

— Encore ? Dans ta prochaine lettre à ton frère, tu devrais lui demander de t'envoyer un vrai écuyer !

— Debout, espèce de paresseuse, commanda-t-il en empilant sans merci la lourde armure sur ses bras.

Il constata avec plaisir qu'elle la portait sans trop de peine à présent, et la gratifia d'un baiser fervent par-dessus son fardeau.

— Pour que tu penses à moi.

Deux jours apparemment calmes passèrent puis il y eut un autre vol et les gens recommencèrent à regarder Alyx d'un sale œil. Blanche, pensa Alyx. C'était elle qui répandait les rumeurs à son encontre. Déjà, la veille, alors qu'elle se servait un bol de bouillon, quelqu'un avait trébuché à côté d'elle et le liquide brûlant s'était déversé sur elle. Cela ressemblait à un accident mais Alyx n'y croyait pas trop. Plus tard, elle avait entendu deux hommes fustiger à haute voix ceux qui se croyaient supérieurs aux autres.

Le lendemain, sur le terrain d'entraînement, une épée lui coupa accidentellement le bras. Raine interrogea quelques hommes, sans succès. L'épée avait apparemment bougé toute seule. Et quand Raine les força à s'exercer une heure supplémentaire, ils lancèrent des regards venimeux à Alyx.

Dans la tente, Raine lui banda le bras en silence.

— Mais dis quelque chose ! fit-elle.

— Je n'aime pas ça. Je n'aime pas te voir blessée. Reste près de moi. Ne t'éloigne pas d'un pas.

Elle hocha la tête. Peut-être avait-elle été trop indifférente à l'égard de ces gens ? Peut-être méritaient-ils qu'elle leur consacre un peu de temps ? Elle n'en avait guère l'habitude. A Moreton, elle était toujours seule. Bien sûr, Blanche montait les esprits contre elle, mais elle lui avait considérablement facilité la tâche en se montrant si peu aimable.

Ce soir-là, elle emprunta le luth de Raine, s'assit près du feu de camp et commença à jouer. Un à un, les hommes se levèrent et partirent. Etrangement, ceci l'effraya plus que n'importe quoi d'autre.

Et le lendemain soir, alors qu'elle ne se tenait qu'à quelques mètres de Raine, un homme l'empoigna et fit mine de la fouiller. Avant qu'elle ait eu le temps de réagir, l'homme poussa un hurlement de triomphe et montra un couteau qu'elle n'avait jamais vu.

— C'est lui ! cria-t-il. C'est le garçon ! Voilà la preuve !

Instantanément, Raine avança aux côtés d'Alyx.

— Qu'est-ce que ça veut dire ?

L'homme souriait à la foule qui se rassemblait.

— Ton gamin prétentieux ne peut plus nier, dit-il en brandissant le couteau à la vue de tous. Je l'ai trouvé dans sa poche. J'avais des soupçons mais maintenant on a une preuve.

Il se posta devant Alyx, lui soufflant son haleine fétide au visage.

— Tu nous trouvais pas assez bien pour toi, hein, sale mioche ?

La seconde suivante, il roulait à terre, projeté par Raine.

— Retournez au travail ! ordonna celui-ci.

La foule, qui grossissait à chaque minute, refusa de bouger.

— C'est un voleur, dit quelqu'un. Qu'on le fouette.

— Qu'on lui arrache la peau ! On verra s'il est toujours aussi fier après ça !

Alyx, les yeux écarquillés, se glissa derrière Raine.

— Le garçon n'est pas un voleur, affirma Raine.

— Vous les nobles, vous parlez toujours de justice et d'honneur, cria quelqu'un à l'arrière. Ce garçon nous a volés et il doit être puni.

— Oui ! crièrent au moins cinq personnes.

Raine dégaina son épée.

— Disparaissez ! Tous ! Ou bien l'un d'entre vous veut-il risquer sa vie pour un mensonge ?

— Il ne s'en sortira pas comme ça, cria quelqu'un avant que la foule ne commence à se disperser.

11

Alyx tremblait de tout son corps.

— Je n'ai pas volé ce couteau, déclara-t-elle à voix basse.

— Je le sais, dit Raine, visiblement inquiet.

— Que va-t-il se passer maintenant ?

— Ils vont essayer d'obtenir ce qu'ils veulent.

— C'est-à-dire ?

— Un procès et ton bannissement. Quand je suis arrivé ici, je leur ai promis de faire régner la justice et de punir tous ceux qui commettraient une mauvaise action.

— Mais je n'ai rien fait de mal, se défendit-elle, au bord des larmes.

— Crois-tu qu'ils soient prêts à t'écouter ? Ils te déclareraient coupable même si tu étais la Sainte Vierge.

— Mais pourquoi, Raine ? Que me reprochent-ils ? La nuit dernière, j'ai même essayé de chanter pour eux, mais ils sont tous partis.

Il la considéra avec gravité.

— Les gens se sont-ils toujours contentés de tes chansons ? N'ont-ils jamais voulu autre chose de toi ?

Elle n'avait pas de réponse à cela. Sa vie avait été entièrement consacrée à la musique. Les habitants de son village lui étaient reconnaissants de la musique qu'elle leur offrait et cela leur suffisait. Et, jusqu'à présent, elle avait trouvé cela parfaitement normal.

— Viens, dit Raine, nous devons prendre une décision.

Hébétée, elle le suivit sous la tente, la tête basse.

Dès qu'ils furent seuls, Raine annonça :

— Demain, nous quittons la forêt.

— Quoi ?!

— Ils sont tous montés contre toi et tu n'es plus en sécurité ici. Je ne peux pas te protéger à chaque seconde et je ne peux pas non plus leur permettre de te faire du mal. Demain matin, nous partons.

Alyx mesura toute la gravité de cette décision.

— Tu ne peux pas partir, murmura-t-elle. Le roi te trouvera.

— Au diable, le roi ! s'emporta-t-il. Je ne peux pas rester ici et attendre que l'un d'entre eux te tranche la gorge. Le charme de tes chansons n'opérera pas sur eux, Alyx. Ils essaieront par tous les moyens de te détruire.

Elle dut admettre qu'il avait raison.

— Et tu viendrais avec moi ?

— Bien sûr. Il n'est pas question que je te laisse

partir seule. Trop de dangers te guettent malheureusement aussi à l'extérieur de cette forêt.

Les yeux d'Alyx s'emplirent de larmes.

— Pourquoi tant de gens me veulent-ils du mal ? Suis-je si arrogante et égoïste pour susciter une telle haine ?

— Avec moi, tu es merveilleuse et totalement généreuse, la rassura-t-il.

— Qui pourrait ne pas t'aimer ? souffla-t-elle. Tu es si bon. Et maintenant, tu vas risquer la capture et l'emprisonnement à cause de moi.

— Nous irons chez mon frère et...

— Et Gavin encourra à son tour la colère du roi pour avoir donné refuge à une sorcière. Mettrais-tu en danger toute ta famille pour moi, Raine ? M'aimes-tu à ce point ?

— Oui.

Elle sonda son regard et l'amour sincère qu'elle y trouva ne lui procura aucun plaisir, seulement de la douleur.

— Je dois être seule, murmura-t-elle. Je dois réfléchir.

Il l'accompagna jusqu'à l'entrée de la tente et fit un signe discret à Jocelin.

Alyx se rendit au bord de la rivière et s'assit sur un rocher pour contempler l'eau.

— Sors de là, Joss, ordonna-t-elle au bout d'un moment. Tu ne ferais pas un bon espion, ajouta-t-elle quand il prit place à ses côtés. C'est Raine qui t'a demandé de me suivre ?

Il garda le silence.

— Je sais que c'est lui : il est obligé de me protéger à présent. Il ne peut me laisser une minute toute seule de peur que quelqu'un ne s'attaque à moi.

— Tu n'as rien fait de mal.

— Je n'ai pas volé, c'est vrai, mais me suis-je bien conduite ? Regarde Raine. Il pourrait vivre dans le confort mais il a choisi de demeurer dans cette forêt glaciale pour aider ses compatriotes. Il les protège, veille à ce qu'ils ne manquent de rien et travaille d'arrache-pied. Pourtant sa famille a besoin de lui. Sa sœur a été violée et s'est suicidée mais, malgré sa douleur, il n'a pas arrêté de travailler, ne serait-ce qu'une heure.

— Raine est un homme bon.

— C'est un saint.

— Alyx, murmura Jocelin en posant une main sur son bras, Raine te protégera et, à chaque fois qu'il ne pourra être près de toi, je serai là. Ton amour l'a aidé à surmonter sa douleur.

— A quoi sert mon amour ? Il a décidé de quitter le camp demain, d'abandonner la forêt, son seul abri. Il va risquer la prison et peut-être la mort à cause de moi.

A nouveau, Jocelin resta muet.

— N'as-tu rien à dire ? Pas une seule parole apaisante pour m'assurer qu'il ne risquera rien ?

— Il sera en grand danger s'il quitte la forêt. Raine est très connu et facilement identifiable.

Alyx poussa un profond soupir.

— Je ne veux pas le laisser courir de tels risques pour moi.

— Qu'as-tu en tête ? demanda Joss avec inquiétude.

— Partir sans lui ! Ici, je suis une source de constants problèmes pour lui et il ne peut pas m'accompagner. Donc, je partirai seule.

Le rire de Joss la surprit.

— Mais bien sûr ! s'exclama-t-il. Et Raine sera aussi obéissant qu'un brave chien. Quand tu lui annonceras que tu pars seule, il répondra : « D'accord et bonne chance. »

— Je sais bien qu'il ne sera pas facile de le convaincre.

— Alyx, Raine te jettera en travers de son cheval et il t'emmènera avec lui. Tu pourras hurler aussi fort que tu le voudras, en définitive, il aura le dernier mot.

— Tu as raison, convint-elle. Oh, Joss, que faire ? Il ne doit pas risquer sa vie pour moi.

— Aime-le, répondit-il. C'est tout ce qu'il désire. Va avec lui, reste toujours auprès de lui. C'est comme cela que tu l'aideras vraiment.

Elle se dressa, les mains sur les hanches.

— Que ferai-je quand il sera tué par ma faute ? Devrai-je tenir sa main glacée et adresser une belle complainte au Seigneur ? Ce sera sûrement une chanson sublime et tout le monde pensera qu'un réel amour l'a inspirée. Non ! Je ne veux pas qu'il meure ! Je préférerais le voir avec Blanche plutôt que mort.

— Alors comment vas-tu le décider à rester ici ? s'enquit Jocelin.

Elle se rassit.

— Je ne sais pas. Je pourrais peut-être le mettre en colère ? Si j'insultais sa famille ?

— Il ne te croirait pas sincère.

— Et si je lui disais...

Elle ne voyait pas quelles paroles pourraient le faire changer d'avis.

— Oh, Joss ! s'exclama-t-elle, désespérée. Je me sens si impuissante ! Raine doit être protégé de lui-même. S'il quitte la forêt, il se lancera sûrement à la poursuite de Chatworth et... O mon Dieu ! Que puis-je faire ?

Jocelin ne lui répondit pas tout de suite, puis déclara d'une voix à peine audible :

— Couche avec moi.

Alyx lui lança un regard incrédule.

— Je te parle de la sauvegarde d'un homme, de sa mort probable et toi, tu cherches à me séduire ? Si tu veux une femme, prends donc une de ces drôlesses qui ne cessent de te courir après. Ou alors, va voir Rosamund. Je suis certaine que rien ne pourrait la rendre plus heureuse.

— Alyx, écoute-moi. Si tu veux vraiment que Raine reste caché ici, rien de ce que tu pourras dire ne le convaincra. Par contre, tu peux *faire* quelque chose. Il ne te connaît pas encore très bien et ne sait pas s'il peut t'accorder sa confiance, en tout cas pas avec certitude. S'il te trouve dans les bras d'un autre, il en sera tellement mortifié qu'il ne voudra plus de toi et te laissera partir.

— Mais il va me haïr !

— A toi de peser le pour et le contre. Il y a une minute tu prétendais que tu préférerais le voir avec Blanche plutôt que mort. Il t'aime, Alyx, et c'est un homme d'une loyauté absolue. Il n'acceptera de se séparer de toi qu'à la condition de ne plus t'aimer.

— Changer son amour en haine, murmura-t-elle.

Joss la contempla longuement. Un sourire étrange, d'une infinie tristesse, étira ses lèvres.

— Alyx, tu l'aimes trop pour lui faire du mal. Oublions tout cela. Demain, laisse-le t'emmener avec lui. Ses frères le protégeront jusqu'à ce que le roi lui pardonne.

— Non ! s'écria-t-elle. Le risque est trop grand. Même dans cette forêt, entouré par ses gardes, il a été blessé. Partir signifierait la mort pour lui. (Elle enfouit son visage entre ses mains.) Mais transformer son amour en haine... poursuivit-elle d'une voix étranglée. Oh, Joss, c'est un prix insoutenable à payer.

— Que préfères-tu, son amour ou sa vie ? Veux-tu chanter sur sa tombe ou bien savoir qu'il est vivant entre les bras d'une autre femme ?

— Je ne connais pas grand-chose à l'amour mais je crois que je préférerais le voir mort plutôt que dans les bras d'une autre.

Joss dissimula un sourire.

— En es-tu sûre ?

— Non, dit-elle avec douceur. Je veux qu'il vive... et qu'il soit avec moi.

— Tu dois choisir.

— Et tu crois que le seul moyen de le forcer à rester est de... de coucher avec quelqu'un d'autre ?

— Je ne vois rien d'autre.

— Mais, et toi, Joss ? Raine sera sûrement très en colère contre toi.

— Le contraire m'étonnerait.

— Il peut se montrer très violent. Tu vas risquer ta vie.

Il s'éclaircit la gorge.

— Si je veux sauver ma vie, il faudra que je parte, moi aussi. Je n'ai aucune envie d'affronter Raine s'il croit que j'ai fait l'amour avec sa femme.

— Oh, Joss, soupira-t-elle. Je serai aussi la cause de ton malheur. Tu es recherché pour meurtre. Et si quelqu'un te reconnaissait ?

Elle venait de révéler qu'elle connaissait les raisons de sa présence ici mais Jocelin, perdu dans ses pensées, ne s'en rendit pas compte.

— Je me laisserai pousser la barbe. Et toi, en garçon, tu as peu de chances d'être reconnue. Nous pourrons chanter et jouer ensemble pour gagner notre vie.

Alyx le regarda un instant puis détourna les yeux vers la rivière. L'eau, dans l'obscurité, dessinait un serpent noir et luisant... Sinistre présage.

— Décide-toi, Alyx. Si je ne me trompe, j'entends le pas de Raine qui approche.

— Maintenant ? s'exclama-t-elle. J'ai besoin de temps pour...

— Choisis, dit-il en s'approchant tout près d'elle. Vivant avec une autre ou bien mort avec toi ?

L'image du puissant corps de Raine figé dans une immobilité glacée la fit se jeter dans les bras de Jocelin, les yeux clos, la bouche entrouverte.

Pendant bien des années, Jocelin avait été un expert des choses de l'amour et il n'avait rien perdu de ses capacités. En moins de temps qu'il ne faut pour le dire, il avait dépouillé Alyx de sa chemise et l'embrassait goulûment.

Elle n'eut pas le temps de savourer le baiser de Joss car les énormes mains de Raine les séparèrent, les envoyant tous deux rouler à terre.

— Je vais te tuer, gronda-t-il en fixant sauvagement Jocelin.

Alyx, à moitié assommée par le choc, vit Raine tirer son épée.

— Non ! hurla-t-elle, si fort que les arbres alentour frémirent.

Seigneur, donne-moi la force ! pria-t-elle en se jetant devant Joss.

— Tue-moi d'abord !

Ce qu'elle vit alors sur le visage de Raine lui déchiqueta le cœur.

— Ainsi, tu t'es moquée de moi, déclara-t-il avec une froideur mortelle.

— Les hommes sont comme la musique, déclara-t-elle avec toute la légèreté dont elle était capable. Je ne peux me contenter de chanter uniquement des ballades ou des chants de messe. J'ai besoin de variété. Toi, tu es un chant de fureur, de tambours et de trompettes ; Joss, lui, est une mélodie de flûtes et de harpes.

Elle crut qu'il allait lui trancher la tête sur-le-champ et était prête à l'accepter. Mais elle priait au fond d'elle-même pour que Raine ne la croie pas capable d'une telle trahison.

— Hors de ma vue, murmura-t-il dans un souffle. Que ton... ami veille sur toi maintenant. Je ne veux plus jamais te voir.

Et il tourna les talons. Alyx voulut s'élancer à sa suite mais Joss la retint.

— Laisse-le. Brise le lien tout de suite ou tu ne pourras jamais le faire. Attends-moi ici, je vais chercher quelques affaires. Tu possèdes autre chose que ce que tu portes ?

Elle secoua la tête et ne se rendit même pas compte qu'il s'éloignait. Elle ne sentait rien, ne voyait rien, ne pensait à rien. Elle était vide, aussi vide qu'un puits sans fond.

— Tu es prête ? demanda Joss.

Il était revenu. Une ombre silencieuse l'accompagnait : Rosamund.

Alyx les regarda comme si elle les voyait pour la première fois.

— Partons, dit Joss.

Il esquissa un pas mais Alyx ne bougea pas. Il prit sa petite main glacée.

— Viens, fit-il en l'entraînant.

Elle fit un pas et s'immobilisa.

— Alyx, il faut partir, insista-t-il.

Elle ne broncha pas. Il lui assena alors une formidable gifle. Sous le choc, elle cligna des paupières mais ne ressentit aucune douleur.

— Allons-y, reprit Joss avec douceur.

Alyx se tourna vers lui, le regard totalement absent. Rosamund s'avança alors et prit le visage d'Alyx entre ses mains.

— Il a raison, murmura-t-elle. J'essaierai de veiller sur Raine.

Alyx sentit une étrange chaleur l'envahir. Levant les yeux, elle croisa le regard de Rosamund, un regard qu'elle reconnaissait, un regard brisé par l'amour qu'elle était en train de perdre.

Alyx se tourna vers Joss.

— Embrassez-vous, dit-elle simplement.

Il parut surpris. Rosamund se tourna vers lui et ils se dévisagèrent longuement tandis qu'Alyx s'éloignait.

Un peu plus tard, Joss la rejoignit, l'air toujours aussi abasourdi.

— Elle t'aime, dit Alyx tandis qu'ils entamaient le long chemin vers la lisière de la forêt.

DEUXIÈME PARTIE

Août 1502

12

Les mains sur les rênes, Alyx s'assit avec précaution sur le petit bout d'herbe grasse au bord de la route et accepta avec gratitude la coupe d'eau fraîche que lui tendait Joss.

— Nous camperons ici, ce soir, dit-il en scrutant les traits tirés de sa compagne.

— Non, nous devons jouer ce soir. Nous avons besoin d'argent.

— Tu dois te reposer ! s'exclama-t-il avant de se laisser tomber à ses côtés. D'accord, tu as gagné ! Comme toujours. Tu as faim ?

Le regard qu'elle lui adressa le fit sourire et il jeta un œil sur le gros ventre qui tendait les plis de sa robe. La chaleur de l'été et leur marche continuelle mettaient Alyx au supplice.

Cela faisait plus de quatre mois qu'ils avaient quitté le camp de Raine et, durant tout ce temps, ils n'avaient pratiquement jamais cessé de marcher. Au début, cela n'avait pas posé trop de problèmes : ils étaient tous deux forts et en bonne santé et on appréciait leur musique. Mais après un mois passé sur la route, Alyx était tombée malade. Elle vomissait si souvent que les gens refusaient de voyager avec eux, de peur que la maladie du garçon ne fût contagieuse.

Ils s'étaient arrêtés une semaine dans un petit village où Jocelin avait chanté pour ramasser quelques pièces. Un jour, Alyx était venue lui apporter du pain et du fromage et, l'observant tandis qu'elle approchait, il se rendit compte combien elle avait changé depuis l'époque de la forêt. Elle semblait plus jolie, plus douce et féminine. Sa démarche de garçon avait laissé la place à un pas plus court, plus chaloupé, un pas de femme. Et malgré sa maladie, elle ne cessait de gagner du poids.

Tout à coup, Joss avait compris l'origine du « mal » qui la dévorait : elle portait l'enfant de Raine.

— Je vais être un fardeau pour toi, avait déclaré Alyx, mais ses yeux brillaient. Je me demande s'il ressemblera à Raine. Tu crois que je peux faire des prières pour qu'il ait des fossettes, lui aussi ? demanda-t-elle avant que Joss ait eu le temps de répondre.

— Tu peux faire toutes les prières que tu veux mais, d'abord, il faut te trouver des vêtements de femme. Si je voyage avec un garçon qui attend un enfant, je ne crois pas que je vivrai bien longtemps.

— Une robe ! s'exclama Alyx avec enthousiasme.

Elle en avait tellement assez de ces rugueux vêtements masculins...

Une fois soulagé de savoir qu'Alyx ne mourrait pas d'une maladie inconnue, Jocelin accepta de meilleur gré de la laisser voyager d'un château à l'autre. Quant à Alyx, après avoir découvert que quelque chose de Raine subsistait en elle, elle fut de bien meilleure humeur. Elle parlait sans arrêt du bébé ; à qui ressemblerait-il ? Et si c'était une fille, aurait-elle les traits de Raine ? Mais il ne fallait pas qu'elle devienne aussi forte que son père...

Joss l'écoutait sans jamais se lasser. Il était heureux qu'elle ne fût plus aussi silencieuse et morose, comme lors des premiers mois après leur départ de la forêt. Cependant, la nuit, alors qu'ils dormaient dans une grange ou sur le sol nu d'une ferme, il l'entendait parfois pleurer à chaudes larmes...

Jocelin se débrouillait souvent pour obtenir des nouvelles des Montgomery. Raine était toujours dans la forêt et le roi Henri, dans la douleur causée par la perte de son plus jeune fils, avait pratiquement oublié le seigneur hors-la-loi. Il se souciait bien plus de la femme de son fils, la princesse Catherine d'Aragon, que d'une querelle entre deux de ses barons et ignorait les demandes de la famille Montgomery qui désirait que justice soit faite à l'encontre de Roger Chatworth. Après tout, Chatworth n'avait pas tué Mary Montgomery, il l'avait seulement violée. Si la fille s'était suicidée, c'était son choix.

Jocelin apprit aussi qu'en juillet Judith Montgomery avait donné naissance à un fils. Peu de temps après, Scarlett MacArran en avait fait autant.

Alyx écoutait avec avidité tout ce que Jocelin lui rapportait. A mesure que sa grossesse avançait, elle devenait plus calme, plus réfléchie et semblait bien plus consciente du monde qui l'entourait. Parfois, elle s'arrêtait de jouer pour aider quelqu'un. Sur la route, comme ils voyageaient toujours en groupe par crainte des voleurs de grands chemins, Alyx emmenait de temps en temps des enfants en promenade afin de procurer un petit répit à leur mère. Une fois, elle avait même partagé son repas avec un mendiant. Une autre fois, elle avait préparé celui d'un homme tandis que, sous un arbre, sa femme donnait la vie à leur huitième enfant.

Si bien que, partout où ils allaient, ils étaient chaleureusement accueillis. Une enfant offrit même un jour un bouquet de fleurs sauvages à Alyx et Joss remarqua les larmes qui brillaient dans les yeux de la jeune femme.

— Ces fleurs sont très importantes pour moi, dit-elle en les serrant contre sa poitrine.

— Les gens t'aiment ici, fit Joss en désignant de la tête les voyageurs qui les accompagnaient.

— Et pas ma musique, murmura-t-elle.

— Pardon ?

— Ils ne m'aiment pas seulement pour ma musique. Je leur ai donné autre chose.

— Tu as donné de toi-même.

— Cela n'a pas été facile, mais j'ai essayé... En comparaison, chanter est si simple.

Jocelin éclata de rire. A ses yeux, la musique d'Alyx était tout sauf simple.

A présent, avec l'enfant qui grandissait en Alyx, Joss souhaitait qu'ils arrêtent de parcourir les routes et s'installent quelque part.

— Tu es prêt ? demanda-t-elle en essayant de se lever. Nous arriverons au château avant la nuit, si nous nous dépêchons.

— Restons ici, Alyx. Nous avons suffisamment de nourriture.

— Et rater les fiançailles de la dame ? Non, une fois là-bas, nous aurons de quoi nous remplir la panse pendant des jours. Tout ce que nous aurons à faire, c'est de composer une belle mélodie pour célébrer les charmes de la promise. J'espère que celle-ci est jolie ! La dernière était si laide que j'ai dû aller confesser les mensonges que j'avais chantés.

— Alyx ! s'indigna Joss. La beauté n'est pas tout chez une femme.

— Cela te va bien de dire une chose pareille ! Avec un visage d'ange comme le tien, tu peux te permettre d'être généreux.

Elle n'osa pas le taquiner davantage car elle avait senti à quel point Rosamund lui manquait. Plusieurs fois, il avait évoqué la jeune femme, s'étonnant de ne pas l'avoir remarquée plus tôt et s'extasiant sur sa beauté. Il avait toujours autant de succès auprès des femmes mais il continuait à les ignorer, non en souvenir de sa passion meurtrie avec Constance mais par fidélité envers la guérisseuse.

Joss chargea leur maigre ballot sur l'épaule et ils se mirent en route vers le château. A mesure qu'ils s'en approchaient, ils distinguaient ses murs décrépis, son vieux donjon qui menaçait de s'écrouler et Alyx se dit que, ce soir encore, ils ne dormiraient pas dans un lit de plume. Au cours de ces quelques mois de voyage, elle en avait beaucoup appris sur le compte de la noblesse. L'élément le plus caractéristique était que les dames, tout comme n'importe quelles femmes, jouissaient d'une liberté restreinte. Elle avait vu beaucoup de grandes ladies dont les yeux pochés témoignaient des mauvais traitements que leur faisaient subir leurs maris. Elle avait aussi rencontré des nobles faibles et couards que leurs épouses traitaient avec mépris. En fait, commençait-elle à se rendre compte, les nobles souffraient de maux en tout point semblables à ceux qui agitaient le peuple.

A l'entrée du château, des centaines de personnes se pressaient pour les festivités. On allait célébrer l'union de deux jeunes héritiers et, même si cette demeure n'arborait plus sa splendeur d'antan, le seigneur des lieux entendait offrir une fête somptueuse.

Joss et Alyx attendirent qu'on veuille bien leur faire signe d'entrer.

— Etes-vous les musiciens ? leur demanda une femme de haute taille qui dominait la foule sur le perron.

Alyx hocha la tête, impressionnée par le diadème qui maintenait sa chevelure sombre et la richesse de ses parures.

— Suivez-moi.

Soulagés d'échapper à l'attroupement, Alyx et Jocelin s'engagèrent dans l'escalier étroit conduisant à une grande pièce du sommet de la tour. Là, se tenaient plusieurs femmes montrant les signes d'une grande agitation. Au centre de la pièce, assise sur l'unique chaise, une jeune femme gémissait et se tordait les mains.

— Les voici, dit une femme derrière eux.

Alyx se retourna et vit une jeune femme au visage

parfait, aux cheveux blonds et aux yeux d'un bleu limpide dont l'éclat était rehaussé par un teint d'ivoire.

— Je suis Elizabeth Chatworth.

Alyx faillit tressaillir en entendant ce nom mais se força à rester de marbre.

— J'ai bien peur que notre chère future épouse ne soit terrifiée, reprit Elizabeth, au comble de l'exaspération. Pensez-vous être capables de la calmer ? Il faudra bien qu'elle soit en état de descendre.

— Nous essaierons.

— Si vous n'y arrivez pas, peut-être que ma main sur sa figure sera une meilleure musique pour ses nerfs.

Alyx ne put s'empêcher de sourire. Ces paroles convenaient si mal à ces traits exquis et éthérés.

— De quoi a-t-elle peur ? s'informa-t-elle dans le but de savoir quelle musique jouer.

— De la vie. Des hommes. Qui sait ? Nous sortons à peine toutes les deux du couvent et et on croirait qu'Isabella monte sur l'échafaud.

— Son promis, peut-être...

— Oh, il est passable, fit Elizabeth avec un geste vague de la main.

Ses yeux volèrent jusqu'à Jocelin qui la dévisageait ouvertement.

— Tu es plutôt beau garçon pour un troubadour, constata-t-elle.

Une plainte plus aiguë que les autres la fit courir auprès d'Isabella.

— Mon Dieu ! souffla Alyx. Cette femme est une

vraie tornade. Je ne crois pas avoir jamais rencontré quelqu'un comme elle.

— Et j'espère que nous n'en rencontrerons plus, dit Joss. Elle nous appelle. Que Dieu vienne en aide au malheureux qui osera lui désobéir, même si...

Alyx remarqua la lueur d'intérêt dans ses yeux.

— Elle t'arrachera les yeux si tu lui désobéis.

— Ce ne sont pas mes yeux qu'elle arrachera et je crois bien que je suis prêt à me laisser faire.

Sans lui laisser le temps de répliquer, Joss s'avança vers la mariée en larmes.

Il leur fallut une heure pour la calmer et, durant tout ce temps, Elizabeth Chatworth ne cessa de faire les cent pas derrière la chaise, s'arrêtant parfois comme si elle allait mettre sa menace à exécution et gifler son amie. A chaque fois, Alyx chantait plus fort encore, dans la crainte de la voir ruiner leurs efforts.

Quand enfin Isabella fut prête à rejoindre les convives dans la grande salle du rez-de-chaussée, ses dames de compagnie la suivirent, laissant Alyx et Jocelin seuls avec Elizabeth Chatworth.

— Vous avez fait du bon travail, les félicita celle-ci. Tu as une voix magnifique, ajouta-t-elle à l'intention d'Alyx.

Cette dernière baissa modestement les yeux. Elizabeth se tourna vers Jocelin.

— Je t'ai déjà vu. Où ?

— Je connaissais votre belle-sœur, Alice, dit-il calmement.

Le regard d'Elizabeth se durcit.

— Oui, fit-elle en le détaillant ouvertement de la

tête aux pieds. Tu es son genre. En fait, n'importe quel homme valide lui convient.

Jocelin arborait une expression qu'Alyx ne lui avait jamais vue. Elle espérait qu'il aurait le bon sens de se taire. Après tout, il avait tué Edmund Chatworth, le frère d'Elizabeth.

— Et comment vont vos frères ? s'enquit-il d'un ton de défi ostentatoire.

Elizabeth le dévisagea longuement et durement. Alyx retint son souffle.

— Mon frère Brian, déclara-t-elle enfin avec calme, a quitté la maison et nous ne savons pas où il est. On dit qu'il est retenu par un de ces chiens de Montgomery.

La main de Jocelin serra violemment le bras d'Alyx.

— Et Roger ? demanda-t-il.

— Roger... a changé. Bon ! si ces nouvelles de ma famille vous suffisent, je suis certaine que vous êtes attendus en bas.

Et elle les abandonna.

— Ces chiens ! s'exclama Alyx avant que la porte ne se referme. Son frère a tué la sœur de mon Raine et elle ose nous traiter de chiens !

— Alyx, calme-toi. Tu ne peux pas t'en prendre à une femme comme Elizabeth Chatworth ; elle te mangerait toute crue. Tu n'as pas connu son frère. Edmund était mauvais, vicieux et j'ai vu souvent Elizabeth lui tenir tête alors que Roger fuyait la queue basse. Et elle adore son frère Brian. Si elle croit que les Montgomery ont enlevé son frère, elle ne peut que les haïr.

— Mais elle n'a pas le droit ! Ce sont les Chatworth qui ont commencé...

— Du calme ! Descendons, maintenant. Et je te conseille de ne pas improviser une de tes chansons sur les querelles des nobles. Tu m'as compris ?

Elle acquiesça à regret.

La nuit était bien avancée et la plupart des convives gisaient ivres sur le sol ou affalés sur les grandes tables quand un serviteur murmura quelque chose à l'oreille d'un homme assis dans un coin. Avec un sourire, l'homme se leva d'un bond pour se rendre au-devant des nouveaux arrivants.

— Tu ne devineras jamais qui est là, dit-il à l'intention d'un des cavaliers.

— Quoi ! Pas de salut ? fit celui-ci. Pas de vin pour m'accueillir ?

— Je n'ai pas bu une goutte pour être capable de t'annoncer cette nouvelle. Cela devrait te suffire.

— C'est vrai, c'est un grand sacrifice. Alors, je t'écoute : qu'y a-t-il de si important qui n'attende que je boive un peu de vin moi-même ?

— Ah, Pagnell, tu es trop impatient. Tu te souviens de cette petite chanteuse de l'hiver dernier ? Celle qui t'a proprement assommé ?

Pagnell se raidit. D'un geste machinal, il toucha la hideuse cicatrice qui lui creusait le front. Depuis cette nuit-là, d'horribles migraines l'assaillaient. Il avait bien torturé quelques villageois mais personne n'avait pu lui dire où trouver cette catin. Chaque fois qu'un élancement lui vrillait le crâne, il jurait qu'il la ferait brûler vive pour ce qu'elle lui avait fait.

— Où est-elle ?

Son ami éclata de rire.

— Ici. Elle voyage avec un assez joli garçon, ma foi, et les deux chantent à merveille. Je suis sûr qu'ils te plairont.

— Ils chantent encore ? Je croyais que tout le monde dormait.

— Tout le monde, sauf moi. Et je sais où ils sont.

A deux reprises, cette fille lui avait échappé. Pagnell ne voulait pas commettre l'erreur de la sous-estimer une nouvelle fois.

— Si elle crie, y aura-t-il quelqu'un pour l'aider ?

— Ils sont tous ivres morts. Toutes les cloches de la terre se mettraient à sonner qu'ils n'entendraient rien.

Pagnell considéra les murs de pierre.

— Y a-t-il un endroit où l'enfermer jusqu'à ce qu'elle soit exécutée ?

— Pourquoi attendre ? Attachons-la dans la grande cheminée et brûlons-la tout de suite.

— Non, cela risquerait de déplaire à certains. Et le roi est de si mauvaise humeur depuis la mort de son fils... Qui sait comme il réagirait ? Nous agirons légalement. Un de mes cousins dirige une cour de justice, non loin d'ici. Nous ligoterons cette chienne et j'irai voir mon cousin. Ensuite, nous pourrons la regarder rôtir dans les flammes. Maintenant, montre-moi où elle est.

Alyx n'arrivait pas à dormir ce soir-là. L'enfant dans son ventre était agité comme s'il redoutait quelque chose. Dans son insomnie, elle avait, par mégarde, réveillé Jocelin qui dormait auprès d'elle, sur le sol nu d'une arrière-salle. La voyant aussi mal, il lui avait proposé d'aller lui chercher un peu d'eau. A présent, elle entendait quelqu'un se frayer un chemin parmi les autres dormeurs. Elle se redressa sur un coude, croyant qu'il s'agissait de Jocelin.

Une lame de couteau brilla et une voix qu'elle n'avait jamais oubliée retentit :

— Si tu tiens à la vie, pas un bruit.

Elle sentit un contact glacé sur son cou et l'haleine fétide de Pagnell près de sa bouche.

— Tu ne m'as pas oublié, mon cœur ? murmura-t-il.

La lame du couteau quitta son cou pour voyager lentement le long de sa poitrine et piquer légèrement son ventre gonflé.

— Je vois que tu as offert à un autre ce que tu m'as refusé. Tu vas mourir pour ça.

— Non, hoqueta-t-elle comme le couteau s'enfonçait un peu plus profondément dans la peau tendue.

— Tu vas me suivre en silence. Dommage que ton petit ami ne soit pas là. J'aurais été ravi de lui trancher la gorge. Suis-moi et pas un bruit !

— Je viens, murmura-t-elle faiblement.

Tremblante, elle parvint à se redresser. Il n'était pas facile de marcher au milieu des corps allongés. A chaque fois qu'elle trébuchait, Pagnell lui tordait un peu plus douloureusement le bras dans le dos. Arrivés à la sortie, il la poussa si violemment qu'elle s'effondra, croisant les bras sur son ventre pour le protéger de la chute.

— Avance !

Ils parvinrent à un escalier sombre qui s'enfonçait dans les profondeurs de la tour. Pagnell la poussa à nouveau. Elle s'engagea sur les marches et parvint à arriver en bas sans tomber à nouveau.

Là, un homme les attendait devant une porte. Il déplaça la lourde barre qui la verrouillait. La pièce au plafond bas était glaciale ; il y régnait une obscurité totale.

— Non, murmura Alyx.

Pagnell la projeta durement à l'intérieur. Quand elle se redressa, la porte se refermait et elle entendit le grincement lugubre de la barre qu'on remettait en place. Puis ce fut le noir absolu.

13

Ce cachot devait être l'endroit où un dieu fou fabriquait les cauchemars. Il n'y avait aucune lumière et, même au bout d'une heure, elle n'arrivait toujours pas à distinguer sa main quand elle l'agitait devant ses yeux. Pendant un temps très long, elle resta prostrée là où Pagnell l'avait jetée, trop effrayée pour bouger.

Si elle n'y voyait rien, elle pouvait par contre entendre : les grattements des insectes rampant sur les murs ou sur le sol, toutes sortes de bruits infimes, qui, à force, devenaient assourdissants. Le contact de quelque chose qui s'accrochait à ses sandales la fit bondir. Avec un petit cri, elle se redressa, lançant ses mains à tâtons autour d'elle.

— Du calme, Alyx, se dit-elle.

Sa voix se réverbérant sur les murs de pierre

avait un écho sinistre. Les bras tendus devant elle, elle fit un pas en avant et trébucha sur quelque chose de dur. Se rééquilibrant de justesse, elle tâta l'obstacle et fut heureuse de reconnaître un banc. Puis elle entreprit d'explorer le cachot. Retrouvant la porte, elle pesa de tout son poids dessus. Mais elle aurait aussi bien pu essayer de pousser les murs.

La pièce minuscule ne possédait que ce banc pour mobilier. Il n'y avait aucune fenêtre, aucune ouverture d'aucune sorte en dehors de la porte. Le plafond était si bas qu'elle le frôlait malgré sa petite taille, faisant tomber sur elle des toiles d'araignées. Furieuse et terrifiée, elle essaya de se débarrasser des fils collants qui s'emmêlaient sur son visage et ses vêtements.

Elle s'assit sur le banc et ressentit une première douleur : l'enfant dans son ventre s'agitait. Alors, pour le tranquilliser, elle se mit à chanter. Petit à petit, l'enfant se calma et elle aussi.

Elle chanta pendant des heures.

Parfois, au-dessus de sa tête, elle entendait des bruits de pas indiquant qu'elle se trouvait sous le château. Quelque part là-haut, Jocelin devait essayer de la retrouver. Elle n'avait aucun moyen de s'échapper. Que pouvait-elle faire d'autre qu'attendre ?

Quand la porte s'ouvrit, elle eut l'impression qu'un coup de tonnerre avait retenti dans la pièce. La lueur d'une chandelle l'aveugla.

— Ah, te voilà enfin, fit une voix qu'elle reconnut comme celle d'Elizabeth Chatworth.

Alyx, sans considération pour leur différence sociale, se jeta dans ses bras.

— Dieu soit loué !

Elizabeth la réconforta de sa main libre.

— Jocelin est venu me voir. C'est cet idiot de Pagnell, n'est-ce pas ? Cet homme est une vermine. Vite, il faut partir avant que ce porc ne revienne.

Elles sortirent du cachot.

— Trop tard, fit une voix ricanante. Tiens, tiens, Elizabeth ! Tu n'as pas changé.

— Toi non plus, Pagnell, tu es toujours aussi laid et stupide. Qu'as-tu contre celle-ci ? Elle aussi a refusé tes avances ?

— Tu as la langue bien pendue, Elizabeth. Il serait temps que je t'apprenne à la tenir.

— Toi ? cracha-t-elle. Tu es trop minable et tu crèves de peur devant moi. Maintenant, écarte-toi. Tes petits jeux ont assez duré. Trouve-toi quelqu'un d'autre avec qui jouer. Elle est sous ma protection.

Pagnell se planta devant les deux femmes, leur interdisant l'accès aux marches.

— Tu vas trop loin ! gronda Elizabeth. Je ne suis pas une simple servante. Mon frère t'arrachera le cœur si tu me touches.

— Roger est trop occupé à se quereller avec les Montgomery pour penser à quoi que ce soit d'autre. J'ai entendu dire qu'il est ivre en permanence et que cet infirme de Brian s'est évanoui dans la nature.

Alyx ne vit pas la petite dague qu'Elizabeth dégaina. Mais Pagnell, connaissant la réputation d'Elizabeth, se tenait sur ses gardes. D'un bond, il évita la morsure de la lame, attrapa le bras de la jeune femme et le tordit.

— J'aimerais bien te sentir te débattre dans mon lit, Elizabeth, dit-il en la serrant contre lui.

Alyx saisit immédiatement sa chance. Sur le mur, à portée de sa main, se trouvaient un anneau muni de lourdes clés. En un éclair, elle s'en empara et frappa Pagnell à la tempe.

Il relâcha Elizabeth en titubant, porta la main à son visage et contempla d'un air étonné le sang qui la maculait. Quand il retrouva ses esprits, Alyx et Elizabeth étaient déjà dans les escaliers.

D'un geste vif, il agrippa la longue robe d'Elizabeth et tira avec une telle violence que la jeune femme s'écroula dans ses bras.

— Ah, ma chère Elizabeth, grogna-t-il en la saisissant par les cheveux d'une main et en pétrissant de l'autre ses seins généreux. Je rêvais de ça depuis longtemps.

Alyx savait que Pagnell ne faisait plus attention à elle. Elle aurait pu s'enfuir. Mais Elizabeth était venue à son secours ; elle ne pouvait pas la laisser aux mains de cet ignoble porc.

Elle se jeta de tout son poids contre eux deux. Pagnell tomba en arrière, tenant toujours Elizabeth tandis qu'Alyx roulait, protégeant son ventre du mieux qu'elle le pouvait. Il n'en fallut pas davantage à Elizabeth : elle lança son coude dans les côtes de Pagnell, qui grogna de douleur. Puis elle se saisit d'un petit fût en chêne qu'elle lui abattit de toutes ses forces sur le crâne.

Le fût se brisa et du vin rouge coula à flots sur Pagnell qui s'effondra, assommé.

— Un si bon vin, quel gâchis, dit Elizabeth en quittant Pagnell des yeux pour contempler Alyx. Le bébé va bien ?

— Oui, je crois.

— Merci. Tu aurais pu t'enfuir mais tu es restée pour m'aider. Comment puis-je te remercier ?

— Désolé de vous interrompre, fit une voix dans l'escalier.

Elles pivotèrent en même temps. L'homme, l'épée à la main, souriait.

— Vous êtes délicieuses toutes les deux et, à moins que vous ne ranimiez mon ami, je serai ravi de vous tuer.

Elizabeth réagit la première en bondissant à la droite de l'homme.

— De l'autre côté, Alyx, ordonna-t-elle. Il ne peut pas nous couvrir toutes les deux.

Alyx obéit aussitôt. L'homme tourna la tête alternativement comme un taureau perdu. Un gémissement de Pagnell attira son attention et Alyx en profita pour se jeter vers lui. Il bondit en arrière, leur interdisant du même coup l'accès de l'escalier.

— Par le diable ! jura Pagnell en se massant le crâne. Tu vas me payer ça, Elizabeth. Tiens-les en respect, John. Ne les laisse pas approcher. Ce sont des démons, pas des femmes.

— Tu ignores ce qu'est une femme, rétorqua Elizabeth. Aucune femme digne de ce nom ne voudrait de toi, même pour nettoyer ses latrines.

Pagnell, encore mal remis du coup qu'il avait reçu, contempla avec dégoût ses vêtements gorgés de vin. Soudain, un mauvais sourire étira ses lèvres.

— La nuit dernière, en venant, j'ai aperçu les feux du camp de Miles Montgomery.

Il ricana en voyant la réaction d'Elizabeth à l'énoncé de ce nom.

— Je me demande si Miles n'apprécierait pas

d'avoir une invitée. J'ai entendu dire qu'il était si enragé après la mort de sa sœur que, pour l'empêcher de déclarer une guerre ouverte aux Chatworth, son frère a dû l'envoyer se calmer dans l'île de Wight.

— Mon frère le mettra en pièces, dit Elizabeth. Aucun Montgomery...

— Epargne-moi tes discours, Elizabeth. D'après ce que je sais, Roger a attaqué Stephen Montgomery dans le dos.

Elizabeth se jeta sur lui, toutes griffes dehors. Il l'arrêta d'un coup de poing dans le ventre.

— On dit que Miles aime tant les femmes qu'il a semé des dizaines de bâtards derrière lui. Que dirais-tu de faire partie du lot, ma belle petite princesse vierge ?

— Je préférerais mourir, affirma-t-elle avec force.

— Ce sera à Miles d'en décider. Je m'occuperais volontiers de toi, mais j'ai une dette envers celle-ci.

Du menton, il désigna Alyx, que l'épée de John tenait en respect.

— Et comment vas-tu me sortir d'ici ? demanda Elizabeth en souriant. Crois-tu pouvoir me porter à travers le hall sans que personne bouge ?

Pensif, Pagnell regarda autour de lui. Avec un rictus, il tordit douloureusement le bras de sa prisonnière.

— Cela te coûtera très cher, prévint Elizabeth.

— Peut-être. Mais je crois plutôt que c'est Miles qui en fera les frais. Les Montgomery ont une trop haute opinion d'eux-mêmes. J'aimerais les voir tous humiliés, leurs terres dispersées.

— Jamais ! cria Alyx. Un crapaud baveux comme toi ne pourra jamais atteindre un Montgomery.

La pleine puissance de la voix d'Alyx les paralysa sur place. Elizabeth cessa de lutter contre l'étreinte de Pagnell et considéra Alyx d'un œil nouveau. Pagnell paraissait perplexe.

John poussa la pointe de son épée dans le dos de la jeune femme.

— Raine Montgomery se cache dans la forêt près de Moreton. On dit qu'il est le roi d'une bande de criminels.

— Tiens, tiens, fit Pagnell en infligeant une torsion supplémentaire au bras d'Elizabeth. Mais occupons-nous d'abord de celle-ci.

A l'aide d'une corde trouvée parmi les fûts de vin, il lui lia les mains derrière le dos.

— Réfléchis à ce que tu fais, le prévint Elizabeth. Je ne suis pas une...

— Silence ! ordonna Pagnell en la jetant à terre.

Il entreprit alors de lui attacher les chevilles puis déchira un morceau de sa robe de soie rouge qu'il lui agita devant les yeux.

— Un petit baiser, ma belle ? Un dernier avant ceux de Miles Montgomery ?

— Va au diable.

Il éclata de rire, avant de la bâillonner solidement avec le bout de soie.

— Là, tu me plais.

— Comment fait-on maintenant ? demanda John. On ne peut pas la porter dehors comme ça.

Pagnell fouilla la cave et dénicha ce qu'il cherchait : une grande couverture mangée aux mites. Il la secoua deux fois, soulevant un nuage de poussière, et l'étendit à côté d'Elizabeth.

— On va la rouler là-dedans. Personne ne verra rien.

Alyx contemplait Elizabeth dont les yeux s'agrandissaient de terreur.

— Vous serez en sécurité avec Miles, voulut-elle la rassurer.

Mais Elizabeth ne parut même pas l'entendre.

Avec une violence inutile et gratuite, Pagnell roula la jeune femme dans la couverture immonde.

— Peut-elle respirer, au moins ? demanda Alyx.

— Quelle importance ? Morte, elle n'aura plus rien à raconter. De toute manière, quand Miles en aura fini avec elle, elle ne sera pas belle à voir.

— Miles ne lui fera aucun mal ! déclara Alyx avec fougue. Il est bon, comme son frère.

Pagnell éclata de rire.

— Je n'ai jamais entendu dire que Miles soit bon. Dès qu'il saura que c'est une Chatworth... Oh, je l'envie presque, mais je ne suis pas aussi fou que lui. La vengeance de Roger Chatworth sera terrible et le roi le dépouillera de ses terres, lui ainsi que tous ses frères. Ces chers Montgomery ! Le roi sera peut-être même disposé à offrir une récompense à celui qui l'aura aidé à se débarrasser une fois pour toutes de cette famille.

— Vous êtes odieux.

Pagnell la gifla.

— Quand j'aurai besoin de l'avis d'une serve, je te le ferai savoir. C'est Raine Montgomery qui t'a mis ces idées en tête ? Il croit pouvoir réformer tout le pays, mais il se cache dans la forêt en braillant comme un putois à propos de la chevalerie et du code de l'honneur.

Alyx essuya d'un revers de main le sang qui perlait sur sa bouche.

— Vous n'êtes même pas digne de poser les yeux sur un homme comme Raine.

— Raine ? Pas lord Raine ? Serait-ce son bâtard que tu portes ? C'est pour ça sans doute que tu te crois intouchable ? On verra quand les flammes commenceront à te mordre la peau si le nom des Montgomery te paraîtra aussi doux. John ! fit-il en se tournant vers son acolyte. Emmène Elizabeth. Donne-la à Miles Montgomery... Et, John ! La virginité d'Elizabeth est un fait connu de tous. Je veux qu'elle arrive intacte à Miles. Que la vengeance de Roger Chatworth ne vise que les Montgomery et pas moi. Je me fais bien comprendre ?

John lui lança un regard insolent avant de charger Elizabeth sur son épaule comme un vulgaire ballot.

— Montgomery la recevra dans le meilleur état possible.

— Mais veille à ce qu'en la voyant il ne pense qu'à une chose. Tu pourrais arranger sa tenue de manière plus... suggestive.

Avec un sourire de connivence, l'homme quitta la cave.

— Que voulez-vous de moi ? demanda Alyx tandis que Pagnell s'approchait d'elle. Je ne vous ai rien fait.

Il posa les yeux sur son ventre.

— Tu as donné à un autre ce qui aurait dû être à moi.

Il tira une dague de son fourreau de ceinture et enfonça la pointe à travers sa robe jusqu'à ce qu'elle la sente sur sa peau.

— Maintenant, monte les marches et dirige-toi vers les écuries. Si tu ouvres la bouche, ne serait-ce que pour respirer, je te tue.

Un homme gras et chauve les attendait devant une maison à l'entrée d'un village.

— Qu'y a-t-il de si important pour que je veille jusqu'à cette heure de la nuit ? demanda-t-il.

— Ceci, dit Pagnell en poussant Alyx dans la maison.

La pièce était vaste et sombre, uniquement éclairée par quelques chandelles posées sur une grande table.

— Qu'ai-je à faire d'une souillon enceinte ? Tu aurais sûrement pu trouver mieux si tu voulais t'amuser.

— Assieds-toi, commanda Pagnell à sa prisonnière. Si tu prononces un seul mot, je te tranche la gorge.

Trop épuisée pour répondre, Alyx s'assit dans un coin sombre.

— Explique, dit l'autre homme à Pagnell.

— Quoi, mon oncle, pas de vin, pas de salut ?

— Si ce que tu as à me dire me plaît, je veillerai à ton confort.

Pagnell attendit quelques secondes avant de reprendre la parole.

— Quels sont tes sentiments à l'égard de Raine Montgomery ?

Il regarda avec intérêt le visage de son oncle passer du blanc cireux à l'écarlate puis au violet.

— Comment oses-tu prononcer ce nom dans ma maison ? s'étrangla-t-il.

Trois ans auparavant, au cours d'un tournoi, Raine avait tué le fils unique de Robert Digges. Ce même fils avait tenté de tuer Raine au lieu de simplement le désarçonner. Au cours de cette même joute, il avait déjà tué un homme et blessé plusieurs autres. Mais cela ne comptait pas aux yeux de Digges : Raine Montgomery avait pris la vie de son fils.

— C'est ce que je pensais, fit Pagnell avec un large sourire. Maintenant je t'offre le moyen de te venger.

— Que me dis-tu là ? Il se cache dans la forêt et même le roi ne peut lui mettre la main dessus.

— Mais notre bon roi ne dispose pas d'un appât aussi sûr que le mien.

— Non ! s'écria Alyx en bondissant sur ses pieds.

— Tu vois ? fit Pagnell, amusé. Elle cherche à le défendre. De qui est l'enfant que tu portes ?

Alyx resta muette.

— Pagnell, s'impatienta Robert, raconte-moi ton histoire.

Pagnell lui exposa sa version des événements. Comment Alyx avait usé de sa voix pour l'ensorceler ; comment, lorsqu'il s'était approché d'elle, elle s'était évanouie dans les airs ; comment il avait dû lutter contre les démons de l'enfer qu'elle avait envoyés contre lui. Il montra sa cicatrice à son oncle.

— Est-ce qu'une misérable petite chose comme

elle aurait pu me faire une telle blessure si elle n'était pas aidée par le diable ?

Robert laissa échapper un rire bref.

— J'ai plutôt l'impression qu'elle est moins bête que toi.

— C'est une sorcière, je te dis.

D'un geste de la main, Robert balaya cette hypothèse.

— Peu importe. Qu'a-t-elle à voir avec Raine Montgomery ?

— Elle a passé ces derniers mois dans la forêt avec lui et elle porte son enfant. Si le bruit court qu'elle va être brûlée pour sorcellerie, je suis certain qu'il viendra la délivrer. Et nous serons prêts à l'accueillir. Tu auras ta vengeance et on pourra partager la récompense du roi.

— Une minute ! fit Robert. Regarde-la ! C'est elle que tu veux utiliser comme appât ? Raine Montgomery peut avoir toutes les femmes qu'il désire. Il est possible qu'elle porte son enfant mais pourquoi risquerait-il sa vie pour *ça* ? Et pourquoi t'es-tu mis en tête de courir après une gamine aussi plate, aussi dépourvue de charmes ?

Pagnell eut un regard de mépris pour son oncle avant de jeter un ordre à Alyx.

— Chante !

— Non, répondit-elle avec fermeté. Vous allez me tuer de toute manière, pourquoi vous obéirais-je ?

— Tu mourras, confirma-t-il, mais la question est de savoir si tu brûleras avant ou après la naissance de l'enfant. Si tu me désobéis, l'enfant brûlera avec toi. Alors, chante pour la vie de ton enfant.

Alyx lui obéit aussitôt, les mains sur son ventre, tandis que sa voix s'élevait vers le Seigneur en une prière déchirante pour la survie de son bébé.

Un long silence régna quand elle s'arrêta. Les deux hommes la dévisageaient, stupéfaits.

Robert secoua la tête comme pour retrouver ses esprits.

— Montgomery viendra la chercher, murmura-t-il.

Pagnell émit un gloussement satisfait.

— Demain matin, le procès commencera. Elle sera déclarée coupable et menée au bûcher. Et quand Montgomery viendra, nous nous occuperons de lui.

— Comment être sûr qu'il apprendra à temps sa condamnation ? Et s'il vient, es-tu vraiment certain de pouvoir le réduire à ta merci ?

— J'ai laissé cette diablesse enfermée pendant plusieurs heures en faisant en sorte que le joli garçon qui l'accompagnait apprenne mes intentions. Il a détalé comme un lièvre en direction du sud, vers la forêt où se trouve Montgomery. Ce cher Raine n'aura pas le temps de rassembler beaucoup d'hommes. Il vit au milieu de criminels et de mendiants. Aucun d'eux ne sait monter à cheval et encore moins se servir d'une épée.

Alyx se mordit la lèvre pour ne pas prendre la défense de Raine. Il valait mieux que Pagnell le croie inoffensif. S'il le sous-estimait, Raine aurait peut-être une chance.

Je suis folle ! se dit-elle alors. Raine ne viendra pas à mon secours. Pas après ce que je lui ai fait. Il refusera de parler à Jocelin. Les gardes dans la forêt l'avertissent dès que quelqu'un approche. Il interdira l'accès de la forêt à Jocelin. Il pourra même ordonner qu'on le tue. Non ! Raine ne ferait jamais une chose pareille ! Du moins, l'espérait-elle. Et si Jocelin, d'une manière ou d'une autre, parvenait à atteindre Raine ? Celui-ci le croirait-il ? Se soucierait-il du sort d'Alyx ?

— Il viendra, répéta Pagnell, et nous aurons sa peau.

14

Par la fenêtre de la cellule, Alyx observait avec une fascination horrifiée les charpentiers dresser le bûcher qui lui était destiné. Huit jours s'étaient écoulés depuis que Pagnell l'avait capturée. Huit jours au cours desquels elle avait dû se plier à une parodie de procès.

Les hommes qui conduisaient ce procès étaient pour la plupart des parents de Pagnell qu'il avait aisément convaincus de ses vues. Ils se réunissaient autour d'une table gorgée de victuailles et « débattaient » de son cas en se remplissant la panse de viande et de vin. Alyx devait les écouter et surtout ne jamais se manifester.

Ses « juges » ne croyaient pas une seule seconde qu'elle fût une sorcière, ce qui la laissait rêveuse : tous les pauvres habitants de son village croyaient fermement à l'existence des sorcières et possédaient de multiples moyens de se protéger de leur néfaste influence.

Tout ce dont ces « juges » se souciaient était de gagner les faveurs du roi et mettre ainsi la main sur la récompense qu'il ne manquerait pas de leur offrir. Pagnell leur apprit qu'elle portait la progéniture de Raine Mongtomery et, comme des vautours, ils se saisirent de cette affirmation. Raine était un traître et si on savait s'y prendre, ses terres pourraient être données à quelqu'un d'autre. Le roi Henri aimait par-dessus tout nommer lui -même de nouveaux nobles, donner des titres à ceux qui étaient assez riches pour se les payer. Les « juges » comptaient bien recevoir les terres de Raine en partage.

Alyx dut assister, muette, à tous leurs débats tandis qu'ils discutaient, complotaient, plaisantaient grassement en s'enivrant. Finalement, ils la poussèrent sur un chariot pour la conduire à travers la petite ville — dont elle ignorait même le nom — derrière un héraut qui annonçait la sorcière.

Comme dans un rêve, Alyx vit les gens se signer sur son passage, croiser les doigts ou éviter son regard par crainte du démon. Les plus courageux lui jetèrent des immondices. Elle voulait crier qu'elle n'avait rien d'une sorcière, que si elle avait été condamnée, c'était uniquement en raison de la cupidité, de la jalousie d'hommes riches et puissants. Mais à mesure qu'elle contemplait les visages mi-fascinés, mi-effrayés de ces gens sales, malades, épuisés, elle se rendait compte qu'elle ne pourrait triompher en quelques minutes de plusieurs siècles d'ignorance.

Dès lors, elle resta enfermée dans sa cellule située au sommet d'une tour, gardée comme un fabuleux trésor. La nuit, les villageois se rassemblaient sous sa fenêtre pour chanter des exorcismes afin de se protéger d'elle. Alyx restait plantée au milieu de la petite pièce, hantée par cette litanie qui lui vrillait le cerveau. Son exécution était retardée afin de donner à Raine le temps de venir à son secours. Elle priait de toute son âme pour sa sauvegarde, suppliant le Seigneur de ne pas le laisser tomber dans ce piège.

Elle repensa aux hommes du camp : c'étaient de bien pauvres soldats, ils ne voulaient jamais s'entraîner et... ils la haïssaient.

A l'aube du neuvième jour, une grosse femme à l'odeur nauséabonde entra dans la cellule. Elle apportait une robe blanche. Sans une protestation, Alyx accepta de l'enfiler. La robe, très large, dissimulait son ventre gonflé. Au cours du « procès », elle avait supplié pour qu'on laisse vivre son enfant mais Pagnell l'avait réduite au silence d'une gifle, tandis que les autres continuaient à se goinfrer.

Le menton levé, s'interdisant de trembler, elle descendit les escaliers à la suite de la femme.

Un prêtre attendait au bas des marches. Alyx lui fit une rapide confession, niant être une sorcière ou porter l'enfant du diable. L'air incrédule et réprobateur, le prêtre la bénit et s'esquiva.

Cela devait être bizarre, se dit Alyx, de voir quelqu'un de sa taille escorté par des gardes aussi imposants : un devant, un derrière, deux de chaque côté. Ils étaient tous en armure et le bruit qu'ils faisaient en marchant couvrait presque celui de son cœur. Le bûcher apparut. Un piquet se dressait vers le ciel au-dessus d'une petite estrade couverte de fagots et d'herbe séchée.

La foule était joyeuse et les regardait approcher avec jubilation. On ne brûlait plus beaucoup de sorcières ces temps-ci.

Tandis qu'Alyx grimpait les marches, les gardes restèrent autour d'elle, lui tournant le dos pour scruter la foule et l'horizon. Dans un réflexe, Alyx, à son tour, regarda autour d'elle, la crainte et l'espoir se mêlant en son cœur. Elle redoutait que Raine vienne se jeter dans la gueule du loup mais espérait aussi qu'il accoure pour la sauver.

Un garde la conduisit jusqu'au poteau et l'y attacha solidement.

Alyx leva les yeux vers le ciel. C'était la dernière fois qu'elle voyait la lumière du jour. Ce matin-là, l'aube était blafarde et triste comme pour ne lui laisser aucun regret. Elle n'osa pas regarder la foule qui criait des slogans hostiles et impatients. Fermant les yeux, elle essaya de revoir le visage de Raine.

— Comment ? Tu ne chantes plus ? Pourtant, c'est une belle occasion. La plus belle !

Pagnell ! Il était là. Il était, bien sûr, venu assister à sa mort. Accompagné par certains de ceux qui s'étaient eux-mêmes nommés ses juges, il se tenait devant elle sur l'estrade et la narguait ouvertement. Ses sbires se disposèrent derrière elle tandis qu'il insistait :

— Allons, chante ! Ne me refuse pas ce dernier plaisir.

Il éclata de rire.

Non ! se dit Alyx en gardant les yeux fermés. Elle

ne voulait pas emporter l'image de cet homme comme ultime souvenir.

— Qu'on en finisse ! cria une voix.

Les yeux d'Alyx s'ouvrirent aussitôt. Les voix étaient tout pour elle. Elle les reconnaissait plus sûrement qu'un visage ou qu'un nom. Fouillant la foule des yeux, elle ne vit pourtant personne qu'elle connût.

— Laissez-moi allumer le feu, redit la voix, et cette fois, le regard d'Alyx croisa celui de Rosamund.

Un frisson la secoua tandis qu'un maigre espoir surgissait en elle.

Les gardes autour d'elle prenaient tout leur temps avant d'enflammer le brasier : ils guettaient l'horizon, espérant la venue de Raine et de ses hommes en armes.

N'en croyant pas ses yeux, se demandant si la peur de mourir ne l'avait pas rendue folle, Alyx étudia à nouveau les visages dans la foule.

— Qu'est-ce que vous attendez ? demanda une voix toute proche qu'Alyx reconnut sans mal.

Là, au premier rang, les dents noircies et un œil recouvert d'un bandage se tenait Jocelin. A ses côtés, Alyx repéra un des hommes du camp, un de ceux qui l'avaient accusée de vol. Déguisés, certains semblant plus miséreux encore que dans son souvenir, tous les gens de la forêt étaient là, souriant d'un air de conspirateurs à mesure qu'elle les identifiait.

Malgré elle, des larmes se mirent à ruisseler le long de ses joues. Dans un brouillard, elle vit que Joss essayait de lui dire quelque chose. Il lui fallut un moment avant de comprendre ce qu'il articulait silencieusement.

— Le feu devrait la faire chanter, cette sorcière ! cria-t-il d'un ton exaspéré.

Elle jeta un coup d'œil aux gardes qui continuaient à surveiller l'horizon sans se soucier une seule seconde de ce qui se passait juste devant eux.

— Nous avons assez attendu, dit l'un des juges en robe noire. Qu'elle brûle dans les flammes de l'enfer !

Un des gardes baissa sa torche vers un amas d'herbes sèches. A cet instant, Alyx prit une profonde inspiration. Le désespoir, la peur, l'espoir, la joie, tout cela se combina dans sa voix, et elle lança une note inouïe, si déchirante que, pendant une seconde, tout le monde se figea sur place.

Jocelin fut le premier à réagir. Avec un cri semblable à celui d'Alyx, il bondit sur la plate-forme. Vingt hommes et femmes le suivirent. Un meurtrier avéré se jeta sur le garde qui tenait la torche. Dans la lutte, le garde lâcha sa torche qui tomba dans la pile de bois disposée derrière Alyx. Le bois sec s'embrasa aussitôt.

Il y avait dix gardes et quatre juges sur la plate-forme, sans compter Pagnell. Les juges, relevant leur robe, s'enfuirent aux premiers signes de troubles. Pagnell fit mine de tirer son épée, puis les suivit de près.

Une épaisse fumée s'enroulait autour d'Alyx tandis qu'elle tentait de voir ce qui se passait : des hommes et des femmes se battaient contre des chevaliers en armure. Pour elle, chaque coup d'épée qui tranchait les chairs tranchait aussi les siennes.

Ces gens qu'elle avait traités si mal risquaient leurs vies pour sauver la sienne.

La fumée s'épaissit encore, la faisant tousser et larmoyer. Le long de son dos elle sentit une chaleur intense mais encore supportable. Clignant des yeux, elle se rendait compte à quel point ses amis étaient vulnérables face aux gardes en armure. Au moins, se dit-elle, Raine avait eu l'intelligence de ne pas se mêler à ce combat et de rester à l'abri.

C'est alors qu'elle se rendit compte qu'un des chevaliers en armure n'était pas attaqué par les gens de la forêt et quand elle entendit le rugissement rageur qui prit naissance sous son casque, elle comprit que ce garde était Raine.

— Jocelin ! Libère-la ! ordonna-t-il en abattant une hache à double tranchant sur l'épaule d'un homme en armure.

Ce dernier tomba à terre. Aussitôt, une femme bondit sur lui, lui arracha son casque et un borgne lui assena un coup de masse sur le crâne.

Tout à coup, Alyx ne vit plus rien. La fumée l'enveloppait de tous côtés. La gorge atrocement douloureuse, elle se mit à tousser. Chaque quinte de toux la déchirait de l'intérieur. Des flammes jaillirent à ses pieds à l'instant même où Jocelin tranchait ses liens. Il la fit sauter hors du brasier.

— Viens avec moi.

Elle se retourna vers la plate-forme. Raine se battait contre deux hommes à la fois, lançant sa masse tout en esquivant les coups. Il se déplaçait avec une grâce lente, étrange, dans sa lourde armure. Derrière lui, se dressait un mur de flammes vrombissantes qui teintait son armure d'un rouge effrayant.

— Alyx ! cria Jocelin. Raine m'a ordonné de t'emmener loin d'ici. Il est suffisamment furieux après nous comme cela. Pour une fois, obéis.

— Je ne peux pas le laisser ! voulut-elle protester, mais seul un coassement ridicule se fit entendre.

D'une solide bourrade, Joss l'obligea à courir. Au bout d'une course interminable, elle aperçut des chevaux qui venaient vers eux.

— Il était temps ! hurla Jocelin. On y est presque, Alyx !

Les efforts qu'elle devait fournir l'empêchaient de penser au danger dans lequel se trouvait Raine. Alourdie par le poids de son enfant, elle éprouvait toutes les peines du monde à suivre le rythme imposé par Jocelin.

Enfin, ils atteignirent les chevaux. Jocelin sauta en selle et la tira derrière lui. Au désespoir d'Alyx, il lança sa monture au galop dans la direction opposée à l'endroit où Raine et les autres combattaient. Alyx tenta encore de protester mais, à nouveau, sa voix la trahit. Ce silence lui ressemblait si peu que Joss se tourna vers elle. Son gloussement sarcastique montra qu'il comprenait ce qui lui arrivait.

Ils galopèrent pendant plus de deux heures pour finalement s'arrêter devant un monastère. Alyx, épuisée par toutes les épreuves qu'elle avait endurées au cours de ces derniers jours, tenait à peine debout. Jocelin devait la soutenir.

— Tu as vraiment perdu ta voix ? demanda-t-il avec commisération.

Elle essaya à nouveau de parler mais ne réussit qu'à émettre un râle rauque et douloureux.

— Peut-être cela vaut-il mieux ainsi. Raine est tellement furieux qu'il serait prêt à nous arracher la langue à tous les deux. Comment vas-tu ? Ils t'ont fait du mal ?

Alyx secoua la tête.

La porte du monastère s'ouvrit alors, laissant apparaître un petit moine replet portant robe de bure et tonsure.

— Voulez-vous entrer, mes enfants ? Tous les préparatifs sont terminés.

Alyx toucha le bras de Jocelin et fronça les sourcils. Quels « préparatifs » ?

— Entre, tu verras, fit Joss en souriant.

Ils traversèrent une vaste cour recouverte d'herbe. Sous les arcades, s'ouvraient des portes donnant sûrement sur les cellules des moines.

— Nous disposons de quelques chambres pour nos visiteuses, annonça le moine en jetant un regard à la robe à moitié brûlée et noire de cendres d'Alyx. Lord Raine a veillé à votre confort.

Quelques instants plus tard, dans une grande salle à manger, Alyx buvait avec délices un lait onctueux et frais. Un bruit de ferraille contre la porte la figea.

— Alyxandria !

Ce ne pouvait être que Raine. Rompant avec ses habitudes, Alyx voulut l'accueillir avec un mot gentil. Elle ouvrit la bouche et un gargouillement ridicule en sortit. La main sur sa gorge meurtrie, elle se précipita vers la porte.

Celle-ci s'ouvrit à l'instant précis où elle l'atteignait. Le regard de Raine se fixa sur Alyx. Ses yeux étaient entourés de cernes sombres et ses cheveux plaqués par la sueur. D'innombrables bosses et creux ornaient son armure. Mais le plus effrayant était son état de fureur.

— Sors d'ici, gronda-t-il d'un ton n'admettant aucune réplique.

Il la prit par le col, l'attira près de lui, examina son ventre avant de la dévisager à nouveau.

— Je devrais te battre pour ça, ragea-t-il.

Alyx voulut répondre mais la douleur dans sa gorge lui fit monter les larmes aux yeux.

Il parut perplexe pendant quelques secondes, puis la fossette moqueuse apparut sur sa joue.

— La fumée t'a enlevé ta voix ?

Elle hocha la tête.

— Bien ! C'est la meilleure nouvelle que j'aie reçue depuis des mois. Quand nous en aurons fini avec cette formalité, j'aurai quelques petites choses à te dire et, pour une fois, tu seras bien obligée de m'écouter.

Là-dessus, il la poussa dans le couloir vers une grande porte à double battant. Il l'ouvrit d'une bourrade et fit entrer Alyx dans ce qui était, à l'évidence, une chapelle. Devant l'autel se tenaient un prêtre, Jocelin et un homme mince de haute taille qu'Alyx n'avait jamais vu.

— Dans ton armure ? demanda l'inconnu en contemplant Alyx avec curiosité.

— Si je prends le temps de me changer, nul doute qu'elle va encore me glisser entre les doigts. Tu as la bague, Gavin ?

Alyx ouvrit de grands yeux. Ainsi, c'était là le frère aîné de Raine, l'homme à qui elle n'avait cessé d'envoyer des messages implorants, le suppliant de raisonner son cadet. A son tour, elle l'étudia avec attention. Il ne ressemblait guère à son frère. Il était plus grand mais paraissait beaucoup moins robuste. Plongée dans la comparaison des deux hommes, elle ne se rendait pas compte que le prêtre s'adressait à elle.

— Un peu d'attention, Alyx ! ordonna Raine tandis que Gavin toussait pour masquer un rire.

Consternée, Alyx regarda autour d'elle. Une lueur de joie inhabituelle dansait dans les yeux de Jocelin, Raine semblait en proie à une rage incontrôlable tandis que Gavin observait la scène avec une tolérance amusée. Le prêtre attendait patiemment qu'elle dise quelque chose.

— Alyx ! aboya Raine. Je sais que tu ne peux pas parler mais tu pourrais au moins hocher la tête... A moins, bien sûr, que tu ne veuilles pas m'épouser. Tu préférerais peut-être prendre Jocelin ?

— E-pou-ser ? articula-t-elle.

— Au nom du Ciel, Raine ! intervint Gavin. Excusez-moi, mon père, se reprit-il aussitôt avant de se tourner à nouveau vers son frère. Aie pitié d'elle. Elle a failli être brûlée vive et, l'instant d'après, elle se retrouve devant l'autel pour se marier. Laisse-lui au moins le temps de se remettre de ses émotions.

— Et depuis quand connais-tu quelque chose aux femmes ? fit Raine avec hostilité. Tu as abandonné Judith quelques minutes à peine après vos noces. Et si je ne m'étais pas cassé la jambe, elle serait restée seule.

— Et si tu n'avais pas été là, elle serait peut-être venue à moi plus tôt. En fait...

— Silence ! s'écria Jocelin avant de reculer prudemment quand les deux frères Montgomery tournèrent leur courroux contre lui. Alyx regardait lord Gavin et je ne suis pas certain qu'elle ait compris qu'elle était en train d'épouser lord Raine. Peut-être que si quelqu'un le lui expliquait, elle pourrait répondre correctement à la question, même si elle ne peut plus parler.

Alyx saisit soudain toute la situation et, avec une finesse digne d'une dame de la plus haute noblesse, ouvrit de grands yeux et sa mâchoire inférieure s'affaissa.

— Horrifiée par cette perspective ? fit Gavin en éclatant de rire.

Raine évita le regard d'Alyx, incertain de ce que cette expression signifiait.

— Elle porte mon enfant. Elle doit m'épouser, déclara-t-il.

Alyx aurait voulu d'un signe attirer son attention. Mais Raine regardait droit devant lui d'un air buté, lui refusant le doux plaisir de se jeter dans ses bras pour lui faire comprendre qu'elle l'aimait. Il avait décidé que ce mariage aurait lieu et cela lui suffisait ! Elle le fusilla du regard.

— Voulez-vous emprunter mon épée ? demanda Gavin en s'étouffant de rire.

Il flanqua une claque sonore sur l'armure de son frère mais celui-ci ne broncha pas.

— Oh, Raine, reprit-il. J'espère qu'elle t'en fera voir de toutes les couleurs. Judith va apprécier d'avoir une nouvelle belle-sœur qui mène la vie dure à son mari. Elle se sentira moins seule.

Raine ne prit pas la peine de répondre à Gavin et continua à fixer un point invisible devant lui.

— Milady, intervint le prêtre, et Alyx ne crut tout d'abord pas que c'était à elle qu'il s'adressait. L'Eglise n'encourage pas les mariages forcés. Désirez-vous réellement épouser lord Raine ?

Elle leva les yeux vers celui-ci. Furieuse de constater qu'il ne la regardait toujours pas, elle vint se planter devant lui. Il se mit à contempler quelque chose de passionnant au-dessus d'elle. Doucement, elle lui prit la main. Une plaie en barrait la paume. Elle effleura des lèvres les chairs meurtries. Quand elle releva les yeux, il la regardait enfin, d'un air adouci.

— Elle m'épousera, dit-il en se tournant vers le prêtre.

Alyx eut envie de le maudire. Silencieusement, elle regagna sa place à ses côtés et la cérémonie fut accomplie. Un anneau d'or glissa le long de son doigt.

Raine ne perdit pas une seconde à la féliciter.

— Suivez-moi, lady Alyx, ordonna-t-il en lui agrippant douloureusement l'épaule. Nous avons à parler.

— Laisse-la tranquille, Raine, lui conseilla Gavin. Ne vois-tu pas qu'elle est épuisée ? Et puis tu ne vas pas la sermonner le jour de vos noces ?

Raine ne prit même pas la peine de lui accorder un regard. Il poussa Alyx hors de la chapelle, lui fit traverser un couloir et entrer dans une chambre.

— Comment as-tu pu, Alyx ? gronda-t-il. Comment as-tu pu prétendre que tu m'aimais et me plonger dans l'enfer de ces derniers mois ?

L'incapacité de parler était une terrible frustration pour Alyx. Elle chercha du regard de l'encre et du papier avant de se rappeler que Raine ne savait pas lire.

— Sais-tu ce que j'ai enduré ?

Il jeta son casque sur le lit.

— Pendant des années, j'ai cherché une femme que je pourrais aimer. Une femme courageuse et droite, qui n'aurait pas peur de moi et ne s'intéresserait pas uniquement aux terres et à l'argent. Une femme qui me donne envie d'apprendre.

Il commença à défaire les lanières de cuir qui maintenaient son armure en place, jetant chaque partie l'une après l'autre sur le lit.

— D'abord, tu as failli me rendre fou dans ces collants trop serrés, à te trémousser devant mon nez et à me regarder avec tes yeux immenses.

Il s'assit sur le rebord du lit et entreprit de s'occuper de ses jambières. Alyx s'agenouilla devant lui pour l'aider. Raine se laissa aller en arrière sur les coudes, poursuivant sa tirade :

— Quand j'ai découvert que tu étais une femme, j'avais la fièvre et je croyais délirer. Pourtant, cette nuit-là, j'ai éprouvé la plus grande joie de ma vie. Il n'y avait rien de retenu en toi, aucune fausse pudeur mais simplement le bonheur du plaisir donné et du plaisir reçu. Après, j'ai été furieux contre toi de m'avoir joué une farce pareille... Mais je t'ai pardonné !

Il prononça ces derniers mots comme s'il était l'homme le plus magnanime que la terre ait jamais porté. Ignorant le regard courroucé d'Alyx, il leva l'autre jambe pour qu'elle dégrafe sa protection.

Un coup sur la porte l'interrompit. Plusieurs serviteurs, habillés de vêtements raffinés, pénétrèrent dans la chambre. Ils s'inclinèrent devant Raine comme devant un roi.

— Mettez ça là, fit celui-ci d'un air distrait.

Alyx contempla la procession avec incrédulité. Un bac immense fut posé au centre de la pièce et les serviteurs l'emplirent d'eau bouillante. Jamais de sa vie elle n'avait pris un véritable bain et encore moins un bain chaud. A Moreton, elle utilisait une bassine et dans la forêt, il n'y avait que la rivière.

— Qu'y a-t-il, Alyx ? demanda Raine quand ils furent à nouveau seuls. On dirait que tu viens de voir un fantôme.

Elle tendit le doigt vers la baignoire.

— Tu veux y aller la première ? Je t'en prie.

Elle s'agenouilla près de la baignoire, enfonça avec précaution une main dans l'eau et adressa à Raine un sourire d'enfant comblé. Il commençait à enlever la tunique de cuir qu'il portait sous son armure.

— N'essaye pas de m'attendrir, annonça-t-il un peu trop doucement. J'envisage toujours de te donner une bonne fessée. Tu imagines ce que j'ai éprouvé quand je t'ai vue avec Jocelin ?

Elle évita son regard, se souvenant de la douleur qu'elle avait lue dans ses yeux ce jour-là.

— Cela m'avait pris des années pour te trouver et voilà que tu m'annonçais que... la musique comptait plus que moi. Ferme ta bouche ! C'est ce que tu as dit. Tu sais, Alyx, je crois que ça me plaît beaucoup que tu ne puisses pas parler. Mon frère ne voulait pas croire qu'une petite bonne femme comme toi soit capable de faire plus de bruit que cinquante solides bonshommes. Je lui ai même proposé un pari, mais il a refusé.

« Ah, ne prends pas cet air vexé ! Tu n'as pas le droit d'être vexée. Non ! C'est moi qui ai connu l'enfer, ces derniers mois. Je ne savais pas où tu étais, avec qui tu couchais. »

Là, elle lui adressa un regard noir.

— C'est toi qui m'as fait croire que tu aimais la « variété » chez les hommes. Au camp, j'ai failli les rendre fous. Certains d'entre eux se sont rebellés et ont refusé de s'approcher du terrain d'entraînement.

Il fronça les sourcils en la voyant le désigner.

— J'ai passé le plus clair de mon temps à m'entraîner, si c'est ce que tu veux savoir. J'essayais de m'épuiser pour ne plus penser à Joss ou à toi.

Alyx, l'air furieux, dessina de larges courbes pardessus ses propres hanches.

— Oh, Blanche, dit-il, comprenant beaucoup trop aisément ce dont elle voulait parler. Tu aurais mérité que je la mette dans mon lit, mais après toi, je n'avais plus envie d'aucune autre femme. Va au diable ! et arrête de faire cette tête ! Tu as l'air bête quand tu es contente. J'étais malheureux sans toi.

Elle se toucha le cœur et tout son amour pour lui coula dans ce geste.

Il détourna les yeux et reprit son discours d'une voix rauque.

— J'ai failli tuer Joss quand il est venu. J'avais refusé de le voir et interdit aux gardes de le laisser approcher, mais il connaît trop bien la forêt. Un soir, j'avais abusé du vin et, à mon réveil, je l'ai trouvé assis devant mon lit. Je ne l'ai pas écouté tout de suite.

Alyx roula de gros yeux en saisissant le sens caché de cette dernière phrase. Raine contempla le plafond.

— Je peux t'assurer que mon état ne s'est pas amélioré quand j'ai su que Pagnell t'avait capturée et qu'il voulait me tendre un piège.

Alyx, assise près de la baignoire, lui prit la main. Il ne portait plus à présent que son linge de corps.

— Alyx, dit-il doucement en s'agenouillant auprès d'elle, n'as-tu pas encore compris que je t'aime ? Bien sûr que j'allais venir te chercher.

A l'aide de gestes, elle essaya de lui montrer comme elle avait eu peur que Pagnell ne le tue.

— Quoi ? fit-il en se redressant. Tu crois qu'un insecte tel que lui aurait pu me battre ?

Il se débarrassa de son dernier vêtement et entra dans la baignoire.

— Le jour où un ver de terre comme lui... Enfin, Alyx, tu n'as pas pu croire qu'un Pagnell... ?

Elle joignit les mains dans un signe d'humilité moqueuse.

— Bon, je te pardonnerai peut-être un jour ton manque de confiance en moi.

Elle enfonça la main dans l'eau et l'éclaboussa violemment.

— Ah, tu exagères ! Je t'ai pardonné de m'avoir abandonné, je t'ai sauvée du bûcher, je t'ai épousée et tu n'es toujours pas contente ! Que te faut-il de plus ?

Comment lui expliquer ? Il l'avait sûrement épousée à cause de son stupide sens de l'honneur, et non par amour.

— Je n'aime pas ce que tu penses, dit-il en l'attirant contre lui. Gavin m'a ri au nez quand j'ai affirmé que tu serais reconnaissante de tout ce que j'avais fait. Il a dit que les femmes ne réagissent jamais comme elles le doivent, parce qu'elles n'ont aucune logique. Qu'as-tu à répondre à cela ? la provoqua-t-il d'un air taquin.

Alyx serra son petit poing et menaça de le lui flanquer sur le nez.

— Alyx, tu abuses vraiment de ma patience. N'auras-tu donc jamais une pensée gentille pour moi ? J'ai passé deux journées terribles. J'ai dû escalader cette tour, tuer le garde qui y était posté, revêtir son armure et tout ça sans le moindre bruit.

Il la saisit par les poignets et elle se sentit fondre.

— N'es-tu pas au moins un peu contente d'être avec moi ? murmura-t-il contre ses lèvres. N'éprouves-tu pas un tout petit peu de bonheur d'être mon épouse ?

Elle ne s'était pas rendu compte qu'il l'avait, sûrement par magie, attirée dans la baignoire. Elle se laissa couler doucement dans l'eau chaude.

— Maintenant, tu es ma prisonnière, dit-il en riant. Et je vais te faire payer ton manque de reconnaissance.

Mettant immédiatement en application son plan de représailles, il commença par l'embrasser.

15

Cela faisait si longemps qu'elle ne l'avait pas vu, si longtemps qu'elle ne l'avait pas touché. A présent, il n'y avait plus d'obstacles entre eux. Comme l'eau d'un fleuve qui déferle quand le barrage se rompt, Alyx se jeta contre Raine avec frénésie. Elle voulait le sentir, l'envelopper, l'inonder.

— Alyx, murmura-t-il d'une voix qui trahissait son trouble. Je t'ai vue quand j'ai escaladé le mur. Tu étais assise et tu pleurais toute seule dans cette cellule. Tu pleurais doucement, en silence. Tu étais si triste, si vulnérable. A cet instant, j'aurais voulu tuer tous les gardes pour te rejoindre immédiatement. Si mes frères avaient été avec moi, je te jure que nous n'aurions pas attendu si longtemps.

Ses frères ! Miles ! Elizabeth !

— Qu'y a-t-il, Alyx ? Quelque chose ne va pas ?

Elle essaya de prononcer le nom d'Elizabeth mais ne put proférer qu'un son inintelligible. Après plusieurs essais infructueux, elle articula celui de Miles.

— Tu as rencontré mon petit frère ? Non, c'est impossible. Il est sur l'île de Wight. Depuis... la mort de Mary, il est comme fou. Heureusement, Gavin l'a persuadé d'aller chez l'oncle Simon...

Raine s'interrompit devant les violentes dénégations d'Alyx. Miles, ne cessait-elle d'articuler silencieusement.

— Il est arrivé quelque chose à Miles ? Il est en danger ?

Alyx hocha la tête. Aussitôt, Raine s'extirpa de la baignoire et Alyx avec lui. Il renoua son linge de corps et enveloppa son épouse d'un manteau glané quelque part.

— Allons voir Gavin. Tu vas lui écrire ce que tu sais.

Ecarlate, Alyx ne put que le suivre le long des couloirs du monastère : il était à demi nu et, quant à elle, sous le manteau, sa robe trempée lui collait à la peau. Ce n'était pas vraiment la tenue requise dans un lieu aussi sacré...

Ils trouvèrent Gavin aux écuries.

— Tu n'as quand même pas l'intention de faire une promenade à cheval ? lança-t-il, moqueur. Ton épouse mérite sûrement quelques attentions.

Raine eut un geste impatient.

— Alyx dit que Miles a des problèmes. Elle va écrire ce qu'elle sait.

Gavin retrouva immédiatement son sérieux.

— Allons chez le moine.

Ils partirent d'un pas si rapide qu'Alyx eut bien du mal à les suivre.

Le moine protesta contre la présence d'une femme — et dans quelle tenue ! — dans son étude, mais les deux frères l'ignorèrent.

— Voilà ! fit Gavin, en disposant papier, encre et plumes devant elle.

En quelques lignes, elle retraça l'intervention d'Elizabeth Chatworth en sa faveur et les intentions de Pagnell à son égard.

— Elizabeth Chatworth, murmura Gavin. Je croyais que ce n'était qu'une enfant.

Alyx secoua la tête.

— A quoi ressemble-t-elle ? demanda Raine.

L'expression admirative d'Alyx fut suffisamment éloquente.

— Le roi ne va pas aimer ça. Il a donné ordre à Roger de ne pas s'approcher des terres des Montgomery.

— Les terres ! s'exclama Raine. C'est tout ce à quoi tu penses ? Chatworth a kidnappé Scarlett et tué Mary. Que faut-il donc qu'il fasse pour que tu oublies les terres ?

— Je me soucie de mes frères plus que de n'importe quel bout de terrain. Que se passera-t-il si Miles viole cette Chatworth ? On pensera que nous cherchons à provoquer Roger. Le roi n'acceptera pas de voir son autorité bafouée. Qui punira-t-il alors ? Nous tous et toi en particulier ! Tu seras obligé de te cacher toute ta vie dans cette forêt avec cette armée de coupeurs de gorges. Quant à Miles, j'ai bien peur qu'il ne soit très vite obligé de te rejoindre car il sera sûrement déclaré hors la loi.

Alyx considéra Gavin avec un respect nouveau. Quant à Raine, une lueur belliqueuse brillait toujours au fond de son regard.

— Cela fait plus d'une semaine, maintenant, déclara-t-il. Je suis prêt à parier que la fille a perdu son pucelage et que Miles n'a violé personne. Peut-être l'a-t-il relâchée ? Tout ce qu'on peut espérer, c'est qu'elle ne soit pas enceinte.

Gavin fit une moue qui en disait long.

— Je vais prendre la moitié de mes hommes pour essayer de trouver Miles. J'espère pouvoir le raisonner. S'il n'est pas trop tard. Après tout, elle est peut-être tombée amoureuse de lui et n'exigera pas sa tête.

Alyx saisit la manche de Gavin et secoua vigoureusement la tête. Elizabeth Chatworth ne céderait jamais aux avances d'un Montgomery.

— Une vraie diablesse, hein ? remarqua Gavin avant de porter la main d'Alyx à ses lèvres. Raine va vous ramener chez nous et vous rencontrerez ma Judith. Je suis désolé que votre mariage ait été aussi impromptu. Quand tout cela sera réglé, nous organiserons un tournoi en votre honneur.

Il jeta un regard à son frère avant de poursuivre :

— Vous serez en sécurité au château. Elle a besoin de se reposer un peu. Et achète-lui quelques habits, pour l'amour du Ciel !

Alyx s'attendait à ce que Raine s'offusque des conseils de son frère, mais elle eut la surprise de le voir sourire.

— Je suis quand même content de te revoir, dit-il en ouvrant les bras.

Les deux frères se congratulèrent longuement.

— Salue Miles pour moi, ajouta Raine, et essaye de le sortir de ce mauvais pas. Il faut qu'il rencontre Alyx.

Après un dernier salut, Gavin les quitta.

Raine se tourna vers Alyx.

— Et maintenant, si je me souviens bien, nous venions juste de commencer quelque chose quand les problèmes de mon petit frère nous ont interrompus.

Alyx recula avec un geste circulaire pour désigner l'endroit où ils se trouvaient.

Raine éclata de rire et la souleva dans ses bras.

Quelques secondes plus tard, ils étaient revenus dans la chambre. D'une main, Raine balaya les éléments de l'armure qui se trouvaient sur le lit et y déposa son précieux fardeau.

— Tu crois que je peux blesser l'enfant ? demanda-t-il en lui mordant le lobe de l'oreille.

Elle secoua la tête avec une telle vigueur qu'il en rit. Il la débarrassa de sa méchante robe.

Alyx n'avait jamais été très fière de son corps, le trouvant trop maigre, trop dépourvu d'attraits. Dans son état actuel, elle désirait moins que jamais s'offrir aux regards de Raine. Elle voulut se couvrir à nouveau, mais il l'en empêcha avec douceur.

Il embrassa son ventre, le caressa.

— C'est mon enfant qui est là et je l'aime autant que sa mère.

Elle essaya de parler mais sa gorge à vif et les baisers de Raine l'en dissuadèrent. Bientôt, il fut nu à son tour contre elle.

Elle ne s'était pas rendu compte à quel point il lui avait manqué, à quel point elle avait besoin de ses caresses. Et à en juger par son enthousiasme, Raine était dans le même cas. Pourtant, pas une seule seconde il ne céda à l'urgence de son désir. A la différence des autres fois, il lui fit l'amour avec une tendresse et une patience infinies. Elle avait l'impression d'être entre ses mains une statuette précieuse qu'il vénérait, adorait et façonnait tout en même temps.

Alyx n'avait qu'une envie : se laisser faire. C'était sans compter avec son propre tempérament. Très vite, elle se mit à le taquiner, à le provoquer, répondant à chacun de ses tendres attouchements par des caresses fougueuses qui le mettaient au supplice.

Au moment où elle sentit qu'il n'en supporterait pas davantage, elle l'enfourcha et le fit pénétrer en elle.

Un long frisson parcourut Raine. Tout à coup, il semblait si vulnérable, si offert qu'elle en fut bouleversée. Elle frissonna à son tour. Ce fut elle qui dirigea leur amour comme elle aurait dirigé une chorale, avec la même passion et la même maîtrise, réglant leur rythme, écoutant chaque souffle de Raine, tirant de lui des râles et des gémissements comme autant de notes de musique. Mais l'amour n'est pas la musique et, très vite, elle fut prise à son propre jeu. Elle se jeta contre Raine une fois, deux fois avec violence, et il la serra contre lui, refusant de la laisser s'échapper à nouveau. Ils connurent alors une extase longue et merveilleuse, unis comme ils ne l'avaient plus été depuis des mois.

Le soleil tombait sur l'horizon quand ils se réveillèrent. Raine ouvrit un œil, jugea de l'heure et contempla son épouse avant de sauter hors du lit.

— Debout ! lança-t-il en accompagnant son ordre d'une claque sonore sur les fesses d'Alyx. Il est tard, déjà. Nous avons deux jours de cheval devant nous avant de rejoindre le château.

Alyx n'avait aucune envie de monter en selle et, malgré son mutisme, elle se fit parfaitement comprendre. Elle préférait rester encore dans ce lit quelques jours, en compagnie de Raine.

— Alyx, ne me tente pas. Sors de ce lit tout de

suite ou sinon, je te jure que je te laisse ici seule avec les moines.

Elle bondit sur ses pieds. L'instant d'après, elle avait enfilé la robe blanche qui était dans un état déplorable.

— Quelle horreur, fit Raine. En arrivant, Judith te trouvera des robes dignes d'une Montgomery. Cela va être drôle de te voir habillée différemment, même si je dois avouer que j'aime tes cheveux ainsi.

Il lissa sa crinière d'un geste affectueux.

A l'exception des messagers, Alyx n'avait jamais vu Raine parmi ses hommes. Ceux-ci parurent quelque peu surpris de le voir vêtu des grossiers vêtements de laine verte qu'il affectionnait durant son séjour dans la forêt, mais ils n'en firent pas la remarque. A l'évidence, ils lui obéissaient au doigt et à l'œil.

Ils partirent sans perdre de temps, galopant, comme d'habitude, à un train d'enfer. Ils voyagèrent durant la moitié de la nuit. Le comportement des hommes envers Alyx la stupéfia. Ils s'inquiétaient de sa santé, lui demandant si elle n'était pas trop fatiguée. Quand ils s'arrêtèrent pour manger et faire reposer les chevaux, quelques-uns des chevaliers lui offrirent des fleurs sauvages. L'un d'entre eux étendit même son manteau sur le sol pour qu'elle y prenne place. Personne ne semblait remarquer que ledit manteau doublé de fourrure était de bien meilleure qualité que les guenilles qu'elle portait.

Incrédule, elle se tourna vers Raine mais il semblait trouver cela tout à fait normal. Un chevalier demanda la permission de jouer du luth pour elle et, tandis que trois hommes l'accompagnaient en chantant, Raine haussa un sourcil car ils n'étaient pas excellents. Mais aux yeux d'Alyx, cela n'avait aucune importance : elle les trouvait merveilleux.

Quand Raine l'aida à remonter en selle, il l'informa :

— Ils veulent te prouver que ce sont de vrais chevaliers. J'espère qu'ils ne t'ennuient pas.

M'ennuyer ! se dit-elle tandis qu'ils repartaient. Elle avait l'impression que les portes du paradis venaient de s'entrouvrir devant elle et cela n'avait vraiment rien d'ennuyeux.

La nuit suivante, ils s'arrêtèrent dans une auberge et Alyx, consciente d'être si mal vêtue, éprouva un légitime embarras. L'aubergiste, en apercevant Raine et les vingt hommes d'escorte richement parés, semblait prêt à se jeter à terre pour leur servir de tapis. Ensuite, une telle quantité de nourriture leur fut servie qu'Alyx n'en crut pas ses yeux.

— Peuvent-ils s'asseoir avec toi ? s'enquit Raine.

Il lui fallut un bon moment pour comprendre qu'il parlait au nom de ces hommes admirables. Avec un large sourire, elle leur fit signe de prendre place.

A table, les manières de ces gentilshommes étaient si délicates qu'Alyx osa à peine toucher à son repas. D'ailleurs, elle n'en avait pas besoin : ils lui offraient les meilleurs morceaux et les plus beaux fruits.

Ils exprimèrent leur regret de la voir temporairement sans voix, ce qui fit ricaner Raine. Devant leur mine perplexe, il rit de plus belle et se contenta d'affirmer qu'ils n'avaient vraiment aucune idée de ce qu'ils perdaient.

Quand ils montèrent dans leur chambre, munie d'un lit à baldaquin comme Alyx n'en avait jamais vu, Raine en riait encore.

— Je crois qu'ils sont tous à moitié amoureux de toi. Tu as brisé leur cœur, ajouta-t-il en l'embrassant.

Alyx secoua la tête.

— Mais si, ma chérie, fit-il. En fait, je crois que les hommes peuvent tomber très facilement amoureux d'une femme qui est dans l'incapacité de parler.

Elle lui flanqua un oreiller sur la tête.

— Sont-ce là les manières d'une lady ? se moqua-t-il.

Malgré son ton badin, cette remarque troubla Alyx durant toute la journée suivante. Elle n'était pas une lady et n'avait aucune idée de ce que pouvaient être les manières d'une lady. De quoi aurait-elle l'air, habillée de loques comme elle l'était, en face de Judith Montgomery, ce parangon de vertu ?

Quand ils arrivèrent en vue du château Montgomery, elle était prête à tourner casaque et à filer à bride abattue.

La massive forteresse, vieille de plusieurs siècles, était encore plus formidable qu'elle ne l'avait imaginé. A mesure qu'ils s'en approchaient, elle avait l'impression que les murailles remplaçaient le ciel.

Raine les conduisit vers une entrée dérobée afin que leur arrivée soit aussi discrète que possible. Le chemin qui y conduisait était dominé par deux murs et, partout, des hommes lui lançaient de joyeuses salutations. Tout à coup, Alyx eut l'impression qu'elle ne le connaissait pas vraiment. Il semblait si à l'aise dans ce milieu, parmi les siens, si différent du chef des hors-la-loi de la forêt...

Ils arrivèrent dans une cour et Alyx fut stupéfaite de voir que la demeure seigneuriale, d'aspect accueillant, était située à l'intérieur des murs. Dans les quelques châteaux qu'elle avait visités avec Jocelin, les gens vivaient encore dans les anciennes tours inconfortables. C'était la raison pour laquelle les châteaux étaient peu à peu désertés.

Ils venaient à peine de s'arrêter qu'une jeune femme d'une beauté prodigieuse et vêtue d'une robe de satin rouge jaillit d'un petit jardin.

— Raine ! s'exclama-t-elle en courant vers lui, les bras ouverts.

Elle ne sait pas chanter, pensa Alyx, sur la défensive, en observant son mari sauter de cheval et courir vers la femme.

— Judith ! se réjouit-il en la faisant valser dans les airs.

Puis il l'embrassa d'une façon qu'Alyx jugea beaucoup trop exubérante.

— Milady, fit une voix tout près d'elle, puis-je vous aider ?

Sans quitter Raine et la délicieuse Judith des yeux, elle se laissa porter à terre.

— Où est-elle ? demandait Judith. Je n'ai rien compris au message que tu nous as envoyé. Il disait que ta femme était sur le point d'être brûlée en place publique. C'est faux, n'est-ce pas ?

— Non, c'est vrai. Je l'ai sauvée au dernier moment, déclara-t-il avec fierté.

Un bras sur les épaules de Judith, il la mena vers Alyx.

— Voici Alyx, et cette merveille est la femme de mon frère qui n'est pas digne d'elle.

Alyx hocha la tête, détaillant ouvertement sa belle-sœur. Elle était vraiment extraordinaire : des yeux dorés, des cheveux auburn qui disparaissaient sous un bonnet de perles et un petit visage aux traits voluptueux.

Judith se libéra du bras de Raine.

— Vous devez être fatiguée. Venez avec moi, je vous ferai préparer un bain.

Elle prit la main d'Alyx et se dirigea vers la demeure.

— Oh, Judith, fit Raine. Alyx a perdu sa voix à cause de la fumée.

Alyx sentit Judith se raidir. Bien sûr, elle n'acceptait pas l'idée que Raine ait pu épouser une fille du peuple...

— Vous êtes fatiguée, dit Judith avec sympathie, mais Alyx décela une pointe d'irritation dans sa voix.

Alyx n'eut guère le temps d'admirer la demeure tandis que Judith la menait au premier étage, dans une chambre entièrement lambrissée de chêne sculpté. La maison d'Alyx à Moreton, et trois autres comme elle, auraient pu tenir dans cette pièce.

Des pas lourds résonnèrent. Judith fit volte-face. Raine se tenait sur le seuil, souriant.

— Elle est jolie, n'est-ce pas ? fit-il en dévisageant Alyx avec amour. Dommage qu'elle ait perdu la voix mais ce n'est que temporaire, j'en suis sûr.

— En tout cas, ce ne sera pas grâce à toi, dit Judith en menant Alyx à une chaise.

— Comment cela ? fit Raine, interloqué. Je l'ai sauvée.

Judith lui lança un regard meurtrier.

— De quoi ? De Pagnell ? D'un piège qui avait été dressé pour toi ? Elle a été utilisée comme appât ! A cause de toi ! Raine, ajouta-t-elle en faisant un effort visible pour se contenir, je pense que tu devrais nous laisser maintenant. Je ne crois pas que ta douce épouse ait envie d'entendre ce que j'ai à te dire.

— Douce ! ricana Raine. Mais enfin pourquoi es-tu si en colère contre moi ?

— Raine, ne me pousse pas à bout, le prévint Judith. Alyx, avez-vous faim ?

— Ecoute, Judith, si tu as quelque chose à me dire, dis-le maintenant.

— D'accord, mais quittons cette chambre. Ta femme a besoin de repos.

Alyx commençait à se faire une idée assez précise des intentions de Judith. Elle attrapa la manche de sa belle-sœur et, du regard, lui demanda de poursuivre. Il y avait tant de choses qu'elle aurait voulu pouvoir dire elle-même à Raine.

Judith lui adressa un clin d'œil complice avant de faire face à Raine.

— Puisque tu y tiens, tu vas m'entendre. Vous autres, toi et tes trois imbéciles de frères, vous ne pensez qu'à traîner vos épouses à travers toute l'Angleterre sans vous soucier une seule seconde de leur sauvegarde ou de leur confort.

Raine en resta bouche bée.

— Nous avons fait halte dans une très bonne auberge, la nuit dernière, déclara-t-il finalement.

— Vous avez fait quoi ? Tu as emmené ta femme, une lady, dans un endroit public avec une robe pareille ! Comment as-tu osé, Raine ? Comment oses-tu traiter une femme de la sorte ?

— Et que devais-je faire ? Courir les boutiques ? J'aurais peut-être pu aller à Londres et demander au roi de me vendre un peu de soie ?

— Ce n'est pas de ma faute si tu es accusé de traîtrise. Tu as une vraie tête de mule, comme tous les Montgomery, et c'est pour cela que tu es plongé dans les problèmes jusqu'au cou.

Là, Alyx commença à applaudir.

Judith arborait une mine triomphante tandis que Raine se renfrognait.

— Je suis de trop ici, dit-il d'un ton morne.

— Oh non ! s'exclama Judith, ne crois pas que tu vas t'en tirer à si bon compte. Je veux que tu descendes trouver Joan — elle est sûrement dans les bras de quelqu'un — et que tu nous fasses monter un bain. Oh, Raine, comment as-tu pu traiter aussi mal cette pauvre enfant ? La mère de ton bébé ? Cela fait des jours qu'elle a échappé au bûcher et elle est encore couverte de cendres ! Maintenant dépêche-toi et ne reparais pas devant nos yeux avant de t'être lavé et habillé de façon décente.

La mâchoire pendante, Raine refusa de proférer un seul mot pour sa défense. Il quitta la chambre en claquant violemment la porte derrière lui.

Judith lança un regard à Alyx.

— Vous devez être prête à vous défendre bec et ongles, sinon les hommes se moqueront de vous.

Comment allez-vous ? Je suis sûre que Raine vous a menée à un train d'enfer. Comment avez-vous supporté le voyage ?

Alyx hocha la tête d'un air rassurant et considéra Judith avec admiration.

— C'est une bonne chose que nous soyons toutes les trois solides et décidées à ne pas nous laisser marcher sur les pieds.

Alyx fronça les sourcils et leva trois doigts d'un air interrogateur.

— Scarlett, la femme de Stephen. Il faut que vous la rencontriez. Elle est adorable, absolument adorable, mais Stephen n'arrête pas de la traîner par monts et par vaux. Il la fait dormir à la belle étoile, ils ne mangent pas pendant des jours. C'est épouvantable. Epouvantable !

Un coup sur la porte interrompit Judith. Des serviteurs firent leur entrée, apportant une baignoire et des seaux d'eau chaude.

— Je devrais faire plus souvent appel à Raine, remarqua Judith. Avec lui, les choses ne traînent pas.

Alyx gloussa et Judith sourit.

— Ce sont des hommes bons. Pour rien au monde, je ne voudrais perdre Gavin. Mais, de temps à autre, il faut élever un peu la voix. Vous verrez, vous y prendrez goût, vous aussi.

Une lueur malicieuse dansa dans les prunelles d'Alyx : elle avait toujours aimé élever la voix.

16

Plongé dans son bain, Raine ne décolérait pas. Il leva un regard hostile quand la porte de sa chambre s'ouvrit sans que l'intrus se soit annoncé.

Gavin ne semblait guère disposé à faire des politesses.

— Miles a emmené la Chatworth en Ecosse et, d'après ce que j'ai appris, elle n'a pas apprécié ce voyage forcé. Bon sang ! s'exclama-t-il. Pourquoi faut-il que mes frères me créent autant de problèmes ? Stephen est le seul...

— Arrête, l'avertit Raine. Je ne suis pas d'humeur à supporter tes remontrances.

— Qu'est-ce qu'il y a encore ? demanda son frère d'un air agacé en s'asseyant face à lui, sur le rebord de la baignoire. J'ai bien assez de problèmes comme cela. Ta femme t'a dit quelque chose qui ne t'a pas plu ?

— Pas ma femme. Mais peu importe... Que comptes-tu faire pour Miles ? Tu crois qu'il l'a emmenée chez Stephen ?

— C'est ce que j'espère. Sir Guy est avec lui. Souhaitons qu'il le ramène à la raison.

— Qu'as-tu appris exactement ?

— Un des hommes de Miles s'est cassé le bras accidentellement. Il n'a pas pu partir avec eux. C'est lui qui m'a tout raconté. Ils étaient quatre dans la tente de Miles quand Elizabeth Chatworth leur a été « livrée », je ne vois pas d'autre mot. Le sbire de

Pagnell a été autorisé à entrer dans la tente. Ils étaient tous prêts à le passer par le fil de l'épée. Il portait une espèce de paquet enroulé. Il s'est arrêté sur le seuil, a posé son paquet par terre et, d'un coup de pied, l'a déroulé.

— Et alors ? demanda Raine.

— Alors, Elizabeth Chatworth est apparue aux pieds de Miles, uniquement vêtue de ses longs cheveux dorés.

— Oh oh, fit Raine qui aurait trouvé la scène fort drôle si elle n'était annonciatrice de bien des ennuis. Et qu'a fait notre petit frère ?

— D'après ce qu'on m'a dit, les hommes ont été incapables de bouger jusqu'à ce que lady Elizabeth bondisse, attrape une peau de renard sur le lit puis une hache et se jette sur Miles.

— Il a été blessé ?

— Non, il a évité ses coups. Quand la dame s'est mise à proférer les jurons les plus effroyables qu'il ait jamais entendus, sir Guy a préféré demander aux hommes de s'éloigner pour ne pas entendre.

— Et nul doute que le lendemain matin, elle miaulait comme une chatte repue, dit Raine en souriant. Notre petit frère a toujours su s'y prendre avec les femmes.

— Je ne sais pas comment elle était le lendemain matin, mais toujours est-il qu'ils ont levé le camp à toute allure et qu'ils sont partis en Ecosse.

— Tu ne vois vraiment pas pourquoi ?

— Qui sait ce qui a pu lui passer par la tête ! Miles est totalement imprévisible. Je sais qu'il n'a sûrement fait aucun mal à cette fille, mais j'ai peur qu'il ne la retienne pour se venger de Chatworth.

— Miles affronterait n'importe qui dans un combat loyal, mais jamais il ne lèverait la main sur une femme. Ça, c'est bon pour les Chatworth. Je suis sûr qu'il a une bonne raison pour agir ainsi. Que comptes-tu faire ?

Gavin réfléchit quelque secondes.

— Rien, laissons Stephen se débrouiller avec lui. Et puis, Scarlett n'est pas dénuée de bon sens, elle saura peut-être le ramener à la raison.

Raine quitta la baignoire.

— Si c'est une histoire de femme, je doute que quiconque puisse le raisonner. Si celle-ci ne lui est pas tombée das les bras au bout de dix minutes, ce sera bien la première fois qu'une telle chose lui sera arrivée. Miles a peut-être trouvé là un nouveau défi à relever.

— Quelles que soient ses raisons, grommela Gavin, il va s'attirer la colère du roi. Henri a beaucoup changé depuis la mort de son fils.

Tout en se séchant, Raine considéra ses vieux vêtements en tas sur le sol.

— Je ne suis pas mécontent d'abandonner ces guenilles pour quelques jours.

— Combien de temps penses-tu pouvoir rester ?

— Trois, quatre jours au plus. Je dois retourner au camp.

— Ces hors-la-loi sont-ils si importants pour toi ?

— Ce ne sont pas tous des hors-la-loi et si tu avais vécu leur vie, tu aurais sans doute des idées bien différentes à propos du bien et du mal.

— Voler est un crime, quelle que soit la raison qui pousse à le faire, affirma Gavin.

— Resterais-tu les bras croisés si Judith et ton

nouveau fils étaient en train de mourir de faim ? Si un homme conduisant un chariot chargé de pain passait devant ton nez à ce moment-là, crois-tu que tu resterais fidèle à tes beaux principes ?

— Je ne veux pas discuter avec toi. Alyx sait-elle que tu as l'intention de partir ?

— Non, pas encore. Je me demande si je vais le lui dire. Elle fera tout pour venir avec moi et je préfère qu'elle reste ici avec Judith et toi. Je veux qu'elle connaisse enfin la paix et le confort.

Tout en parlant, il s'habillait, revêtant sa tenue habituelle quand il était au château : des collants et un pourpoint noir orné de motifs d'argent.

— Tu sais, il y a quelque chose d'étrange avec Alyx, poursuivit-il d'un ton songeur. J'ai toujours eu l'impression de la connaître depuis très longtemps, depuis bien avant notre rencontre. En fait, la première fois que je l'ai vue, je croyais que c'était un garçon et je me suis dit que j'aimerais bien avoir un jour un fils qui lui ressemble. Il y avait quelque chose en elle... Je ne sais pas comment l'expliquer. Etait-ce pareil entre Judith et toi ?

— Non, répondit sèchement Gavin en évitant son regard.

Il détestait qu'on lui rappelle, d'une manière ou d'une autre, la façon dont il avait traité Judith lors de leur première rencontre.

— A propos de ta femme, reprit Raine. Elle m'a accusé de toutes les ignominies quand je suis arrivé.

Gavin éclata de rire.

— Comment ? Elle a asticoté son cher Raine,

celui dont elle ne cesse de répéter qu'il est le meilleur d'entre nous !

— Elle dit que j'ai maltraité ma femme.

— Que lui as-tu fait encore ? Cela ne t'a pas suffi de l'épouser quand elle émergeait à moitié rôtie du bûcher et de profiter de ce qu'elle avait perdu sa voix ?

— Non, cela n'a rien à voir, fit Raine, sincèrement étonné. Elle prétend que je ne lui ai pas acheté assez de robes. Elle pense sans doute que j'en ai toujours quelques-unes au fond de ma selle.

— Ah, je vous y prends, tous les deux, à médire de moi ! s'exclama Judith.

Elle se tenait sur le seuil de la chambre, souriant avec une grâce insolente. Les deux hommes pivotèrent avec un bel ensemble. Judith se précipita dans les bras de son mari.

— Tu vas bien ?

— Aussi bien qu'il est possible, répondit-il en la serrant contre lui. Et qu'est-ce que j'entends ? Tu as osé t'en prendre à mon petit frère ? J'espère que tu ne lui as pas fait mal, il est loin d'être aussi solide que moi.

— Le pauvre chéri, répondit Judith sur le même ton. D'ailleurs, vous êtes, tous les quatre, de fragiles petites fleurs. J'ai surtout reproché à ce rustre d'avoir traîné une femme dans son état à travers tout le pays. De plus, elle souffrait encore à cause de la fumée et elle était attifée comme une loqueteuse.

Elle avait encore bien des choses à dire mais elle s'interrompit car Alyx venait de faire son apparition. Une Alyx telle que personne ne l'avait jamais vue. Elle arborait une robe de velours carmin très sombre dont le décolleté profond s'ornait d'une grosse améthyste pourpre au bout d'une chaîne d'argent. Sur le sommet du crâne, un bonnet coupé dans un tissu argenté et brodé de fleurs pourpres dissimulait en partie ses boucles rebelles. Ses yeux violets brillaient d'un éclat sauvage.

Raine se porta à ses côtés pour lui prendre la main et l'embrasser.

— Je suis stupéfait par une telle beauté, dit-il, sincère.

— Tu es différent, parvint-elle à chuchoter d'une voix rauque.

— Et tu parles ! Tu peux chanter ?

— Ne la presse pas, Raine, intervint Judith. Je lui ai donné des herbes et du miel mais je pense qu'elle guérira plus vite si elle ne parle pas trop. Le dîner est prêt. Quelqu'un a-t-il faim ?

Pendant les quelques heures qui suivirent, Alyx fut heureuse d'avoir perdu sa voix et de ne pas être obligée de commenter tout ce qu'elle découvrait. D'abord, il y avait Raine. Il lui avait toujours paru différent des autres, même au camp, mais ici, dans ce château, habillé avec une telle élégance, il était proprement étourdissant.

Le repas fut un enchantement et une souffrance : près d'une centaine de convives y assistaient. A la famille, aux cousins éloignés se mêlaient des métayers du domaine des Montgomery ainsi que des gens d'apparence encore plus modeste mais traités avec les mêmes égards. Alyx ne savait où donner de la tête, chacun voulant lui plaire. Quant à la nourriture, il y en avait assez pour nourrir tout un village.

Après le repas, Judith conduisit Alyx dans sa chambre tandis que Gavin et Raine se retiraient ensemble pour écrire plusieurs lettres à l'intention de Miles, de Stephen et d'autres.

— Tout cela est un peu inhabituel pour vous, n'est-ce pas ? remarqua Judith.

Alyx hocha la tête.

— Demain, il y a une foire au village et je veillerai à ce que Raine vous y conduise. Vous verrez, vous vous amuserez certainement. Mais pour l'instant, il vaut mieux que vous vous reposiez. Gavin et Raine en ont pour un bon moment. Je les connais : ils ne peuvent s'empêcher de discuter pendant des heures avant de tomber d'accord. Alors, si vous acceptez mon conseil, profitez-en pour dormir un peu.

Quand Alyx se retrouva sous les couvertures, Judith lui prit la main.

— Vous n'avez rien à craindre de nous. Nous sommes votre famille maintenant et nous serons toujours à vos côtés pour vous soutenir. Je sais que tout ceci — d'un geste de la main, elle désigna le cadre élégant qui les entourait — est nouveau pour vous, mais vous vous habituerez vite et nous serons là pour vous aider.

— Merci, murmura Alyx.

Elle dormait déjà quand Judith quitta la chambre.

Alyx avait dormi d'une traite et, en se réveillant, elle eut la joie de constater que sa voix lui était revenue : une voix rauque, râpeuse qui n'avait pas encore retrouvé son timbre habituel.

— Tu crois que je ne pourrai plus chanter ?

Raine éclata de rire. Il l'aidait à boutonner la robe pourpre que Judith avait fait rectifier à sa taille.

— Dans quelques jours, les oiseaux viendront dans cette chambre uniquement pour t'écouter chanter.

Satisfaite, elle se mit à tournoyer dans la pièce, faisant voler les pans de la robe autour d'elle.

— Elle est belle, n'est-ce pas ? C'est la plus belle robe de la terre.

— Non, fit Raine en riant. C'est toi qui la rends belle. Maintenant, arrête de tourner comme ça, tu vas donner le vertige à mon enfant. Tu es prête pour la foire ?

Rien de ce qu'Alyx avait connu ne ressemblait à la foire organisée sur le domaine Montgomery. C'était comme une ville miniature, une ville composée d'habitants venus de tous les coins du monde. Il y avait des échoppes de ferronniers anglais, de vignerons d'Espagne, de savants d'Allemagne, d'artistes d'Italie et bien d'autres encore. On vendait des jouets, des habits, des outils, de la nourriture. Des matches de lutte étaient organisés ainsi que des jeux d'adresse. Ils rencontrèrent même quelques magiciens ou qui se prétendaient tels.

— Par où commençons-nous ? demanda Alyx, pendue au bras de Raine.

Six chevaliers les accompagnaient.

— Milady a peut-être faim ? demanda l'un d'entre eux.

— Ou soif ?

— Milady voudrait-elle voir les jongleurs ou les acrobates ?

— J'ai entendu dire qu'il y avait un chanteur par ici.

— Le chanteur ! s'exclama Alyx, ce qui provoqua un nouvel accès d'hilarité chez Raine.

Elle lui sourit, trop heureuse pour se sentir vexée par son humeur taquine. Après une brève visite au chanteur, qui, de l'avis d'Alyx, n'était vraiment pas extraordinaire, ils s'arrêtèrent chez un boulanger. Raine lui fit alors goûter un pain étrange : chaud et parfumé de fortes épices.

Tout en mangeant leur pain au gingembre, ils continuèrent à déambuler jusqu'à une échoppe tenue par un petit Italien.

— Que penses-tu de ceci ? demanda Raine en dépliant un rouleau de soie violette.

— C'est joli, dit-elle d'un air absent. Oh, Raine, regarde, il y a un ours qui fait des tours.

— Si tu ne veux pas que ton mari se transforme en ours mal léché, tu ferais bien de l'écouter. Judith m'a assez cassé les oreilles. Choisis les couleurs qui te plaisent et je les ferai envoyer au château.

— Les couleurs ? répéta-t-elle en contemplant les riches tissus qui s'étalaient devant elle.

— Donne-nous tout ce que tu as en proupre, fit Raine. Et ces verts. Ils t'iront très bien, Alyx. (Il se tourna vers le marchand et poursuivit :) Donne-nous de quoi couper une robe dans chaque tissu. Quelqu'un viendra te payer.

Là-dessus, il entraîna Alyx ailleurs.

Comme une enfant, Alyx regardait derrière elle. Il y avait bien trois tons de pourpre et quatre de vert pour chaque sorte de tissu et plusieurs sortes de tissu : de la soie, du satin, des velours, des brocarts et d'autres encore qu'Alyx ne connaissait même pas. Raine ne perdait pas de temps, il se trouvait déjà devant une autre échoppe, celle d'un fourreur, et passait ses commandes sans même attendre son avis. Cette fois-ci, il acheta un manteau doublé d'agneau et un autre au col de léopard d'Asie.

Alyx commençait à retrouver ses esprits. Il était en train de lui procurer une garde-robe sans même s'informer de ses désirs.

— Est-ce ainsi que tu choisis tes propres vêtements ? En laissant les marchands décider pour toi ?

Il haussa les épaules.

— En général, je porte du noir, cela m'évite de perdre du temps. De nous quatre, c'est Miles le spécialiste des vêtements.

— Et Stephen ?

— Oh lui, c'est encore pire. Il s'habille comme un Ecossais, c'est-à-dire qu'il est toujours à moitié nu.

— Intéressant, murmura Alyx d'un air appréciateur.

Raine lui jeta un regard acéré.

— Attention à ce que tu dis. Tiens, regarde. As-tu déjà vu quelque chose comme cela ?

Il désignait une femme travaillant avec des centaines de spatules en bois placées sur un coussin.

— Qu'est-ce que c'est ? demanda-t-elle.

Le produit fini ressemblait à une toile d'araignée de soie blanche.

— C'est de la dentelle, milady, expliqua la femme en lui tendant une collerette.

Alyx s'en empara avec précaution, de peur de l'abîmer.

— Tiens, dit Raine en produisant une bourse pleine d'or. Donne-m'en trois. Prends la tienne, Alyx. Nous en donnerons une à Judith et une autre à Scarlett.

— Oh oui, approuva-t-elle, contente de ce cadeau pour Judith.

Pour Alyx, les quelques heures qui suivirent furent merveilleuses. Découvrir Raine dans son environnement naturel, voir qu'on lui témoignait le respect qu'il méritait était une joie pour elle. Et pourtant, cet homme couvert de tant d'honneurs pouvait s'asseoir en compagnie du mendiant le plus pauvre et parler longuement avec lui.

— Tu me regardes d'un air bizarre, nota Raine.

— Je crois que j'ai beaucoup de chance, déclara-t-elle en détournant les yeux. Qu'est-ce qui se passe ? Pourquoi sont-ils aussi excités ?

— Viens ; allons voir.

La foule s'écarta devant les sept chevaliers et la petite dame. A l'intérieur du cercle, quatre femmes au ventre nu, aux jambes recouvertes d'un voile diaphane et transparent, ondulaient au son d'une étrange musique. Après le choc initial, Alyx leva les yeux vers son mari et vit qu'il était absolument captivé par ce spectacle, tout comme les autres hommes présents, d'ailleurs. Et dire qu'il y avait à peine quelques secondes, elle était prête à croire que Raine était un des anges du Seigneur !

Avec une exclamation d'écœurement qu'il n'entendit même pas, Alyx commença à battre en retraite parmi la foule, laissant les hommes à leur obsession.

— Milady, appela quelqu'un derrière elle. Laissez-moi vous aider. J'ai peur qu'on ne vous bouscule.

Elle fit volte-face et plongea son regard dans les yeux sombres d'un homme très séduisant. Ses cheveux blonds étaient délavés par le soleil et un nez aquilin dominait une bouche au trait ferme. Il avait une petite cicatrice incurvée sous l'œil gauche et l'air éprouvé de ceux qui ont fait un long voyage.

— Je ne suis pas sûre, commença-t-elle. Mon mari...

— Laissez-moi me présenter. Je suis le comte de Bayham et la famille de votre mari et la mienne sont de vieilles connaissances. J'ai accompli une longue route pour parler à Gavin, mais en arrivant, j'ai vu la foire et j'ai pensé que je pourrais sans doute l'y rencontrer.

Un homme à la carrure imposante qui avait bu plus que de raison tituba vers eux et le comte tendit un bras protecteur devant Alyx.

— Il est de mon devoir de vous protéger de cette populace. Laissez-moi vous conduire dans un endroit plus tranquille.

Elle prit le bras qu'il lui offrait. Il y avait en lui quelque chose de triste et doux qui la portait instinctivement à lui faire confiance.

— Comment avez-vous appris mon mariage ? s'enquit-elle. Il est si récent.

— J'éprouve un intérêt tout particulier quant à tout ce qui concerne les Montgomery.

Il la conduisit loin de la foule, vers un banc situé à l'abri des regards, derrière quelques arbres.

— Vous devez être très fatiguée car vous ne vous êtes pas reposée un seul instant de toute la matinée. Et dans votre état, cela n'est pas conseillé.

Avec gratitude, elle s'assit, les mains croisées sur son ventre.

— Il semble que vous ne m'avez pas quittée de l'œil. Bien, maintenant que nous sommes ici, si vous me disiez pourquoi vous teniez tant à m'éloigner de mon mari ?

Un bref sourire étira les lèvres minces du comte.

— Les Montgomery savent choisir leurs femmes. Elles sont non seulement belles mais aussi intelligentes. Je devrais sans doute me présenter plus complètement. Mon nom est Roger Chatworth.

17

Prise de court et effrayée, Alyx voulut se lever.

— S'il vous plaît, dit-il avec douceur. Je ne vous veux aucun mal. Je désire seulement parler avec vous un moment.

Il s'assit à l'autre bout du banc, la tête baissée, les mains jointes entre ses genoux.

— Si vous le voulez, partez, je ne vous en empêcherai pas.

Elle était debout et prête à partir.

— Si mon mari vous voit, il vous tuera.

Roger ne répondit pas et Alyx, se traitant mentalement d'idiote, reprit place sur le banc.

— Pourquoi êtes-vous venu ici ? Pourquoi courir un tel risque ?

— Je suis prêt à affronter mille morts pour retrouver ma sœur.

— Elizabeth ?

Roger releva brusquement la tête.

— Vous la connaissez ? Que savez-vous ?

Il serrait les poings.

— Pagnell, le fils du comte de Waldenham...

— Je connais ce pourceau.

Rapidement, Alyx lui raconta comment Elizabeth l'avait secourue et quelle punition Pagnell lui avait alors infligée.

— Miles ! s'écria Roger en bondissant sur ses pieds.

Il était richement vêtu de velours d'un bleu sombre et il ne correspondait en rien à l'idée qu'Alyx se faisait d'un ennemi mortel.

— Et qu'a fait Miles à ma sœur innocente ? demanda-t-il, les yeux brillants de rage.

— En tout cas, pas ce que vous avez infligé à lady Mary, rétorqua Alyx.

— La mort de cette femme pèse sur ma conscience et j'en ai payé chèrement le prix en perdant mon frère. Je ne veux pas, en plus, perdre ma sœur.

Alyx n'avait aucune idée de ce dont il parlait. Quel rapport existait-il entre le frère de Roger et la mort de Mary ?

— Je ne sais pas où se trouvent Miles et Elizabeth. J'étais un peu fatiguée ces derniers temps. Il est possible que Raine ait appris quelque chose mais je n'en sais rien.

— Et lady Judith ? Il ne se passe jamais rien qu'elle ne sache. Ne vous a-t-elle rien dit ?

— Non, rien. Pourquoi êtes-vous libre de vos

mouvements alors que mon mari doit se cacher dans la forêt ? Vous avez tué Mary.

— Je ne l'ai pas tuée ! s'exclama-t-il avec véhémence. Je... Non ! Je ne veux pas en parler. Quant à ma liberté, je la paye : le roi recevra toutes mes rentes pendant les trois prochaines années. La plupart de mes hommes m'ont abandonné parce que je ne peux pas régler leurs gages. Je ne possède plus, pour tout bien, qu'un tout petit domaine et ma famille se résume désormais à une belle-sœur abominable que j'exècre. Mon frère me hait et s'est évanoui dans la nature et, à présent, ma sœur adorée est retenue prisonnière par un garçon qui s'est fait une spécialité de déflorer toutes les femmes qu'il rencontre. Vous trouvez que je n'ai pas été assez puni ? Votre mari possède toujours ses terres, son métayer les dirige pour lui tandis qu'un homme du roi gère les miennes. Avez-vous une idée de ce qu'il en restera dans trois ans ? Votre mari a encore toute sa famille. Il a même eu le loisir de tomber amoureux et de se marier tandis que je n'ai plus personne : un frère tué, un autre dressé contre moi et ma sœur prise en otage. Et vous dites que je ne suis pas puni ? Que je suis libre ?

Son discours terminé, il se tut, les yeux perdus dans le vague.

— J'ignore ce qui est arrivé à Elizabeth. Gavin est parti à la recherche de Miles mais il est revenu aussitôt. Je ne lui ai pas parlé depuis.

— Je le tuerai s'il lui a fait le moindre mal.

— A quoi cela servira-t-il ? s'écria Alyx malgré sa gorge irritée. Vous serez bien avancé quand vous vous serez tous entre-tués ! Miles n'a pas enlevé Elizabeth. Il est innocent. C'est Pagnell, le coupable. C'est lui contre qui vous devriez vous venger. Mais votre haine des Montgomery vous aveugle. Vous avez pris l'habitude de les rendre responsables de tous vos malheurs.

— Et vous, c'est votre amour qui vous aveugle, répliqua-t-il. Pour vous, les Montgomery sont de véritables dieux vivants.

— Vous êtes stupide ! Je veux simplement mettre un terme à cette querelle. Raine est forcé de vivre dans une forêt, entouré de criminels, uniquement à cause de vous.

— Gavin a commencé en se moquant de ma belle-sœur. Une femme ne lui suffisait pas. Il voulait aussi Alice.

Alyx se massa le front avec lassitude.

— Je ne comprends pas de quoi vous voulez parler. Vous devez partir maintenant. Raine doit être en train de me chercher.

— Vous souhaitez me protéger ?

— Je ne veux pas que mon mari se batte.

— Je ne peux pas partir sans savoir ce qui est arrivé à Elizabeth.

Alyx serra les dents.

— Je ne sais pas où elle est.

— Pouvez-vous essayer de l'apprendre et me le dire ?

— Absolument pas ! s'exclama-t-elle, stupéfaite qu'il ait osé lui demander une chose pareille. Miles est avec elle ; je ne ferai rien qui puisse le mettre en danger.

Roger prit un air mauvais.

— Vous avez eu tort de venir ici avec moi. Je

pourrais vous emmener et exiger la libération d'Elizabeth en échange de la vôtre.

Alyx ravala sa salive. Elle savait qu'elle ne devait pas lui montrer sa peur.

— Vous êtes seul, sans gardes. Oserez-vous frapper une femme enceinte ? Jusqu'où êtes-vous prêt à aller ? Elizabeth croit encore que vous êtes un homme juste. Que pensera-t-elle si vous prenez à nouveau une Montgomery en otage ? Comment lui avez-vous expliqué la mort de Mary ?

A l'évidence, elle avait touché un point sensible. Elle attendit un court moment avant de lui conseiller calmement :

— Vous devez partir.

Ils n'eurent ni l'un ni l'autre le temps d'esquisser le moindre geste. Raine et ses gardes venaient de jaillir des arbres. Quatre lames se posèrent sur la gorge de Roger Chatworth.

Son épée à la main, Raine attira Alyx contre lui.

— Le bâtard ne t'a pas blessée ? grogna-t-il. Tuez-le.

— Non !

Alyx avait hurlé de toutes ses forces. Son cri surprit les hommes, qui hésitèrent une fraction de seconde. Aussitôt, elle se plaça devant Roger.

— Il ne m'a fait aucun mal. Tout ce qu'il veut, c'est savoir où est sa sœur.

— Dans sa tombe, gronda Raine.

— Elle n'est pas morte, fit Alyx. Raine, s'il te plaît, mettons un terme à cette querelle maintenant. Il suffirait de pas grand-chose : promets de faire rendre Elizabeth à Roger.

— Roger, hein ? grinça Raine en la fixant d'un regard meurtrier. Depuis quand le connais-tu ?

— Quand... ? répéta-t-elle, ahurie. Raine, s'il te plaît, ressaisis-toi. C'est un homme seul et je ne veux pas qu'on le tue sous mes yeux. Il veut sa sœur. Sais-tu où elle se trouve ?

— Et maintenant, tu me demandes de trahir mon frère pour cette ordure ! T'a-t-il raconté les derniers instants de Mary ?

Les lèvres retroussées en un rictus de haine, il contempla Roger.

— Tu as apprécié le bruit de ses os se brisant sur la pierre ?

A l'évocation de ces images, Alyx en devenait malade et elle avait envie d'abandonner Roger à son sort. Mais si Raine tuait un comte, le roi ne laisserait pas passer l'occasion. Il saisirait ce prétexte pour le punir. Peut-être même pour le condamner à mort.

— Tu dois le relâcher, insista-t-elle. Tu ne peux pas le tuer de sang-froid, c'est indigne de toi. Venez, Roger. Je vous raccompagne à votre cheval.

Sans un mot, Roger Chatworth la précéda tandis qu'elle tournait le dos à Raine et à ses hommes. Aucun d'entre eux ne broncha.

— Il ne vous pardonnera jamais, dit Roger.

— Je ne l'ai pas fait pour vous. Si Raine vous avait tué, le roi aurait mis sa tête à prix. Partez maintenant et souvenez-vous qu'un Montgomery a été bon envers vous alors que vous ne le méritiez pas. Je ne veux pas que Miles ou Elizabeth souffrent et je ferai tout ce qui est en mon pouvoir pour qu'Elizabeth vous soit rendue.

Il la considéra avec incrédulité et quelque chose qui ressemblait à du respect. Puis il sauta en selle. Peu après, il quittait le domaine des Montgomery.

Alyx ne repartit pas immédiatement. Son cœur battait à tout rompre à l'idée de devoir affronter Raine. Bien sûr, il allait être furieux, mais quand elle lui aurait expliqué les raisons de son geste, il comprendrait. Lentement, redoutant la discussion à venir, elle retourna vers le bosquet où ils se trouvaient quelques instants plus tôt.

Raine avait disparu.

— Où est-il ? demanda-t-elle à l'un des gardes, certaine qu'il avait dû s'isoler en prévision de leur dispute.

— Lord Raine est retourné dans la forêt, milady.

— Oui, je sais. Il veut que nous soyons seuls. Mais dans quelle direction est-il parti ?

Elle continua à regarder l'homme, incapable de comprendre pourquoi il se taisait. Puis, soudain, tout s'éclaira dans son esprit.

— La forêt ? Vous voulez parler du camp des hors-la-loi ?

— Oui, milady.

— Sellez un cheval ! Je dois le rattraper. Nous pouvons sûrement le rattraper.

— Non, milady. Nous avons ordre de vous ramener chez lord Gavin. Vous ne devez pas suivre lord Raine.

— Mais il le faut ! fit-elle avec un regard suppliant. Ne comprenez-vous pas qu'il fallait que j'empêche Raine de tuer Chatworth ? Le roi l'aurait fait écorcher vif s'il avait tué un comte. Je dois parler à mon mari. Emmenez-moi à lui immédiatement !

Une lueur de sympathie dans les yeux, le garde secoua la tête.

— C'est impossible. Nos ordres proviennent de lord Raine.

— Peut-être que milady pourrait parler à lord Gavin, suggéra un autre homme.

— Oui, approuva-t-elle. Retournons au château. Gavin saura quoi faire.

Dès qu'elle fut en selle, Alyx se lança à une allure que les chevaliers eurent bien du mal à suivre. Elle se précipita dans la maison, courut à travers une première pièce vide, puis une seconde avant de s'arrêter et de crier :

— Gavin !

En un rien de temps, Gavin apparut, dévalant l'escalier, suivi de près par Judith.

— C'est vous qui venez d'appeler ? demanda-t-il. Raine disait que vous aviez une voix puissante mais...

Alyx l'interrompit.

— Raine est reparti pour le camp des hors-la-loi. Je dois y aller. Il me hait. Il ne comprend pas pourquoi j'ai agi ainsi. Je dois lui expliquer.

— Calmez-vous et racontez-moi tout depuis le début, dit Gavin.

Alyx inspira profondément avant de commencer :

— Roger Chatworth...

L'énoncé de ce nom fut suffisant pour faire exploser Gavin.

— Chatworth ! Il vous a blessée ? Raine est-il à sa poursuite ? Qu'on rassemble mes hommes ! ordonna-t-il à un de ses lieutenants entré derrière Alyx. Aux armes !

— Non ! cria Alyx.

Tout à coup, elle n'y tint plus et éclata en sanglots.

Judith se porta aussitôt à ses côtés.

— Gavin, parle à tes hommes pendant que je m'occupe d'elle.

Elle conduisit la jeune femme vers une chaise à côté de la fenêtre et lui prit les mains.

— Et maintenant, racontez-moi tout.

Le récit d'Alyx fut complètement incohérent et Judith eut bien du mal à reconstituer les morceaux du puzzle.

— Je n'y comprends rien, sanglota Alyx. Roger n'arrêtait pas de parler de choses que je ne comprenais pas. Qui est Alice ? Qui est son frère ? Qu'avait-il à voir avec la mort de Mary ? Raine était si furieux. Il a donné l'ordre de tuer Roger. Je devais l'en empêcher. Il le fallait !

— Et vous avez bien fait. Maintenant, je veux que vous restiez assise ici bien calmement pendant que je vais voir Gavin. Il devrait être en mesure de ramener Raine à la raison.

Judith trouva son mari en compagnie de vingt hommes en armes, prêt à partir en guerre.

— Gavin ! Que fais-tu ?

— Nous partons à la poursuite de Chatworth.

— Chatworth ? Mais Raine ? Il croit qu'Alyx l'a trahi. Tu dois aller le trouver. Elle protégeait Raine, pas Chatworth.

— Judith, je n'ai pas de temps à consacrer à une querelle d'amoureux. Il faut prévenir Miles à propos de Chatworth ou alors trouver Chatworth et l'empêcher de nuire.

— Demande à Miles de relâcher Elizabeth. C'est ce que veut Chatworth. Rendez-lui sa sœur.

— Comme il nous a rendu la nôtre ? Un cadavre jeté sur un cheval ?

— Gavin, je t'en prie...

Il la prit dans ses bras.

— Raine est plus en sécurité dans la forêt. Nul doute que Chatworth rapportera au roi les menaces de Raine et cela ne fera qu'accroître sa colère. Quant à Alyx, elle devait rester ici ; donc, de ce côté-là, tout est pour le mieux. Pour l'instant, c'est Miles qui m'inquiète le plus. Je ne pense pas qu'il ait touché à un cheveu de cette fille mais j'espère le trouver avant Chatworth. Je dois prévenir et protéger mon frère s'il en a besoin.

— Et Alyx ? Raine croit qu'elle l'a trahi.

— Je ne sais pas. Ecris-lui. Raine est peut-être furieux, mais ce n'est pas cela qui le tuera. Maintenant, je dois y aller. Veille sur Alyx et prends soin de notre fils.

Elle lui sourit et l'embrassa avec passion.

— Fais attention à toi, murmura-t-elle.

Son sourire disparut dès qu'elle retrouva Alyx prostrée exactement là où elle l'avait laissée.

— Gavin est-il allé voir Raine ? demanda-t-elle avec espoir.

— Pas tout de suite. Il ira peut-être plus tard. Pour l'instant, il doit avertir Miles que Roger Chatworth est à sa poursuite.

Les épaules d'Alyx s'affaissèrent.

— Comment Raine peut-il croire que je l'ai trompé ? Chatworth m'a demandé de découvrir où se trouvait Elizabeth mais j'ai refusé. Je voulais simplement venir en aide à Raine, et à toute la famille. Mais je n'ai fait qu'empirer les choses.

— Alyx, dit Judith en prenant les mains glacées de sa belle-sœur, tu ignores certaines choses, des choses qui se sont passées avant que tu ne fasses partie de la famille.

Pour la première fois, Judith la tutoyait. Ni l'une ni l'autre ne s'en rendirent compte.

— Je sais pour la mort de Mary. J'étais avec Raine quand il l'a apprise.

— Avant cela, certains événements ont eu lieu...

— Qui concernaient cette Alice dont parlait Roger ?

— Oui. Alice Chatworth a été la cause de tout.

Alyx considéra Judith avec surprise : tout à coup, elle avait changé, ses traits s'étaient durcis, sa voix avait perdu toute chaleur.

— Qui est Alice ? demanda Alyx.

— Gavin était amoureux d'Alice Valence, annonça Judith. Mais il n'était pas question pour elle de l'épouser. Elle avait jeté son dévolu sur un comte très riche, Edmund Chatworth.

— Edmund Chatworth, répéta Alyx.

L'homme que Jocelin avait tué.

— Edmund fut tué une nuit par un troubadour qu'on n'a jamais retrouvé, poursuivit Judith, ignorant ce que savait Alyx. J'ai toujours pensé qu'Alice en savait plus sur cette histoire qu'elle ne voulait bien le dire. Devenue veuve, elle décida qu'elle pouvait désormais épouser Gavin, mais il m'avait déjà épousée. Alice n'a pas apprécié d'être ainsi repoussée. Elle m'a fait enlever. Elle a menacé de me brûler le visage avec de l'huile bouillante. Il y a eu une lutte et l'huile est tombée sur elle, la défigurant.

— Roger a dit que, pour toute famille, il ne lui restait qu'une horrible belle-sœur. Il ne s'est quand même pas vengé sur Mary à cause d'elle ?

— Non, plus tard, alors qu'il se trouvait en Ecosse, il a rencontré la femme que le roi Henri avait promise à Stephen. Scarlett est riche et elle vaut bien un duel. Roger et Stephen se sont battus. Roger est un homme fier et un guerrier renommé mais Stephen l'a battu et, de rage, Roger l'a attaqué dans le dos.

— Stephen a été blessé ?

— Non, mais la réputation de Roger n'y a pas survécu. Dans toute l'Angleterre, les gens se sont mis à rire de lui et on a commencé à appeler un coup en traître un « Chatworth ».

— Et donc, Roger s'est vengé en enlevant Mary. Pour lui, les Montgomery devaient être la source de toutes ses humiliations, conclut Alyx.

— C'est cela. Il a supplié Stephen de l'achever, mais Stephen a refusé et Roger s'est senti encore plus insulté. Il a retenu Mary et Scarlett prisonnières pendant un temps. Je ne crois pas qu'il aurait touché à Mary s'il n'y avait pas eu Brian.

— Et qui est Brian ?

— Le jeune frère de Roger. C'est un garçon timide et maladif qui est tombé amoureux de Mary. Quand Brian a annoncé à Roger qu'il avait l'intention d'épouser Mary, celui-ci s'est soûlé comme un soudard et a abusé d'elle. Tu connais la réaction de Mary. Brian nous a ramené son corps.

— Et le résultat, c'est que Miles tient Elizabeth,

fit Alyx. Que Raine est hors-la-loi. Roger a perdu sa famille et ses terres et cherche sans doute à tuer Miles. N'y a-t-il donc aucun moyen d'arrêter ce massacre ? Que se passera-t-il si Roger tue Miles ? Qui sera le suivant ? Ne vivrons-nous jamais en paix ? Nos enfants grandiront-ils dans la haine des Chatworth ?

— Du calme, Alyx, fit Judith en lui serrant les mains. Gavin est parti prévenir Miles. D'ailleurs, Scarlett est là-bas avec ses hommes et, même si Chatworth lève une armée, il ne sera pas capable d'affronter les MacArran.

— J'espère que tu as raison. Raine est en sécurité dans la forêt.

— Allons lui écrire. Nous lui enverrons un messager dès ce soir.

— Oui, fit Alyx en essuyant ses larmes. Dès qu'il saura la vérité, je suis certaine qu'il me pardonnera.

18

Raine renvoya les lettres d'Alyx sans les ouvrir. Et s'il prit en compte les explications que lui donnait Judith dans ses missives, il ne les commentait jamais dans ses réponses. Il n'avait plus d'écuyer à présent, aussi Judith devait-elle veiller à ce que ses messagers sachent lire et écrire.

Alyx semblait accepter cette situation avec stoïcisme mais, chaque matin, ses yeux étaient rouges et elle avait perdu tout appétit.

Quand Gavin revint d'Ecosse, il s'étrangla à la vue d'Alyx qui n'avait plus que la peau sur les os et portait son ventre avec les pires difficultés.

— Quelles sont les nouvelles ? demanda Judith en l'entraînant dans la pièce voisine avant qu'il fasse le moindre commentaire sur l'état d'Alyx.

— Nous avons trouvé Chatworth. Nous l'avons tenu un moment mais il s'est échappé.

— Que lui avez-vous fait ?

— Nous n'avons pas touché un seul de ses cheveux ! s'exclama Gavin. Après sa disparition, nous sommes allés en Ecosse mais il n'y est pas apparu. Je pense plutôt qu'il est allé voir le roi Henri.

— As-tu vu Miles ?

Gavin hocha la tête d'un air qui en disait long.

— Il a toujours été têtu mais cette fois-ci il dépasse les bornes. Il refuse de relâcher Elizabeth et personne ne peut lui faire entendre raison.

— Et Elizabeth ?

— Elle est folle de rage contre lui. Ils se disputent sans arrêt. Ils ne sont même pas d'accord sur la couleur du ciel, mais parfois elle le regarde avec autre chose que de la haine dans les yeux. Comment va Alyx ?

— Raine a renvoyé toutes ses lettres sans les ouvrir. J'ai essayé de plaider sa cause auprès de lui mais les messagers me disent qu'il leur demande de sauter les passages où je parle d'elle.

Gavin soupira profondément.

— Mon frère est capable de pardonner au pire meurtrier mais dès qu'il s'agit de son honneur, il est impitoyable. Je vais lui écrire. Quand l'enfant doit-il naître ?

— Dans quelques semaines.

Raine ne répondit pas non plus aux passages des lettres de Gavin concernant Alyx.

En novembre, Alyx donna naissance à une belle petite fille qui souriait déjà en arrivant au monde. Elle possédait les fossettes de Raine.

— Catherine, murmura Alyx avant de sombrer dans le sommeil.

Mais, dans les semaines qui suivirent, l'enfant ne fut pas heureuse. Catherine pleurait constamment.

— Elle pleure son père, annonça Alyx, maussade.

— Je crois plutôt qu'elle a faim, dit Judith.

La prophétie était juste car, dès qu'une nourrice fut trouvée, Catherine retrouva une franche bonne humeur.

— Je ne sers donc à rien ? gémit Alyx.

Cette fois-ci, Judith perdit patience.

— Ecoute-moi ! Tu dois penser à ton enfant. Il t'est peut-être impossible de la nourrir mais tu peux faire des tas d'autres choses. Et si l'enfant ne te suffit pas, crois-moi, je saurai te donner du travail.

Alyx hocha vaguement la tête et avant qu'elle se rende compte de ce qui lui arrivait, elle croulait sous une extravagante somme de travail. Il y avait des registres à compulser, des colonnes de chiffres à additionner, des boisseaux de grains à compter et à enregistrer. Il fallait nettoyer les salles de stockage, préparer des repas et veiller sur des centaines de personnes.

Alyx reçut la charge de l'hôpital pendant deux semaines et découvrit qu'elle possédait un don réel pour soigner les malades. Judith appréciait ses capacités musicales mais, à ses yeux, ce n'était pas une raison pour qu'Alyx passe ses journées seule à travailler sa musique. Elle composait des chansons en bandant des membres blessés ou bien en chevauchant à toute allure vers le village qui se trouvait en contrebas du château Montgomery.

Ce fut un choc pour elle de constater que ni Judith ni Gavin n'étaient autrement bouleversés par son talent. Eux aussi possédaient des talents mais cela ne les empêchait nullement d'accomplir leurs tâches quotidiennes.

Tout à coup, Alyx comprit ce que sa vie passée avait eu d'égoïste. Elle avait été privilégiée, mise à l'écart des autres villageois à cause de son don. Tout le monde se montrait réservé avec elle, la traitait comme si elle était une sorte d'oiseau de paradis. Dans son aveuglement, elle avait décidé qu'elle détestait les nobles parce que l'un d'entre eux l'avait maltraitée. Mais, en vérité, elle était jalouse. Elle s'était toujours crue meilleure que les autres. Mais qu'avait-elle donné ? De la musique ? C'était bien pratique. Elle profitait de son don pour obtenir la vénération des gens, ne rien offrir et recevoir beaucoup en contrepartie.

Et si tout le monde ici était si gentil envers elle, c'était à cause de son lien avec Raine. Mais c'était insuffisant : elle voulait être aimée pour elle-même.

Elle organisa une école pour les nombreux enfants dépendant du domaine afin qu'ils apprennent à lire et à écrire. Bien des jours, elle eut envie d'abandonner mais elle s'acharna, trouvant une récompense merveilleuse quand l'un des gamins retenait soudain un mot nouveau.

L'après-midi, elle travaillait auprès des malades

et des blessés. Un jour, un homme se brisa la jambe sous un tonneau et il fallut la lui couper. Alyx lui prit la tête entre les mains et utilisa toutes ses capacités, toutes ses émotions pour l'hypnotiser avec sa voix. Après cela, elle pleura pendant des heures malgré son épuisement.

— Ce n'est pas facile, dit-elle à Judith. Un de mes enfants, un garçon adorable, est tombé du mur hier et s'est tué. Il est mort entre mes bras. Je ne veux pas aimer les gens, c'est trop difficile. Il y a moins de risques à faire de la musique.

Judith l'apaisa, la tranquillisa et elles parlèrent pendant des heures. Au matin, Alyx retourna à l'école. Plus tard, l'homme qui avait perdu sa jambe la demanda. Il lui exprima sa gratitude avec des larmes dans les yeux.

Judith se tenait derrière elle.

— Dieu t'a-t-il offert ce don pour aider ceux qui en ont vraiment besoin ou bien pour chanter à l'église devant des gens bien habillés ? lui demanda-t-elle.

Noël arriva. Le fils de Judith avait six mois et Catherine deux. Tout le monde s'efforça de se réjouir et personne ne voulut mentionner les absents.

— Nous étions tous ensemble l'an dernier, murmura Gavin dans sa coupe de vin.

Ils n'avaient reçu aucune nouvelle de Raine.

En janvier, les événements se précipitèrent. Roger Chatworth était bien allé trouver le roi... mais pas seul. Par hasard ou par malveillance, Pagnell l'accompagnait.

Roger déclara que Miles retenait sa sœur prisonnière en Ecosse et Pagnell prétendit avoir les preuves que Raine soulevait une armée de gueux contre le roi.

Le roi Henri annonça qu'il en avait plus qu'assez de cette querelle entre les Chatworth et les Montgomery et qu'il voulait que lady Elizabeth soit relâchée. Sinon Miles serait déclaré traître et ses terres confisquées. Quant à Raine, s'il continuait à mettre des armes entre les mains de hors-la-loi, le roi ferait brûler la forêt et eux avec.

Gavin envoya un messager en Ecosse, demandant à Stephen de forcer Miles à obéir au roi. Ils apprirent entre-temps que Pagnell avait été retrouvé mort et la rumeur courait que les Montgomery y étaient pour quelque chose. Le roi ajouta ceci à sa longue liste de reproches.

— Il veut ce que nous possédons depuis des siècles, affirma Gavin. D'autres rois avant lui ont déjà essayé de nous abattre et ont échoué. Celui-là échouera aussi.

Il s'empara de sa masse de guerre.

— Si Stephen ne peut raisonner Miles, je m'en chargerai.

Moins d'une heure plus tard, il était reparti pour l'Ecosse.

— Et Raine ? demanda Alyx qui berçait Catherine entre ses bras. Qui va le prévenir des menaces du roi ?

— Le roi Henri ne fera pas brûler la forêt, affirma Judith avec son sens pratique habituel. Il reste trop peu de forêts en Angleterre. Et Raine ne soulèvera jamais son armée de coupeurs de gorges contre le roi, n'est-ce pas ?

— Je ne sais pas. Raine est prêt à tout face à une injustice. Et s'il pense que son frère est réellement en danger, j'ignore de quoi il est capable.

— Miles écoutera Gavin cette fois-ci... j'espère, déclara Judith. Roger retrouvera sa sœur et tout rentrera dans l'ordre.

Elles se regardèrent. Ni l'une ni l'autre n'y croyaient.

— Je vais aller trouver Raine, annonça Alyx, étonnée par sa propre détermination.

— Te laissera-t-il pénétrer dans la forêt ? Oh, Alyx, je ne sais si tu as raison d'y aller. Les Montgomery ont parfois de terribles colères.

— Les colères de Gavin t'ont-elles jamais empêchée d'agir quand c'était nécessaire ? S'il était en danger, hésiterais-tu une seconde à lui porter secours ?

Judith médita ces paroles.

— J'ai pris une fois la tête de ses chevaliers pour les mener contre un homme qui retenait Gavin prisonnier.

— Je ne fais qu'aller dans une forêt. Prendras-tu soin de Catherine ? Elle est trop jeune pour que je l'emmène avec moi. Il fera froid là-bas.

— Alyx, tu es sûre ?

— Je suis certaine qu'il doit se ronger les sangs et qu'il envisage des représailles abominables contre Roger Chatworth. Parfois, j'arrive à crier plus fort que lui et il m'écoute. Et puis, il ignore sans doute que Gavin veut persuader Miles de relâcher Elizabeth.

Elle se leva en serrant son bébé contre elle.

— Je dois me préparer. J'aurai besoin d'une

tente car je vois mal Raine m'offrir l'hospitalité sous la sienne.

— Il te pardonnera peut-être à l'instant où il posera les yeux sur toi, fit Judith.

— Me pardonner ! s'emporta Alyx avant de voir la lueur moqueuse dans le regard de son amie. Il va regretter ce qu'il m'a fait ! M'accuser de l'avoir trahi ! Ah, j'aurai besoin de remèdes. J'ai une dette envers ces gens. Ils m'ont aidée alors que je les ai toujours méprisés. Je veux me racheter à leurs yeux.

— Quand veux-tu partir ?

— En combien de temps pouvons-nous tout rassembler ?

— En un jour, si nous faisons vite.

— Judith, tu es un ange.

— Je veux simplement aider ma famille. Viens, nous avons du travail.

Alyx gémit intérieurement. Raine avait dit un jour que Judith abattait un travail considérable et elle n'avait pas voulu le croire. A présent, elle considérait qu'il avait largement sous-estimé l'ardeur de Judith. Confiant Catherine à sa nourrice, elle courut sur les traces de sa belle-sœur.

19

— Je n'aime pas cet endroit, déclara Joan qui maintenait prudemment sa monture derrière celle d'Alyx. Il fait trop sombre. Vous êtes sûre que lord Raine vit dans un coin pareil ?

Alyx ne prit pas la peine de répondre. Judith l'avait prévenue : Joan se révélerait sûrement très précieuse au cours de cette aventure, grâce à sa débrouillardise, mais elle se montrait aussi parfois très familière et avait un goût démesuré pour la gent masculine.

— Bonjour, fit Alyx.

Apparemment, elle s'adressait à un arbre.

Joan la considéra comme si elle était subitement devenue folle.

— Vous croyez que l'arbre va vous répondre ? demanda-t-elle avant d'ajouter : Milady, quand Alyx lui jeta un regard en coin.

Une ombre sauta d'une des branches de l'arbre. Aux yeux de Joan, l'homme était d'une beauté divine.

— Joss ! s'exclama Alyx en riant.

Il la saisit à bras le corps et la souleva dans les airs.

Ils se congratulèrent en riant jusqu'à ce qu'il accepte de la reposer à terre. Alyx l'examina attentivement.

— Tu as changé, dit-elle. Tu as les joues roses.

Joan toussa bruyamment.

— Ce gentilhomme préférerait peut-être qu'on le complimente sur d'autres parties de son anatomie, intervint-elle.

— Joan ! lança Alyx. Tu dormiras seule dans cette forêt, si tu ne te conduis pas mieux.

— Quelle autorité ! s'exclama Joss. Tu as bien changé, toi aussi. Je n'ai jamais vu de lady aussi belle. Viens, marche avec moi, tu as sûrement plein de choses à me raconter.

Quand ils eurent mis une bonne distance entre Joan et eux, Joss demanda :

— Tu as eu ton enfant ?

— Une fille avec les fossettes de Raine et mes yeux. Elle est merveilleuse et très gentille. Comment va-t-il ?

Joss savait de qui elle parlait.

— Pas très bien. Attends, ne t'inquiète pas ! Sa santé est parfaite, mais il est triste. Il ne sourit jamais et quand il reçoit des nouvelles de son frère, il est d'une humeur de chien pendant des jours et des jours. Que s'est-il passé ? Quand je vous ai quittés, vous vous mariiez.

Elle lui parla brièvement de Roger Chatworth.

— Alors, tu as quitté ton enfant pour revenir auprès de Raine ?

— Il va sûrement m'accueillir à bras ouverts, fit-elle avec une grimace. Ce n'est pas la seule raison pour laquelle je suis revenue. J'ai une dette envers les gens d'ici, ils m'ont sauvée du bûcher. Combien sont... morts ?

— Trois sur place et un quatrième un peu plus tard.

Le front d'Alyx se barra d'un pli soucieux.

— La colère du roi contre les Montgomery et les Chatworth augmente chaque jour. Gavin est parti en Ecosse pour raisonner un de ses frères. C'est à moi qu'il incombe de m'occuper de Raine.

— Sais-tu qu'il ne permet pas aux messagers de lui lire les passages des lettres te concernant ?

— Je m'en doutais. Raine et son satané sens de l'honneur ! Si seulement je pouvais arriver à retenir son attention, à le distraire un peu, il oublierait peut-être de se lancer à la poursuite de Roger Chatworth.

— Le distraire ? répéta Joss en souriant. Je crois bien que tu n'auras aucun mal. Tu es ravissante, tu sais. En te voyant dans cette robe, je me demande si je n'aurais pas dû te séduire pour de bon au lieu de faire simplement semblant.

— Oui, c'est Judith qui a insisté, répondit-elle. Je pensais porter des tenues plus simples et plus pratiques pour vivre dans la forêt mais elle a prétendu qu'en m'habillant de façon aussi voyante Raine ne pourrait pas m'ignorer. Tu trouves que j'ai vraiment changé ?

— Oui, désormais tu es une femme. A propos, qui est cette femelle en rut que tu as amenée avec toi ?

Alyx l'étudia attentivement. Depuis qu'elle connaissait Jocelin, elle ne l'avait jamais vu d'humeur aussi légère et badine.

— Comment va Rosamund ? demanda-t-elle avec hésitation.

Il rejeta la tête en arrière et éclata de rire.

— Tu es trop maligne. Elle est plus magnifique chaque jour. Viens, allons au camp à présent. Raine sera heureux de te voir... même s'il ne voudra sûrement pas le reconnaître.

La vue de Raine fut un choc pour Alyx. Il avait beaucoup maigri et chaque fibre de ses muscles était nettement visible sous sa peau. Il se tenait près du feu central, écoutant deux hommes qui lui parlaient avec le plus grand respect.

Pendant un instant, immobile, Alyx le contempla,

se souvenant de la moindre parcelle de son corps, luttant contre le désir fou de se jeter dans ses bras.

Mais quand il se retourna, elle reçut comme un coup de poing. Elle aurait pu supporter la haine mais il n'y avait aucune haine dans son regard. Ses yeux demeuraient vitreux, aussi froids qu'une rivière gelée. Il semblait ne pas la reconnaître, comme s'il l'avait rayée de la liste des vivants.

Il lui tourna le dos sans lui adresser la parole et se dirigea vers le terrain d'entraînement.

— De sale humeur, hein ? fit Joan derrière Alyx. Ces Montgomery ont vraiment de drôles de caractères. Je vous ai parlé de la fosse dans laquelle lady Judith a dû s'introduire pour sauver lord Gavin ? Bien sûr, toute femme saine d'esprit aurait couru ce risque pour un homme tel que lord Gavin. Et pour lord Miles aussi. Je n'ai jamais été au lit avec lord Raine. Est-il aussi doué que ses frères ?

— Tu vas trop loin ! s'écria Alyx en faisant volte-face.

Joan eut un sourire de chatte.

— Au moins, vous ne songez plus à vous lamenter sur votre sort. Où voulez-vous que nous plantions la tente ? Décidez pendant que je vais chercher quelques hommes pour nous aider.

Là-dessus, elle s'en fut, se glissant parmi les gens qui se rassemblaient silencieusement autour d'Alyx et des quatre montures lourdement chargées qui l'accompagnaient.

— A ce que je vois, vous n'êtes pas trop brûlée, fit un homme en détaillant Alyx avec insolence de la tête aux pieds.

— Les vraies sorcières, ça brûle pas, dit une femme.

— Jolie robe, lança une autre voix. Avec qui faut-il coucher pour en avoir une pareille ?

Alyx leva le menton.

— Je veux tous vous remercier pour m'avoir sauvé la vie. Je sais que je ne le méritais pas, mais merci quand même.

La foule parut hésiter.

— Personne ne voulait vous aider, dit un homme balafré. C'est pour lord Raine que nous y sommes allés. Et maintenant, à le voir, je crois bien qu'il aurait préféré vous laisser brûler.

Ceci provoqua des éclats de rire et ils commencèrent à se disperser, la laissant seule.

— Vous avez l'intention de pleurer ? demanda méchamment Joan. Ça leur plairait. Regardez un peu ce que j'ai trouvé.

Alyx respira un grand coup. Qu'avait-elle espéré ? Qu'ils s'apercevraient au premier coup d'œil qu'elle avait changé ? Elle se retourna pour se retrouver nez à nez avec Joan flanquée de quatre solides gaillards.

— Ils vont nous aider à monter la tente, annonça Joan qui s'accrochait aux bras de deux d'entre eux.

Alyx ne put s'empêcher de sourire. Judith l'avait avertie que Joan était une joyeuse drille qui passait sans cesse d'un lit à l'autre. Médusée, elle la vit donner ses ordres aux quatre garçons, flattant chacun d'une caresse ou d'un compliment. A un moment donné, elle lança même un clin d'œil à Alyx. Petite insolente ! se dit celle-ci en dissimulant un sourire.

Elle se dirigea vers les chevaux pour les décharger des nombreux paquets qu'elle avait préparés avec Judith.

— Besoin d'aide ? demanda un des quatre hommes en la débarrassant d'un ballot.

— Merci, répondit-elle en lui souriant. Etes-vous nouveau au camp ?

Il éclata de rire.

— J'étais là avant Raine, bien avant que vous arriviez... en garçon. Vous avez bien changé.

Elle détourna les yeux, n'osant le regarder en face.

— J'imagine que vous ne faisiez pas attention à nous, puisque vous n'aviez d'yeux que pour lui, reprit-il en désignant vaguement la tente de Raine. Oh, je ne vous blâme pas. C'est un noble et il est si riche, alors que vous étiez un... une...

Il s'interrompit.

— Voilà donc de quoi j'avais l'air...

— On a mieux compris quand lord Raine nous a dit qu'il fallait vous sauver.

— J'imagine que personne n'était très enthousiaste.

Le jeune homme s'éclaircit la gorge et chargea son fardeau.

— Je vais apporter ça pour vous.

— Attendez ! le rappela-t-elle. Quel est votre nom ?

— Thomas Carter.

Pensive, Alyx continua à décharger le cheval. Elle avait passé des mois dans ce camp et n'avait jamais rencontré de Thomas Carter, pourtant il avait toujours été là et avait même risqué sa vie pour elle.

La mine soucieuse, elle retourna vers le camp et

fut agréablement surprise de voir Thomas lui sourire.

Joan et son escorte avaient déjà dressé la tente et, en quelques minutes, tout le chargement y fut transporté. Devant la tente, un grand feu réchauffait l'air glacial.

— T'as fait ton chemin dans le monde, pas vrai ? cracha une femme à Alyx.

Elle était affligée d'un énorme goitre, l'obligeant à tenir la tête penchée en permanence.

— Pouvons-nous partager ce que nous avons avec vous ? demanda calmement Alyx avant de lancer un regard d'avertissement à Joan qui protestait déjà.

Surprise, la femme recula avant de leur tourner le dos.

— Vous n'allez quand même pas laisser ces pourritures ambulantes s'approcher de nous ? s'exclama Joan. Voulez-vous avoir une chose aussi horrible autour du cou ? Si jamais elle s'assoit près de nous, vous pouvez être sûre que...

— Silence ! ordonna Alyx. Ces gens valent bien plus que ce que tu crois. Ils m'ont sauvé la vie. Ils sont malades et miséreux, mais ils méritent mieux que ce que je pourrai jamais leur offrir. Et tu devras les traiter avec décence. D'égal à égal.

Joan pinça les lèvres et marmonna quelque chose à propos d'Alyx qui trahissait son rang et qui devenait de plus en plus comme lady Judith. Sans répondre, elle s'en fut et disparut dans les ténèbres.

« Comme lady Judith », pensa Alyx. C'est le plus beau compliment qu'on pouvait lui faire. Elle regagna sa tente de meilleure humeur. Seule sur sa paillasse, elle se remémora ses nuits avec Raine. Au moins, à présent, elle était près de lui et, pour la première fois depuis des mois, elle trouva un sommeil paisible. Ses dernières pensées avant de s'endormir furent pour Catherine.

Au matin, elle se réveilla reposée et prête à affronter tous les obstacles qui pourraient se dresser devant elle. L'air frais et sain de la forêt la revigorait. Elle avait l'impression d'être chez elle. Joan étant hors de vue, elle s'habilla seule d'une robe de laine d'un vert émeraude brodée de fils d'or. Ses cheveux étaient plus longs à présent et poussaient de manière désordonnée, mais elle ne détestait plus leur couleur étrange qui donnait l'impression que chaque mèche était différente des autres.

Quand elle sortit de la tente, elle fut accueillie par une Joan épuisée, affalée contre un tronc d'arbre. Sa chevelure blonde était dénouée et l'épaule de sa robe déchirée. Un énorme bleu ornait son cou. Elle leva des yeux brillants, cernés d'auréoles sombres.

— Ils sont infatigables, dit-elle, accablée mais avec un tel bonheur qu'Alyx se mordit la langue pour ne pas s'esclaffer.

— Va te reposer, conseilla-t-elle. Après, nous parlerons de ton abominable conduite.

Joan eut toutes les peines du monde à se redresser et tituba vers la tente.

Alyx l'arrêta.

— Tous les quatre ? demanda-t-elle, curieuse.

Joan se contenta de hocher la tête, ayant à peine la force de garder les paupières à moitié ouvertes.

Alyx songeait à cette... performance — quatre hommes en même temps — quand Raine se présenta devant elle. Il était furieux. Elle était paralysée.

— Bonjour, parvint-elle à dire.

— Garde tes bonjours ! grogna-t-il en la transperçant du regard. Cette traînée que tu as amenée avec toi a épuisé quatre de mes hommes. Ils ne sont bons à rien ce matin. Incapables de soulever leur épée. Je ne sais pas pourquoi tu es venue mais je crois qu'il est temps que tu repartes.

Elle lui offrit son plus charmant sourire.

— Quel délicieux accueil, mon mari ! Je vous demande pardon pour ma servante mais, comme vous vous en souvenez sûrement, je n'ai guère l'habitude de commander à mes sujets. Tout le monde n'a pas du sang bleu dans les veines. Quant à la raison de ma présence ici, j'ai une dette à payer.

— Tu ne me dois rien.

— Oh !...

Elle s'interrompit pour se calmer et reprit d'une voix radoucie :

— Je te dois peut-être quelque chose mais ma dette est plus grande à l'égard de ces gens.

— Depuis quand t'intéresses-tu à eux ?

— Depuis qu'ils ont risqué leur vie pour me sauver. Veux-tu partager ton repas avec moi ? J'ai de la viande froide à t'offrir.

Il parut être sur le point de dire quelque chose mais se ravisa et tourna les talons.

Tout en le regardant s'éloigner, Alyx continua de sourire, malgré les battements assourdissants de son cœur.

— Contente de toi ? demanda Joss derrière elle.

Alyx rit à gorge déployée.

— C'est si évident ? Raine Montgomery est un homme présomptueux. Il pense que je suis ici uniquement pour lui.

— Parce que ce n'est pas vrai ? s'enquit Joss.

— Je vais le rendre fou, répliqua Alyx gaiement. Veux-tu manger quelque chose ? As-tu le temps de bavarder un peu avec moi ? Je voudrais te poser quelques questions.

Elle voulait en apprendre plus sur les gens du camp, connaître ce qu'elle aurait dû savoir depuis bien longtemps.

— Tu ne les gagneras pas facilement à ta cause, la prévint Jocelin. Ils ont pas mal de griefs contre toi. Blanche s'est bien débrouillée. Elle t'a accusée de tous les maux.

— Blanche ! s'exclama Alyx.

Les pièces du puzzle commençaient à se mettre en place.

— C'est Blanche qui est responsable de la mort de Constance. C'est la seule explication. Comment aurait-elle pu savoir pour Edmund Chatworth ? Tu dois la haïr.

— J'en ai assez de la haine. (Il se leva.) Veux-tu voir Rosamund ? Si tu tiens à aider ces gens, elle pourra te montrer comment faire.

Rosamund, elle aussi, avait changé d'une manière stupéfiante. Elle était radieuse, enjouée au point qu'on ne remarquait presque plus la tache de naissance sur sa joue. Joss ne semblait pas moins heureux.

— Alyx voudrait t'aider, dit-il avec une immense tendresse en lui prenant la main.

Rosamund considéra Alyx d'un air indulgent.

— Je suis sûre que nous trouverons quelque chose pour vous, affirma-t-elle de sa voix flûtée.

Après une semaine de travail acharné, Alyx parvint enfin à convaincre Rosamund du sérieux de ses intentions. Elle s'échinait du matin au soir et acceptait toutes les besognes, même les plus basses. Elle lavait et bandait les blessures courantes. Elle aida une femme atteinte de la petite vérole à accoucher et enterra l'enfant mort à la naissance, personne ne voulant toucher ce malheureux bébé. Elle chanta longuement pour une vieille femme qui hurlait de façon incohérente à cause de fantômes qu'elle était la seule à voir.

— La belle dame nous consent ses faveurs, marmonna un homme tandis qu'elle regagnait sa tente ce soir-là. Avant, elle avait peur de se salir les mains et maintenant rien n'est trop immonde pour elle.

Dans la tente, Alyx se massa les tempes. Une migraine horrible provoquée par les bruits et les odeurs pestilentielles lui vrillait le crâne. Les malades l'autorisaient à les toucher mais les bien-portants l'ignoraient ou bien se moquaient d'elle. Quant à Raine, elle l'apercevait à peine.

— Etes-vous venue ici pour Raine ou bien pour ces loqueteux ? demandait souvent Joan.

A présent, la tente était déserte, Joan ayant, depuis le premier jour, choisi de dormir ailleurs. Alyx n'avait pas l'habitude de diriger des serviteurs et ne parvenait pas à la contrôler. Il n'y avait plus d'eau... En soupirant, elle prit la direction de la rivière.

Elle s'agenouilla au bord de l'eau et contempla un instant la surface noire et brillante constellée par les reflets des étoiles comme autant de diamants brisés. Un bruit la fit se retourner. Le corps de Raine, l'immense corps de Raine déchirait la nuit.

— Tu crois vraiment que cela va suffire ? demanda-t-il d'une voix aussi dure que la pierre. Tu pensais qu'en soignant une sale blessure les gens allaient se jeter à tes pieds pour t'exprimer leur gratitude ? On ne les trompe pas aussi facilement que moi.

— Que veux-tu dire ? demanda-t-elle, médusée.

— Tu es bonne actrice. Autrefois, j'ai cru que tu étais... honnête, mais j'ai payé pour apprendre. J'espère qu'ils ne commettront pas la même erreur que moi.

Elle se redressa, les poings sur les hanches.

— Epargne-moi tes jérémiades, gronda-t-elle. Infortuné lord Raine qui s'est abaissé à aimer une fille du commun. Une pauvre fille qui voulait le sauver de la colère du roi. Elle n'aurait jamais dû. Elle outrepassait ses droits.

Sa voix enfla.

— Laisse-moi te dire quelque chose, Raine Montgomery. Peu importe que ces gens me haïssent. Je l'ai mérité. Quant à les voir se jeter à mes pieds, je n'en ai aucune envie. Au moins, eux sont honnêtes. Tu joues les martyrs et tu n'écoutes personne. Tu préfères croire qu'on t'a trompé et que tu es le seul à savoir ce qu'est le sens de l'honneur.

— Qu'est-ce que toi, une femme, peut connaître de l'honneur ?

— Pas grand-chose. En fait, je ne sais pas grand-chose en dehors de la musique. Mais, au moins, je suis prête à l'admettre. Je suis prête à admettre que j'ai des défauts. J'ai causé du tort à ces gens et j'essaye de me racheter. Toi, mon grand seigneur, tu m'as causé du tort ainsi qu'à ta fille dont tu ne t'inquiètes même pas.

— J'ai eu des nouvelles d'elle, répliqua-t-il sèchement.

Alyx lâcha une exclamation méprisante.

— Quelle grandeur ! Son Altesse, le formidable lord Raine, seigneur des forêts, roi des va-nu-pieds, a reçu des nouvelles de sa fille.

Elle se calma aussi subitement qu'elle s'était enflammée.

— Je suis venue ici pour toi, reprit-elle. Mais, à présent, je ne suis pas sûre de vouloir de toi. Eloigne-toi de moi. Tu n'as qu'à dormir avec ton sens de l'honneur.

— Il y a beaucoup de femmes qui désirent partager mon lit, nota-t-il, le regard glacial.

— Ma pitié les accompagne, rétorqua Alyx. Quant à moi, je n'ai aucune envie d'un homme tel que toi. Un homme froid et dur, un homme sans vie.

Elle ne vit pas son bras se détendre. Il avait toujours été plus rapide, plus fort qu'elle ne l'imaginait. Ses doigts mordirent cruellement son épaule et il l'attira doucement, irrésistiblement contre lui.

Il se pencha vers ses lèvres.

— Je suis froid, hein ?

Sa voix la fit frissonner.

Elle était encore vaguement capable de raisonner. Il voulait lui donner une leçon, pensa-t-elle en se dressant sur la pointe des pieds pour l'enlacer.

Quand leurs lèvres se touchèrent, ils en furent tous les deux surpris et ils s'écartèrent ensemble.

Les yeux dans les yeux, ils se jaugèrent. Alyx cligna des paupières et la bouche de Raine redescendit vers la sienne. Tout à coup, elle ne touchait plus terre. Elle se jeta contre lui de toutes ses forces tandis qu'il la pétrissait comme un dément. Ni l'un ni l'autre n'avaient conscience de la violence de leur étreinte.

Elle noua ses jambes autour de lui. Il cherchait à l'envelopper. Leurs baisers étaient une lutte où chacun essayait d'arracher quelque chose de l'autre.

Tout à coup, le bruit de cavaliers approchant leur parvint. Raine réagit le premier. Il se détacha d'Alyx lentement, comme s'il sortait d'une transe.

Pendant un instant, il parut être sur le point de céder mais ses traits se durcirent à nouveau.

— Tu espères me séduire ? murmura-t-il. As-tu utilisé les mêmes armes avec Roger Chatworth ?

Ahurie, Alyx n'en croyait pas ses oreilles.

— Tu es un fou, Raine Montgomery, déclara-t-elle enfin. Tu préfères la haine à l'amour.

Là-dessus, elle se mit à courir, oubliant les seaux derrière elle.

20

— Et à quoi ça sert, tout ça ? disait Joan en brossant la chevelure d'Alyx. Ces loqueteux sont un peu moins en colère contre vous. Mais vous perdez votre temps. Vous êtes ici pour lord Raine. Et en deux semaines, vous n'avez même pas réussi à le dégeler.

Vous devriez arracher vos vêtements et sauter dans son lit.

— Il serait bien trop content, répondit Alyx. Il n'aura pas la satisfaction de gagner aussi facilement. Il m'a dit des choses horribles.

Joan s'esclaffa.

— Quelle importance ce que les hommes *disent* ? Leur cervelle ne leur sert qu'à se battre. Mettez une épée dans la main d'un homme et il sera heureux. Le rôle d'une femme est de lui apprendre qu'il y a autre chose dans la vie que la guerre.

— Tu as peut-être raison. Raine ne se soucie pas plus de savoir si je l'ai trahi que de son enfant laissée seule sans sa mère. Je devrais peut-être retourner vers ma Catherine et l'abandonner à ses états d'âme.

— Savez-vous que, depuis son retour de chez lord Gavin, il n'a permis à aucune femme de venir dans son lit ?

Alyx sursauta : les manières de Joan l'étonnaient encore. Mais celle-ci souriait à belles dents :

— Il vous aime, Alyx, reprit-elle.

— Alors pourquoi ne le montre-t-il pas ? Quand il me voit, il ricane ou m'ignore. Parfois je suis avec Rosamund et je lève les yeux. Il est là à me regarder et c'est comme si le sang se gelait dans mes veines.

— Mais ça prouve bien qu'il tient à vous ! C'est sa manière de veiller sur vous ! Qu'espérez-vous ? Qu'il vous demande pardon ?

A cette idée, la jeune servante éclata de rire.

— Le Seigneur a fait les femmes plus fortes afin qu'elles puissent compenser la faiblesse des hommes. Vous dites que vous avez eu tort de traiter les gens de la forêt comme vous l'avez fait, vous l'avez donc admis et vous tentez de racheter vos erreurs. Croyez-vous qu'un homme, n'importe lequel, soit aussi fort ?

— Raine m'a accusée de l'avoir trahi, répéta-t-elle avec obstination.

— Le roi a accusé lord Raine de l'avoir trahi. Le roi a tort mais l'admettra-t-il ? Certainement pas ! Et votre mari ne viendra pas, lui non plus, vous demander de lui pardonner.

— Cela ne me plaît pas, fit Alyx. Je n'ai causé aucun tort à Raine. Roger Chatworth...

— Au diable Chatworth ! l'interrompit Joan. Raine est touché dans sa fierté. Vous avez soutenu un autre homme contre lui. Par-dessus tout, les hommes exigent une loyauté aveugle.

— Je suis loyale, c'est...

Elle s'arrêta car Jocelin, à bout de souffle, venait de se ruer dans la tente.

— Tu devrais venir, annonça-t-il à Alyx. Tu pourras peut-être éviter un massacre.

— Que veux-tu dire ? s'exclama-t-elle.

— Brian Chatworth vient de demander à être admis au camp. Raine veut se battre contre lui. Il est en train de mettre son armure. C'est un gamin minuscule, il va se faire tailler en pièces.

— Mais Judith a dit que Brian aimait Mary, que Brian leur avait ramené son corps.

— Le nom de Chatworth suffit à Raine.

Ils se précipitèrent hors de la tente et enfourchèrent le cheval de Jocelin. Après un galop bref mais intense, ils arrivèrent dans une petite clairière. Alyx glissa au sol avant que Jocelin ait complètement arrêté sa monture. Dans la faible lueur du matin, un jeune homme se tenait devant eux. Il était petit, malingre, mais possédait pourtant les traits aquilins de Roger Chatworth. On aurait d'ailleurs pu penser que cet adolescent était le fils de Roger.

— Laissez-moi vous souhaiter la bienvenue, déclara-t-elle en marchant vers lui. Je suis Alyxandria Montgomery, la femme de lord Raine. J'ai rencontré votre frère.

Brian se redressa de toute sa faible hauteur.

— Je n'ai plus de frère, dit-il d'une voix étonnamment virile. Je suis venu rejoindre lord Raine dans son combat pour venger la mort de sa sœur.

— Eh bien ! s'exclama Alyx, ahurie. Moi qui comptais sur vous pour mettre un terme à cette querelle.

— Un souhait que nous partageons tous, fit une voix au-dessus d'elle.

Alyx leva les yeux vers l'arbre qui la dominait, mais ne vit personne.

— Qui est là ? Vous n'êtes pas un des gardes de Raine.

— Oh, mais si ! Et vous êtes vraiment la femme de Raine ?

Alyx analysait la voix. Elle avait la certitude de ne l'avoir jamais entendue auparavant, mais il y avait pourtant en elle une sorte d'humour familier. Elle jeta un coup d'œil à Brian et à Jocelin. Brian resta impassible, fixant le vide droit devant lui. Joss haussa les épaules.

L'apparition de Raine l'empêcha de se questionner davantage. Armé de pied en cap, il montait son grand cheval de guerre.

Descendant de sa selle avec lourdeur, il marcha sur Brian Chatworth. Le jeune homme ne broncha pas. Pourtant, un seul coup de Raine l'aurait envoyé bouler à l'autre bout de la clairière.

— Avez-vous l'intention de vous cacher derrière les jupes de ma femme ? gronda Raine. Elle est réputée pour protéger les Chatworth.

Alyx s'interposa entre Raine et Brian.

— Et toi, cela te plaît-il de te battre contre des enfants ? s'écria-t-elle. Ne peux-tu pas l'écouter ? Lui donner une chance ? Tu es une vraie tête de cochon !

Raine n'eut pas le temps de réagir car un immense éclat de rire se fit entendre au-dessus de leurs têtes.

Médusée, Alyx vit un homme tomber du ciel devant elle. Il arborait la tenue la plus extraordinaire qu'elle ait jamais vue : sa chemise à manches longues s'enfonçait sous une couverture bleue enroulée autour de la taille de façon à former une jupe, tandis qu'un pan était jeté autour d'une de ses épaules. Une grosse ceinture maintenait le tout en place. Ses genoux étaient nus et ses jambes recouvertes d'épaisses chaussettes de laine. Il portait aussi des chaussures bizarres : basses et solides.

— Stephen, murmura Raine en retirant son heaume.

— C'est bien moi, fit l'inconnu.

Il était grand et mince, avec des cheveux d'un blond sombre. Alyx le trouva très séduisant.

— Je t'ai amené ce garçon, poursuivait-il. Il veut partager ton exil et apprendre à tes côtés.

— C'est un Chatworth, répliqua Raine dont le visage s'était fermé à nouveau.

— Oui, c'est un Chatworth, intervint Alyx. Et tu ne le lui pardonneras jamais, n'est-ce pas ? Vas-tu aussi haïr cet homme pour avoir osé l'amener ici ? Essayez de le raisonner, si vous en avez envie, dit-elle à l'intention de Stephen. Moi, je renonce. Il a un morceau de bois à la place du cerveau.

A sa grande surprise, Stephen éclata d'un rire qui consterna tout le monde.

— Oh, Raine ! s'écria-t-il en flanquant une énorme claque sur le dos de l'armure de son frère, la faisant résonner comme une cloche d'église. Si tu savais comme Gavin et moi avons prié pour que cela arrive ! Ainsi, tu as perdu la tête pour une femme qui va te mener la vie dure ? Gavin nous avait écrit que nous avions à présent une merveilleuse petite sœur.

Il se tourna vers Alyx.

— Judith nous a dit que vous aviez une voix incroyable mais vous avez failli me faire tomber de ma branche, tout à l'heure.

— Vous êtes Stephen Montgomery, murmura Alyx avec ravissement.

Il ressemblait effectivement un peu à Gavin mais outre ses vêtements, son accent aussi était bizarre.

— MacArran, rectifia Stephen avec un large sourire. Je suis marié avec une MacArran et mon nom est à elle. Maintenant ai-je droit à un baiser ou bien préférez-vous vous battre avec mon frère ?

— Oh, un baiser ! s'exclama Alyx avec un tel enthousiasme qu'elle déclencha un nouvel accès d'hilarité chez son beau-frère.

Il la prit dans ses bras et son baiser ne fut pas exactement fraternel.

— Pouvez-vous m'aider à le raisonner ? lui chuchota-t-elle à l'oreille. Il est obsédé par les Chatworth.

Stephen lui adressa un clin d'œil et se retourna vers Raine.

— J'ai fait une longue route, frère. Tu m'offriras bien un rafraîchissement ?

— Et lui ? fit Raine en désignant Brian.

— Oh, il peut venir, déclara Stephen avec insouciance. Il m'aidera à te désarmer. Et vous, Alyx, vous joignez-vous à nous ?

— Si je suis invitée, répondit-elle en regardant Raine droit dans les yeux.

— *Je* vous invite, décida Stephen en la prenant par le bras avant de lancer par-dessus son épaule : Suivez-nous, Brian.

— Etes-vous toujours aussi courageux ? demanda Alyx.

Stephen avait retrouvé tout son sérieux.

— Cela fait longtemps qu'il est ainsi ?

— Comment cela ?

— Maussade, teigneux. Cela ne lui ressemble pas. De nous tous, Raine a toujours été le plus drôle.

Elle réfléchit un moment avant de répondre.

— Depuis la mort de Mary.

Stephen hocha la tête.

— Cela a dû être un rude coup pour lui. C'est pour cette raison que j'ai amené Brian. Ils se ressemblent beaucoup. Brian est dévoré par la haine qu'il éprouve pour son frère. Et vous ? L'humeur noire de mon frère ne vous effraie-t-elle pas ?

— Il croit que je l'ai trahi.

— Oui, Gavin et Judith me l'ont dit.

— Il ne m'écoute pas. J'ai essayé de lui expliquer mais il m'a renvoyé mes lettres sans les ouvrir. Et cela a été pareil avec Judith et Gavin.

Stephen resta songeur un moment.

— Gavin prend toujours Raine et Miles pour des enfants, dit-il enfin. Raine et Gavin ne peuvent pas rester deux minutes dans la même pièce sans se disputer. Ne vous inquiétez pas : je vais essayer de lui ramollir le bout de bois qui lui sert de cerveau.

Alyx lui lança un tel regard qu'il éclata d'un rire moqueur.

— Ma Scarlett exigera votre tête sur un plateau si vous continuez à me regarder comme cela. Vous chantez vraiment aussi bien que Judith le prétend ?

— Mieux, fit Alyx avec une telle confiance que Stephen s'esclaffa de plus belle.

Ils s'arrêtèrent devant la grande tente de Raine et Stephen marmonna quelque chose qu'elle ne comprit pas à propos d'argent gâché. Comme un gamin puni, Raine les suivit à l'intérieur, jeta un regard assassin à Alyx avant de se tourner vers son frère.

— Qu'est-ce qui t'amène aussi loin de chez toi ? Tes Ecossais en ont eu assez de toi ? Ils t'ont jeté dehors ?

— Je suis venu rencontrer ma nouvelle belle-sœur, bien sûr.

— Elle préférerait que tu sois un Chatworth.

Stephen s'immobilisa, le casque de Raine à la main.

— Je ne peux pas te permettre de dire des insanités pareilles, déclara-t-il posément. Ne me provoque pas. Peut-être envisages-tu aussi de me rejeter pour avoir amené un Chatworth dans ton camp ?

— Tu es mon frère, déclara simplement Raine.

— Ce qui veut dire que tu me fais confiance ? ironisa Stephen. T'ai-je jamais raconté comment Hugh Lasco a voulu me berner ?

Tout en parlant, il s'agenouilla pour défaire les jambières de l'armure de Raine.

Tandis que Stephen racontait une longue histoire aux rebondissements incroyables, Alyx observait Raine. Après un bon moment, elle commença à comprendre où Stephen voulait en venir. Il avait prêté l'oreille à toutes sortes de racontars concernant sa femme. Il l'avait crue capable des pires bassesses. Le résultat de sa méfiance à l'égard de Scarlett fut qu'il avait failli la perdre.

— Alyx, fit Stephen en se tournant subitement vers elle. Etes-vous amoureuse de Roger Chatworth ? Voulez-vous quitter Raine pour lui ?

L'idée était si saugrenue qu'elle se mit à rire... jusqu'à ce qu'elle aperçoive la lueur dangereuse qui dansait dans le regard de Raine.

— Roger Chatworth mérite de mourir pour ce qu'il a fait à Mary, mais pas des mains de mon époux. Il ne vaut pas la peine que Raine soit pendu à cause de lui.

Pendant un instant, elle crut que Raine l'avait entendue mais il se retourna pour continuer à s'extraire de son armure.

— Les femmes savent mentir, marmonna-t-il.

Stephen jeta un regard vers Alyx et vit qu'elle était prête à exploser.

— Je vous donne la permission de lui enfoncer une hache dans le crâne, dit-il, grand seigneur. Alyx, pouvez-vous nous trouver quelque chose à manger ? Je ne vais pas tarder à mourir de faim.

Dès qu'ils furent seuls, Raine fit face à son frère.

— Pourquoi es-tu venu ? Sûrement pas pour plaider la cause de ma femme.

— Il faut bien que quelqu'un le fasse, rétorqua Stephen. Elle a le cœur dans les yeux. Tu ne peux donc pas lui pardonner ? Elle ne connaît pas nos usages et j'ai appris que les femmes nourrissent d'étranges idées à propos du sens de l'honneur. Tu n'as même pas vu ta propre fille. Tu sais qu'elle te ressemble ?

Raine refusa de se laisser attendrir.

— Pourquoi as-tu amené Chatworth ?

— Je te l'ai déjà dit : il veut s'entraîner avec toi. Au fait, qu'est-ce qu'on m'a dit ? Tu lèves une armée de criminels pour combattre le roi ?

L'idée parut hautement comique à Raine.

— Quel est le menteur qui t'a raconté cela ?

— Pagnell de Waldenham l'a dit au roi Henri. Tu l'ignorais ? Je pensais qu'Alyx était venue te prévenir. Toutes sortes de mensonges sur les Montgomery sont parvenus aux oreilles du roi.

— Alyx n'a pas jugé bon de me prévenir, déclara sèchement Raine.

— Oui, et je suis certain que tu t'es gentiment assis près d'elle et que tu lui as demandé les raisons pour lesquelles elle avait éprouvé le besoin d'abandonner sa fille et le confort du château de Gavin pour venir vivre près de toi, dans cette forêt, en plein hiver.

— Je n'ai pas envie ni besoin que tu te mêles de ma vie.

Stephen haussa les épaules.

— Je me souviens de quelques taloches que j'ai reçues quand Scarlett et moi avions des problèmes.

Raine haussa un sourcil.

— Et maintenant, tout est calme et volupté entre vous, n'est-ce pas ?

Stephen s'abîma dans la contemplation de ses chaussures.

— Nous avons bien quelques... euh, désaccords parfois mais, en général, elle se range vite à mon avis.

— J'aimerais bien entendre la version de Scarlett, remarqua Raine avant de changer de sujet. As-tu vu Miles ?

Stephen fut sauvé par l'entrée d'Alyx portant un plateau, suivie de Joan munie d'un deuxième plateau. Il n'avait aucune envie de dire à Raine que ses problèmes avec les femmes n'étaient que de la petite bière en comparaison de ceux de Miles.

Dès qu'Alyx se rendit compte que Joan allait déployer toute sa panoplie de séductrice à l'intention de Stephen, elle la renvoya. Le repas se déroula dans une ambiance gênée. C'était le premier que Raine et Alyx partageaient depuis son retour dans la forêt. Stephen se débrouilla pour parler sans discontinuer, les divertissant de son mieux avec des histoires de son Ecosse.

— Et vous devriez voir mon fils, se rengorgea-t-il. Tam l'a déjà fait monter en selle alors qu'il ne tient même pas encore debout. Raine et moi, nous ne sommes montés sur un cheval qu'après avoir su marcher. Comment va votre fille, Alyx ?

— Elle est forte, dit-elle, rêveuse. Elle est petite

et pleine de santé et elle pousse des cris si puissants que le fils de Judith se met aussitôt à crier lui aussi.

— Il veut sûrement protéger sa cousine, remarqua Stephen. Elle a vos yeux.

— Vous l'avez vue ? s'exclama Alyx en se levant d'un bond. Quand ? Comment va-t-elle ? A-t-elle grandi ?

— Je ne pense pas qu'elle ait beaucoup changé depuis votre départ mais je suis d'accord pour la voix. Vous pensez qu'elle saura chanter ?

Il se retourna vers Raine.

— Elle a ces fossettes que tu as héritées de la famille de maman. Sur elle, ça ne fait pas ridicule.

— Je dois veiller sur le camp, annonça Raine en se levant à son tour.

Il faillit renverser la nourriture apportée par Alyx en quittant la tente.

— Il se calmera, déclara Stephen avec confiance, souriant devant le regard embué de larmes d'Alyx.

Alyx essaya de ne pas penser à la colère persistante de Raine et tourna son attention vers Brian Chatworth. C'était un jeune homme malheureux, dévoré par la haine, qui ne souriait jamais, ne trouvait de plaisir à rien. Malgré ses efforts, elle ne parvint pas à l'inciter à parler ou à se confier. Les questions qu'elle lui posa sur les mois qui s'étaient écoulés depuis la mort de Mary restèrent sans réponse.

Elle abandonna, le laissant s'entraîner comme un forcené avec les autres hommes. Quant à Raine, il ignorait superbement le garçon, préférant passer tout son temps avec Stephen.

Trois jours après l'arrivée de Stephen dans le camp, Joan vint touver Alyx.

— Je crois qu'ils sont en train de se battre, fit-elle, au comble de l'excitation.

— Qui ? Pas Raine et Brian Chatworth ?

— Bien sûr que non ! répliqua Joan avec impatience. Lord Raine et lord Stephen sont partis dans la forêt et, d'après les gardes qui les ont aperçus de loin, il semble qu'ils aient une discussion animée. Tout le monde a l'intention d'aller voir ça de plus près.

— Il n'en est pas question ! s'exclama Alyx en poussant sa servante hors de la tente. Jocelin ! appela-t-elle en voyant son ami. Arrête-les. Qu'ils laissent Raine tranquille. Et toi, dit-elle en se tournant vers Joan, aide-le de ton mieux.

A eux trois, et avec des moyens différents, ils parvinrent à empêcher les habitants du camp d'assister à la « discussion » entre Raine et Stephen.

Par instants, les gardes se faisaient l'écho de bruits sourds et de cris dans la forêt. Alyx ne voulait pas les entendre. Raine était tellement plus lourd que son frère, tellement plus fort... Stephen ne pouvait raisonnablement espérer le vaincre en combat singulier et Alyx priait le Ciel pour que Raine retienne ses coups et ne blesse pas gravement son frère.

Au coucher du soleil, incapable de supporter plus longtemps les commentaires moqueurs des gens du camp, elle s'éloigna en direction de la rivière.

Elle était là, immobile devant le cours d'eau, soulagée de ce répit, quand un bruit la fit se retourner. Raine venait vers elle. La démarche mal assurée, titubante, il avançait avec les pires difficultés. N'ayant prêté aucune attention aux conversations, Alyx n'était absolument pas préparée à ce spectacle. Tout le côté gauche de son visage était enflé et virait au pourpre. Du sang s'écoulait de ses lèvres éclatées et son œil s'ornait d'un énorme cercle noir.

— Raine, murmura-t-elle.

Il la vit enfin et l'évita pour s'agenouiller au bord de l'eau. Elle oublia toute sa colère pour courir jusqu'à lui.

— Laisse-moi voir.

Docile, il tourna son visage vers elle. Sans un mot, elle déchira un pan de sa robe, le plongea dans l'eau froide et commença à nettoyer ses blessures.

— Raconte-moi tout, demanda-t-elle avec douceur. Avec quoi Stephen t'a-t-il frappé pour te mettre dans un tel état ?

Raine hésita longtemps avant de répondre.

— Avec ses poings.

Alyx ouvrit de grands yeux.

— Mais un chevalier... commença-t-elle.

Elle avait entendu des centaines de fois Raine proclamer que se battre avec ses mains n'était pas chevaleresque, qu'il valait mieux mourir que se défendre ainsi. D'ailleurs, nombreux étaient les hommes d'honneur qui avaient préféré la mort à cette alternative indigne.

— Stephen a appris d'étranges coutumes en Ecosse, expliqua Raine. Il prétend qu'il n'existe pas une seule manière de se battre.

— Et j'imagine que tu es resté planté là, les bras ballants, pendant qu'il te battait comme plâtre, plutôt que de lui répondre d'une manière aussi peu chevaleresque ?

— Au début, oui. Mais après, j'ai essayé ! s'exclama Raine en grimaçant de douleur. Il danse comme une femme.

— N'insulte pas mon sexe. Ce n'est pas une femme qui t'a fait cela.

Il lui saisit le poignet.

— Alyx, n'éprouves-tu donc rien pour moi ? Prendras-tu toujours le parti des autres contre moi ?

Avec délicatesse, elle enserra son visage entre ses mains et chercha son regard.

— Je t'ai aimé dès le premier moment où je t'ai vu. Même quand je voulais te haïr, c'était plus fort que moi. Comme si un pouvoir irrésistible m'obligeait à t'aimer. J'ai toujours été de ton côté ! Ce jour-là, à la foire, si tu avais tué Roger Chatworth, tu aurais pu être pendu. Et si j'ai fait semblant de coucher avec Jocelin, c'était pour t'éviter de quitter la forêt où tu étais en lieu sûr. Que puis-je faire de plus pour te prouver mon amour et ma loyauté ?

Il s'écarta.

— Ce sont tes méthodes qui ne me plaisent pas. Pourquoi ne me parles-tu pas ? Pourquoi faut-il que tu te dresses toujours contre moi ?

— Parce que c'est le seul moyen de te faire entendre raison ! s'exclama-t-elle, exaspérée. Je t'avais demandé de ne pas quitter la forêt quand les gens m'ont accusée d'être une voleuse, mais tu n'as pas voulu m'écouter. Je t'ai dit de ne pas tuer Roger Chatworth, mais tu restais là, tête baissée, comme un taureau prêt à foncer.

— Je ne sais pas qui est pire : mon frère ou toi.

Il avait dit cela d'un ton si inhabituel, celui d'un petit garçon sur qui on s'acharne injustement, qu'Alyx réprima un éclat de rire.

— Pourquoi vous êtes-vous querellés ?

Il se frotta la mâchoire.

— Stephen me suggérait de considérer que tu n'avais peut-être pas été déloyale envers moi en sauvant la misérable vie de Chatworth.

Il se tourna vers elle et la dévisagea.

— Ai-je eu tort ? T'ai-je vraiment traitée si mal ? Est-ce que tu m'aimes encore un peu ?

Elle effleura sa joue.

— Je t'aimerai toujours. Parfois, j'ai l'impression d'être née pour t'aimer.

Une petite fossette solitaire apparut sur sa joue intacte.

— Dans ce cas... dit-il avant de se jeter sur elle.

Il la prit dans ses bras. Mais il avait mal calculé son élan, et Alyx, qui se trouvait dans une position instable, s'effondra sous son poids. Il roula sur elle et, l'instant d'après, dans une gerbe d'éclaboussures, ils tombaient dans la rivière glaciale.

— Raine ! s'exclama-t-elle, frigorifiée et meurtrie. Tu es en train de m'écraser !

— Ce ne serait que justice après tout ce que tu m'as fait subir, dit-il en s'allongeant dans l'eau comme si c'était un lit de plume. Avant que je te rencontre, j'avais une vie tranquille et agréable. Maintenant, mon propre frère me tape dessus.

— Tu l'as bien mérité ! riposta-t-elle. C'est le seul moyen de te faire comprendre quelque chose. Maintenant laisse-moi me lever et me sécher avant que je gèle sur place.

— Je connais un bon moyen de te réchauffer.

Il se mit à lui couvrir le cou de baisers.

— Espèce de gros ours mal léché ! lui hurla-t-elle dans l'oreille.

Il s'écarta vivement sous le choc.

— J'ai froid et je suis trempée, reprit-elle, mettant aussitôt à profit ce répit. Et si tu ne me laisses pas partir, j'appelle tout le camp à l'aide.

— Pas sûr qu'ils se mettent de ton côté.

Elle le repoussa.

— Ils ne te reconnaîtront pas avec ta tête toute rouge.

Avec un petit gloussement, il se redressa souplement, la libérant du même coup.

— Tu me plais comme cela, Alyx, dit-il en contemplant, l'œil égrillard, sa robe mouillée qui moulait ses formes.

Elle voulut se lever à son tour mais ses vêtements gorgés d'eau l'attirèrent inexorablement vers le bas. Elle retomba assise dans la rivière. Raine s'esclaffa de plus belle et se pencha pour la soulever dans ses bras.

Traversant la rivière, il s'enfonça dans la forêt.

— Le camp est de l'autre côté, lui rappela-t-elle.

— Alyx, tu dois apprendre à ne pas donner d'ordres sans arrêt. Il est possible que tu aies raison de temps à autre mais parfois il faut aussi que tu écoutes et obéisses quand un homme s'adresse à toi.

— Je dois faire ce qui est juste et si tu as besoin d'être sauvé malgré toi, je le ferai, déclara-t-elle avec arrogance.

— Ce prêtre qui t'a éduquée aurait dû aussi t'enseigner un peu d'humilité et te donner de temps en temps une bonne fessée.

— Je suis aussi humble que toi, remarqua-t-elle. Est-ce ma faute si tu te conduis comme un idiot ?

— Alyx, tu vas trop loin, la prévint-il.

— Je dis la vérité et c'est cela qui ne te plaît pas.

— Drôle de vérité !

— Vraiment ? As-tu oublié tout ce que j'ai fait pour toi ? Je t'ai sauvé de Roger Chatworth. J'ai failli être brûlée sur le bûcher parce que les juges désiraient tes terres. Je suis partie avec Jocelin afin que tu restes en sécurité dans la forêt.

Raine la saisit par les épaules et la maintint à bout de bras, les pieds décollés du sol.

— Cette fois-ci, tu as été trop loin.

Avant qu'elle ait eu le temps de souffler, il s'assit sur une souche et la coucha en travers de ses cuisses. Troussant sa robe par-dessus sa tête, il abattit lourdement la main sur son postérieur offert.

— Et d'une, tu n'as pas été jugée à cause de moi, dit-il. Tu t'étais querellée avec Pagnell bien avant que je ne te connaisse.

Alyx n'eut pas le loisir de répondre : Raine lui assenait une nouvelle claque sur les fesses.

— Et de deux, c'est vrai, j'étais furieux et je n'aurais peut-être pas dû ordonner à mes hommes de tuer Chatworth, mais qui aurait pu prévenir le roi ? Je ne suis pas aussi idiot que tu sembles le penser. Nous aurions caché le corps et personne n'en aurait jamais rien su.

Il la punit une nouvelle fois.

— Et de trois, je n'aime pas qu'on contredise mes ordres et surtout pas devant mes hommes. Est-ce bien clair ?

Et sa main frappa encore.

Alyx, les larmes aux yeux, opina en silence.

— Bien ! Et maintenant, quant à Jocelin et toi, je déteste qu'on me prenne pour un imbécile. Je ne supporte pas de te voir avec un autre homme et, plus tard, quand j'ai appris que c'était un stratagème, j'ai eu l'impression d'être le dernier des imbéciles. J'ai vraiment eu envie de te tuer, d'autant plus que tu as mis en danger la vie de notre fille avec tes manœuvres stupides.

Un nouveau coup la meurtrit.

— Tu as failli perdre ma fille dans les flammes et tu aurais très bien pu la perdre au hasard des routes tandis que Jocelin et toi vadrouilliez n'importe où... Je ne le tolérerai plus, Alyx.

Une nouvelle claque retentissante.

— Tu m'entends ? Tu es ma femme et tu ferais bien de commencer à te conduire comme telle.

Une dernière claque et il la repoussa.

Alyx s'assit en grimaçant de douleur. Elle n'avait jamais autant pleuré de sa vie.

Raine se dressa au-dessus d'elle.

— Quand tu auras fini de bouder, viens dans ma tente et je te ferai l'amour jusqu'à ce que tu oublies qui tu es.

Et il s'en fut.

Pendant un instant, Alyx essaya, à travers ses larmes, de distinguer sa silhouette qui s'éloignait. Puis elle se redressa. Aucune bouderie au monde ne valait qu'elle se prive de l'amour de Raine. Aussi rapidement que ses diverses douleurs le lui permettaient, elle courut derrière lui.

21

Alyx gisait nue et comblée. Raine avait tenu sa promesse. Toute la nuit, il avait été insatiable, ne lui laissant pas une minute de répit, mettant ses sens à l'agonie. Il avait manipulé son corps comme une poupée de chiffon, le martyrisant, le cajolant jusqu'à ce que, au moment où le soleil faisait son apparition dans le ciel, elle le supplie d'arrêter. Il l'avait alors embrassée sur le bout du nez. Puis il s'était levé, lavé et habillé et avait quitté la tente. Elle avait enfin pu jouir de quelques heures d'un sommeil bien mérité.

A présent, enfin réveillée, elle restait là, immobile sur sa couche, fredonnant au souvenir de la nuit passée.

— On dirait que vous avez enfin trouvé comment on peut tenir un homme, dit Joan qui venait de faire son entrée. Je me demandais si tous les frères Montgomery étaient aussi doués que lord Miles. A vous voir, on le dirait bien. Vous savez que vous souriez en dormant ?

— Silence, insolente, répondit Alyx d'un ton si enjoué que la servante se mit à rire.

— Vous devriez vous lever. Lord Stephen a reçu des nouvelles d'Ecosse. Il va partir.

— Rien de mauvais, j'espère ? demanda Alyx en se redressant à regret.

Une douleur au bas du dos la fit grimacer. Parfois, Raine agissait comme si elle n'était qu'un bout de chiffon qu'il pouvait tordre ou triturer à sa guise. Il exigeait d'elle des contorsions invraisemblables, tirant une jambe dans un sens, un bras dans l'autre. Elle ressentit un élancement dans le cou et sourit en se souvenant de ce qu'il lui avait fait à cet endroit précis.

Joan la dévisageait avec un intérêt non dissimulé.

— Mes quatre bonshommes ensemble n'auraient pu me mettre dans un état pareil. Lord Raine est donc un si bon amant ?

Alyx lui lança un regard noir.

— Je te ferai couper la tête si tu oses simplement le regarder.

— Cela fait des années que j'essaye, répondit Joan, nullement émue par ses menaces. Mais je ne l'intéresse pas. Qu'allez-vous porter aujourd'hui ?

Alyx choisit avec soin une robe couleur de lavande pâle aux revers de fourrure teints en pourpre, un pourpre profond, évocateur de sombres plaisirs.

— Ah ! s'exclama Stephen quand il la vit. Tant de beauté perdue au milieu d'une telle sauvagerie.

Il lui prit cérémonieusement la main pour l'embrasser.

Alyx se laissa faire mais examina ses jointures écorchées.

— Puissiez-vous perdre votre main si vous l'utilisez encore pour frapper mon mari, lança-t-elle.

Stephen en resta un instant médusé.

— Et mon frère qui doutait de votre loyauté ! Vous devriez venir rendre visite à ma Scarlett. Vous lui plairez.

— J'ai entendu dire que vous avez reçu des nouvelles.

Le visage de Stephen s'assombrit.

— Roger Chatworth a retrouvé Miles et Elizabeth. Il a réussi, je ne sais comment, à enfoncer son épée dans le bras de Miles. Lady Elizabeth est repartie en Angleterre avec son frère.

— Alors, cette querelle va enfin pouvoir prendre fin. Roger a retrouvé sa sœur saine et sauve. A présent, il suffit que le roi accorde son pardon à Raine.

— Ce n'est peut-être pas si simple, nota Stephen. Je dois rentrer aider mon clan. Mon petit frère est fou de rage et il veut se lancer à la poursuite de Chatworth.

— Il faut l'en empêcher !

Il lui embrassa à nouveau la main.

— Je ferai mon possible maintenant que je sais Raine entre de bonnes mains. C'est un homme obstiné.

Une lueur amusée dansa dans les yeux violets d'Alyx.

— Au cours de votre... discussion, hier, n'auriez-vous pas par hasard mentionné le nom de Brian Chatworth ? Si Roger a blessé Miles, Raine voudra peut-être se venger sur Brian ?

— Non, je ne le pense pas. Ce matin, Raine et Brian ont eu une longue conversation et je crois que Raine a un faible pour ce garçon désormais. Il n'y aura pas de problèmes entre eux. En fait, je les ai quittés alors qu'ils s'entraînaient ensemble. Je dois partir. Mes hommes m'attendent.

— Vos hommes ? s'étonna Alyx. Je ne les ai pas vus. Je croyais que vous étiez seul.

Cela parut enchanter Stephen.

— Il y a six MacArran avec moi. Ils montent la garde dans la forêt.

— Mais nous avons des gardes. Ils auraient dû venir se réchauffer dans le camp. Ils vont geler, là-bas.

Stephen éclata de rire.

— Les Anglais sont trop tendres. Nos étés ne sont pas aussi chauds que vos hivers. Vous devriez venir dans les Highlands un de ces jours. Douglas dit que vous feriez pleurer ses frères rien qu'en chantant.

Il y avait tant de questions qu'elle aurait voulu poser, mais elle ne savait par laquelle commencer.

— Vous viendrez ? ajouta Stephen.

Il l'embrassa une dernière fois avant de disparaître parmi les arbres, son tartan volant autour de ses hanches.

Trois jours de calme relatif s'ensuivirent. Raine, impressionné par les efforts de Brian à l'entraînement, paraissait développer un attachement croissant pour le jeune garçon.

— La haine le dévore, avait-il dit un soir à Alyx. Il croit que s'il s'entraîne suffisamment, il pourra combattre son frère. Mais Roger est trop fort pour lui. Il le taillerait en pièces.

— Frère contre frère, avait murmuré Alyx en frissonnant.

Elle éprouvait un sentiment de pitié à l'égard de

Brian qui continuait à dormir à l'écart des autres habitants du camp.

— Je n'ai pas confiance en lui, déclara Joan, un matin. Il ne parle jamais avec personne.

— Il a traversé des épreuves pénibles, le défendit Alyx. Il faut lui laisser un peu de temps.

— Je suis sûre qu'il trame quelque chose. Hier, il a payé un homme pour envoyer un message.

— Un message ? A qui ? demanda Alyx aussitôt inquiète.

Après tout, Brian pouvait tout aussi bien jouer double jeu.

— Je n'en sais rien.

— Il faut prévenir Raine, décida Alyx en entraînant sa servante vers le terrain d'exercices.

— Brian m'a parlé du message, annonça Raine. Il souhaitait avoir des nouvelles de sa sœur.

— Il en a eu ?

Raine effectua un moulinet avec son épée.

— Lady Elizabeth porte l'enfant de mon frère.

Alyx repensa à la belle Elizabeth... et à sa fierté.

— Cela ne doit pas lui plaire. Qu'un homme se soit ainsi servi d'elle puis l'ait rejetée...

Raine lui lança un regard en coin.

— A t'entendre, tous les torts sont du côté de mon frère. Après tout, cette Elizabeth est peut-être moins innocente qu'elle en a l'air. C'est peut-être elle qui a séduit Miles et l'a abandonné après avoir obtenu ce qu'elle voulait. Si Chatworth a frappé Miles, cela prouve qu'il s'est battu pour garder la femme.

— Peut-être mais...

Elle s'interrompit en entendant le son de trompettes claironnant au loin.

— Qu'est-ce que c'est ?

Raine se tourna vers un groupe d'anciens soldats.

— Allez voir de quoi il retourne.

Les hommes sautèrent en selle et revinrent peu après.

— Roger Chatworth accepte votre défi, milord.

— Raine ! protesta Alyx.

Il l'ignora.

— Je n'ai lancé aucun défi. C'est sans doute Chatworth qui me provoque.

— Non, milord. Il...

— J'ai lancé le défi, annonça Brian Chatworth qui avait surgi de nulle part.

Ils se tournèrent tous vers lui.

— Je savais que mon frère ne relèverait pas un défi venant de moi, alors je me suis servi du nom de Raine Montgomery.

— Eh bien, vous n'avez plus qu'à aller le trouver pour le lui expliquer, fit Alyx d'un ton cinglant.

A nouveau, les trompettes résonnèrent au loin.

— Partez, reprit Alyx. Allez le lui dire.

— Alyx, intervint Raine d'une voix sourde, retourne à la tente. Cette affaire ne concerne pas les femmes.

Elle se tourna vers lui et ce qu'elle lut dans son regard la terrifia.

— Raine, tu ne peux raisonnablement pas accepter ce défi ! Tu n'y es pour rien. Tu es sûrement assez intelligent pour...

— Jocelin, ordonna Raine, ramène Alyx.

Alyx se retrouva dans la tente, attendant son mari, dans un état de nervosité indescriptible.

Après avoir essuyé plusieurs remontrances injustifiées, Joan préféra s'esquiver.

Quand finalement Raine apparut, leurs regards se croisèrent et Alyx poussa un gémissement.

— Non, Raine, dit-elle en se lançant à son cou. Ce n'est pas toi qui as lancé ce défi.

Il détacha ses bras.

— Tu dois comprendre que c'est une question d'honneur. De toute manière, cela couvait depuis trop longtemps. Si Chatworth meurt, alors ma famille pourra peut-être enfin vivre en paix. Si je ne le tue pas maintenant, il se lancera à la poursuite de Miles en prétextant qu'il a engrossé sa sœur. Il prétend que Miles l'a prise de force.

— Alors que Miles se batte contre Chatworth ! s'écria-t-elle. Ça m'est égal. Que n'importe lequel de tes frères se batte, mais pas toi.

— Alyx, dit Raine avec douceur, je sais que tu es une femme et que, de surcroît, tu n'as pas été élevée dans notre respect de l'honneur, mais je dois te demander de ne plus m'insulter. Aide-moi à m'habiller.

— T'aider ! L'honneur ! Comment oses-tu parler de choses pareilles ? Que m'importe l'honneur si l'homme que j'aime se fait tuer ? J'ai trop souffert déjà. Je ne veux pas te perdre ! Ce ne sont pas les jeux imbéciles d'un gamin qui vont tout ruiner. Qu'il aille combattre son frère !

Le rouge montait au front de Raine.

— Brian n'a aucune chance contre Roger Chatworth. Et c'est la famille Montgomery qui a été insultée. As-tu déjà oublié que ma sœur est morte à cause du traitement que lui a fait subir ce porc ?

Je ne me bats pas pour Brian, mais pour Mary, pour Miles et pour la paix future.

Elle se laissa tomber à genoux devant lui.

— Je t'en prie ! Je t'en supplie, n'y va pas !

— Alyx, tu ne le sais peut-être pas, mais toutes les terres que je possède, je les ai acquises avec l'argent gagné dans des tournois de chevalerie. J'ai remporté des centaines de duels comme celui-ci.

— Non ! dit-elle avec chaleur. Cela n'avait rien à voir. Tu n'étais pas dévoré par la haine comme aujourd'hui. S'il te plaît, Raine...

Il la repoussa.

— Je ne t'écouterai pas davantage. Maintenant, veux-tu m'aider à passer mon armure ou bien dois-je appeler Jocelin ?

Elle lui fit front.

— Tu me demandes de te préparer pour ta mort ? Si Mary était vivante, crois-tu qu'elle voudrait te voir te battre pour elle ?

— Je ne veux pas que nous nous séparions dans la colère et la rancœur. C'est mon devoir, je dois y aller.

Elle était si furieuse qu'elle en tremblait.

— Si nous nous séparons, c'est que tu auras relevé un défi qui n'est pas le tien. Il n'y aura pas de colère, il n'y aura plus rien. Ce sera la fin.

Ils se défièrent longuement du regard.

— Réfléchis soigneusement à ce que tu dis, déclara Raine avec calme. Nous en avons déjà souvent discuté.

— Raine, ne vois-tu pas à quel point cette haine t'a transformé ? Même Stephen a remarqué comme tu avais changé. Oublie Roger Chatworth. Va voir le roi, demande son pardon et vivons. Vivons ! Oublions ces histoires de mort et de vengeance permanentes.

— Je suis un chevalier. J'ai juré de combattre l'injustice.

— Alors fais quelque chose à propos des Actes de Clôtures ! cria-t-elle. Voilà l'injustice ! Mais arrête cette hideuse querelle avec Roger Chatworth. Sa sœur donnera naissance à un Montgomery. Une nouvelle vie contre celle de Mary. Que veux-tu de plus ?

Dehors, le bruit des trompettes s'éleva à nouveau et ce mugissement ébranla Alyx.

— Je dois m'habiller. Tu vas m'aider ?

— Non. Je ne peux pas.

— Qu'il en soit ainsi.

Il s'empara de son armure.

— Aujourd'hui, tu choisis entre Roger Chatworth et moi, dit-elle.

Il ne répondit pas et continua à se préparer. Alyx quitta la tente.

— Rejoins-le, Jocelin, dit-elle une fois dehors. Joan, viens, nous devons emballer nos affaires. Je retourne auprès de ma fille.

Alyx avait l'intention de quitter la forêt avant que le combat ne commence. Bien sûr, Raine pouvait gagner mais elle ne supporterait pas de le voir blessé. Roger Chatworth était dévoré par une haine plus implacable encore.

Deux heures plus tard, elle entendit les premiers échos de fer frappant le fer. Lentement, elle laissa tomber la robe qu'elle pliait et quitta sa tente. Quoi qu'il fasse, pour quelque raison qu'il le fasse, il était son homme.

Elle arrivait à la clairière où les deux hommes s'affrontaient quand Joan l'arrêta.

— Ne regardez pas, dit-elle. Chatworth est sans pitié.

Alyx contempla un instant sa servante avant de se remettre en marche.

— Joss ! appela Joan. Arrêtez-la !

Jocelin saisit Alyx par le bras et l'immobilisa.

— C'est un massacre, murmura-t-il. La haine de Roger était sans doute plus forte. Raine est vaincu.

Alyx le repoussa.

— Raine est à moi dans la mort comme dans la vie. Lâche-moi !

Après un regard vers Joan, Jocelin la laissa passer.

Même dans son cauchemar le plus atroce, Alyx n'aurait pu assister au spectacle qui s'offrait à elle. Les deux hommes se battaient au sol et l'armure de Raine était tellement couverte de sang que les léopards d'or des Montgomery avaient disparu. Son bras gauche semblait pendre au bout d'un fil mais il continuait vaillamment à lutter. Roger Chatworth jouait avec lui, dansant autour de son corps affaibli, l'agaçant, le frappant à peine, comme pour mieux l'humilier.

— Non... murmura Alyx.

Raine avait toujours nourri la plus haute opinion de l'honneur et il était en train de mourir comme un animal en cage, à la merci des tourments que lui infligeait Chatworth.

Elle fit un pas en avant mais Joss la rattrapa.

— Raine ! hurla-t-elle.

Roger Chatworth se tourna vers elle. Il dut l'apercevoir malgré son casque baissé. Comme s'il comprenait sa détresse, il effectua un dernier mouvement pour contourner Raine et lui planta sa hache dans les reins.

Raine tituba un moment puis, tel un arbre abattu, s'effondra d'un coup, le visage contre terre.

Aussitôt, Alyx s'arracha à Joss et courut. Elle se laissa tomber à genoux aux côtés du corps de Raine et souleva délicatement son visage. Elle ne pleurait pas, ne ressentait rien qu'une totale hébétude, comme si son sang quittait son corps et coulait dans la terre.

Doucement, elle lui enleva son casque.

Le cri qu'elle poussa alors fit se retourner Roger Chatworth. Après un instant d'incrédulité, il renversa la tête en arrière et laissa échapper un hurlement horrible.

— Une vie pour une vie, murmura Brian entre les mains d'Alyx. Maintenant, Mary peut reposer en paix.

La main tremblante, Alyx toucha la joue de Brian. Il rendit son dernier soupir et mourut dans ses bras.

— Laissez-le, dit Roger en s'agenouillant pour soulever le corps inanimé de son frère. Il est à moi, maintenant.

Maculée de sang, Alyx se releva et le regarda emporter la dépouille de son frère vers ses hommes qui attendaient de l'autre côté de la clairière.

— Alyx, dit Joss derrière elle, je ne comprends pas. Pourquoi Chatworth emporte-t-il le corps de Raine ?

Elle tremblait avec une telle violence qu'elle put à peine parler.

— Brian portait l'armure de Raine et Roger a tué son jeune frère.

— Mais comment... ? commença Joss.

Joan ramassa un bout de chiffon ensanglanté.

— Regardez ! C'est avec ça qu'il a bourré l'armure de lord Raine pour pouvoir la porter. Il avait dû préparer son coup depuis longtemps.

Alyx ouvrit de grands yeux.

— Où est Raine ? Jamais il n'aurait permis à Brian de revêtir son armure.

Ils trouvèrent Raine quelques minutes plus tard, gisant sous un arbre, dans la tenue de cuir qu'il portait habituellement sous son armure. Joan rit en le voyant mais Alyx frémit. La position anormale de son corps montrait que Raine n'était pas simplement endormi.

— Du poison ! cria-t-elle en se précipitant vers son mari.

La chaleur de son corps indiquait qu'il n'était pas mort, mais ils eurent beau le secouer il ne se réveilla pas.

— Va chercher Rosamund, vite ! ordonna Jocelin à Joan.

Alyx gifla Raine plusieurs fois, sans résultat.

— Aide-moi à le mettre debout.

Ils y parvinrent difficilement et Raine ne se réveillait toujours pas.

Rosamund arriva en courant et au premier regard sur Raine, elle se tourna vers Joss, visiblement apeurée.

— J'espérais me tromper. On m'a volé mon opium voilà deux jours et j'espérais que le voleur savait s'en servir.

— De l'opium ? demanda Alyx. N'est-ce pas une drogue pour dormir ?

— Elle est assez répandue, répondit Rosamund, mais la plupart des gens ignorent que si on en prend trop on peut s'endormir à jamais.

Alyx retint son souffle.

— Tu crois que Brian Chatworth a forcé la dose ?

— Il semble. En tout cas, nous devons faire comme si lord Raine en avait trop avalé. Venez vite, il y a beaucoup à faire.

Il leur fallut une journée entière pour nettoyer l'organisme de Raine. Rosamund ne cessait de lui donner des potions aux effluves écœurants afin de le faire vomir. Constamment, les hommes se relayaient pour le forcer à marcher.

— Dormir, laissez-moi dormir, grommelait parfois Raine, les yeux clos, les genoux ployant sous son poids.

Alyx ne permettait à personne la moindre pause. De même, elle se montrait sans pitié pour le forcer à boire les décoctions. Après plusieurs heures, il parvint enfin à contrôler ses jambes et put même se tenir debout sans aide. Son corps était vidé de toute matière solide. Rosamund continuait néanmoins à lui faire avaler des seaux d'eau entiers. Il était suffisamment éveillé pour protester vaguement.

— Tu ne m'as pas quitté, dit-il à Alyx.

— J'aurais dû, mais je ne l'ai pas fait. Bois !

A midi, le deuxième jour, Rosamund lui permit enfin de s'endormir. Soulagée et épuisée, elle se retira en compagnie de Jocelin. Au-delà de l'épuisement, Alyx alla personnellement remercier chacun des habitants du camp pour avoir aidé Raine.

— Vous feriez bien de dormir, vous aussi, fit une grosse voix.

Alyx reconnut l'un des hommes qui l'avaient accusée d'être une voleuse.

— On n'en a pas sauvé un pour perdre l'autre, poursuivit-il.

Elle lui adressa un tel sourire qu'il en devint écarlate et détourna les yeux. Toujours souriante, elle tituba jusqu'à la tente et se laissa tomber aux côtés de Raine. Elle s'endormit aussitôt.

Alyx resta au camp encore une semaine, jusqu'à ce que Raine la surprenne en larmes avec le bébé d'une autre dans les bras.

— Tu dois retourner chez Gavin.

— Je ne peux pas te quitter.

Il haussa un sourcil.

— Ta présence ici ne changera rien. Chatworth va enterrer son frère et nous verrons bien ce qui se passera alors. Rentre à la maison et occupe-toi de notre fille.

— Juste une visite alors ! dit-elle avec une joie retrouvée. Peut-être une semaine ou deux, et je reviens auprès de toi.

— Je ne sais pas si je survivrai aussi longtemps sans toi... Va dire à Joan d'emballer vos affaires. Dans moins de trois jours, tu seras auprès de notre petite Catherine.

Les remerciements d'Alyx, son bonheur à l'idée de revoir sa fille la firent sauter au cou de Raine et leurs embrassades durèrent un peu plus longtemps qu'ils ne l'avaient prévu. Avant qu'ils aient compris ce qui se passait, ils roulaient l'un sur l'autre sur le sol de la tente, semant leurs vêtements ici et là.

Plus tard, repu et apaisé, Raine reprit la parole.

— Alyx, cela a été très important pour moi que tu sois restée pendant le combat contre Chatworth. Que tu l'admettes ou non, tu possèdes un véritable sens de l'honneur... pas l'honneur auquel je crois, mais quelque chose qui n'appartient qu'à toi. Pour l'amour de moi, tu es restée. Je t'en remercie.

Il sourit en l'entendant pleurer.

— N'as-tu donc que des larmes à m'offrir ?

— Je suis une égoïste, n'est-ce pas ? Je veux tout. Que tu connaisses ta fille, que nous soyons tous les trois réunis...

— Cela arrivera bientôt. Maintenant, donne-moi un sourire. A moins que tu ne préfères que je me souvienne de toi en pleurs ?

Elle lui offrit ce qu'il demandait avec bonheur. Il l'embrassa.

— Prépare-toi, maintenant. Tu dois partir.

Alyx avait beau se répéter que la séparation ne durerait pas longtemps, une étrange prémonition s'était emparée d'elle : elle ne reverrait plus la forêt. Et il semblait que les gens du camp pressentissent la même chose.

— Pour votre bébé, dit un homme en lui tendant un jouet façonné dans un morceau de chêne.

Et il y eut beaucoup d'autres cadeaux, tous faits de leurs mains, tous d'une simplicité déchirante.

Quand le moment de partir fut arrivé, Raine se tenait derrière Alyx, radieux et fier.

— Reviens vite, lui murmura-t-il avant de l'embrasser une dernière fois.

Alyx monta en selle et s'éloigna lentement, le visage tourné vers tous ces gens qu'elle voyait peut-être pour la dernière fois.

22

Pendant deux semaines, Alyx profita pleinement des retrouvailles avec sa fille. Elle adressait de longues lettres chaleureuses à Raine, décrivant les progrès de leur enfant, et faisait aussi parvenir des remèdes à Rosamund. Un jour, un messager revint du camp, annonçant que Blanche avait été surprise en train de voler et qu'elle avait été bannie de la forêt. Contre toute attente, Alyx n'en éprouva aucune joie.

Après ces quinze jours de bonheur, Raine commença à lui manquer. Un matin, elle déserta la nursery et partit à la recherche du reste de la famille.

— J'ai entendu dire que vous étiez parmi nous, la taquina Gavin. Mais je n'en étais pas sûr. Judith est avec le fauconnier et j'allais la rejoindre.

— Penses-tu que le roi appréciera ce faucon, Simon ? demandait Judith à un vieil homme au visage parcheminé.

— Oui, milady. Il n'y en a pas de meilleur dans tout le pays.

Judith étudia le rapace en fronçant les sourcils. Il avait la tête encapuchonnée et elle le portait à bout de bras, la main protégée par un gant.

— Vous comptez faire un présent au roi ? s'enquit Alyx.

— Je suis prête à tenter n'importe quoi ! s'exclama Judith avec véhémence. Depuis la mort de Brian Chatworth et la grossesse d'Elizabeth, le roi méprise le nom des Montgomery.

— Et maintenant que la reine est morte... commença Gavin.

— La reine Elizabeth est morte ! s'exclama Alyx.

Le faucon, effrayé, battit des ailes. Judith parvint difficilement à le calmer.

— Excusez-moi, reprit Alyx qui ne connaissait rien aux faucons. J'ignorais cette triste nouvelle.

— Il a perdu son fils aîné et sa femme en moins d'une année et la famille de sa bru menace de reprendre sa dot. Il ne sort plus, ne veut plus voir personne. Avant, j'aurais pu au moins essayer de lui parler.

— Pour lui dire quoi ? s'enquit Alyx.

— Je veux que cesse cette querelle, reprit Gavin. Une vie a été prise chez les Montgomery et une chez les Chatworth. Et si je pouvais parler au roi, je pourrais peut-être le convaincre d'accorder son pardon à Raine.

— Et Miles ? demanda Alyx. Il a abusé d'Elizabeth Chatworth. Je ne pense pas que Roger le lui pardonnera.

Gavin et Judith échangèrent un regard.

— Nous avons écrit à Miles et, si le roi le permet, il désire épouser Elizabeth, expliqua Judith.

— Roger Chatworth va sûrement accueillir à bras ouverts un Montgomery dans sa famille, remarqua Alyx en souriant. Donc, vous avez l'intention d'offrir cet oiseau au roi pour arracher son pardon. Aime-t-il la chasse au faucon ?

A nouveau, Gavin et Judith se regardèrent.

— Alyx, fit celui-ci, nous voulions justement t'en parler. Nous savions que tu étais heureuse de retrouver Catherine et que tu voulais passer du temps avec elle mais, à présent, nous n'avons plus une minute à perdre.

Pour une raison qu'elle ignorait, Alyx commença à ressentir une crainte diffuse.

— De quoi s'agit-il ?

— Rentrons, dit Judith en rendant le rapace au fauconnier.

Dès que le vieil homme eut disparu, Alyx se tourna vers Gavin.

— Venez-en au fait, maintenant.

— Gavin, laisse-moi lui expliquer, intervint Judith. Alyx, le roi n'apprécie pas plus que cela la chasse au faucon. En réalité, en ce moment, une seule chose l'intéresse...

Elle observa une pause avant d'annoncer calmement :

— La musique.

Alyx ouvrit de grands yeux.

— Vous voulez que j'aille trouver le roi d'Angleterre pour chanter devant lui et profiter de l'occasion pour le supplier d'accorder son pardon à mon mari et de donner les terres d'une riche héritière à son ennemi juré ? Je n'ai jamais prétendu être une magicienne.

— Alyx, c'est notre seule chance, l'encouragea Judith. Personne, dans ce pays, ne possède une voix comme la tienne. Il t'offrirait la moitié de son royaume pour l'oubli que tu pourrais lui procurer pendant une heure ou deux.

— Que m'importe de consoler le roi ? Bien sûr, j'aimerais jouer et chanter pour lui. Mais mon unique souci est Raine. Il a passé une année entière à essayer de m'inculquer son sens de l'honneur et je crois qu'il y est enfin parvenu... En tout cas, je sais qu'il ne me remerciera jamais d'avoir imploré le roi à sa place.

— Mais si tu pouvais obtenir le pardon pour Raine... fit Judith.

Alyx se tourna vers Gavin.

— Si vous étiez à la place de Raine, voudriez-vous que Judith aille voir le roi pour vous ou bien préféreriez-vous mener vous-même vos propres combats ?

Le visage de Gavin était grave.

— J'aurais du mal à accepter une telle humiliation.

— Humiliation ! s'exclama Judith. Si Raine était libre, il rentrerait enfin chez lui et nous serions à nouveau une famille unie.

— Une famille déchirée, rectifia Gavin. Je comprends les inquiétudes d'Alyx. Je ne pense pas qu'elle devrait se dresser contre la volonté de son mari. Menons chacun nos propres combats et laissons le roi en dehors de cela.

Judith parut se résigner.

Mais c'était sans compter sur la colère grandissante de Roger Chatworth. Gavin avait envoyé ses espions et ils revinrent porteurs de mauvaises nouvelles : Roger, complètement enragé, voulait la mort de Raine et celle de Miles.

— Raine n'a pas d'hommes pour combattre Chatworth, remarqua Alyx. Quant à Miles, il est plus seul que jamais.

— Ils peuvent compter sur nous, sur les forces des Montgomery, répliqua Gavin.

— C'est donc la guerre que vous voulez ! s'écria-t-elle. Une guerre féodale qui vous fera perdre toutes vos terres si jamais le roi...

Elle s'interrompit : tout semblait toujours la ramener au roi.

Les larmes aux yeux, elle quitta la pièce. Etait-elle vraiment la seule qui puisse éviter un massacre ? Elle avait dit autrefois à Jocelin qu'elle ferait n'importe quoi pour garder Raine en vie, qu'elle préférerait même le voir dans les bras d'une autre femme que mort. Pourtant, elle savait qu'elle provoquerait sa fureur si elle tentait quoi que ce soit. Pour lui, l'honneur tel qu'il le concevait était sacré.

Fallait-elle alors qu'elle n'intervienne pas ? Qu'elle le laisse se battre et mourir pour garder son honneur intact ? Comment pourrait-elle vivre après cela ?

Elle alla retrouver Judith et Gavin.

— Je vais rendre visite au roi, annonça-t-elle avec calme. Je chanterai pour lui et je l'implorerai d'accorder son pardon à Raine et d'autoriser le mariage entre Elizabeth et Miles.

Elle se tenait devant la chambre du roi, tremblant si fort qu'elle craignait de s'effondrer sur place. Que faisait-elle ici, elle, une misérable fille du peuple ?

Un cri dans la chambre et le bruit de quelque chose qui se brisait la ramenèrent à la réalité. Un instant plus tard, un homme fit son apparition, une flûte à la main et la joue rougie.

Il lança un regard insolent à Alyx.

— Il est de mauvaise humeur, aujourd'hui. J'espère que tu es meilleure que tu en as l'air.

Alyx se redressa de toute sa faible hauteur.

— S'il est de si méchante humeur, c'est qu'il n'a sans doute pas entendu de vraie musique.

L'homme grogna et s'en fut.

Alyx lissa sa robe pour la vingtième fois : Judith l'avait spécialement dessinée et brodée pour elle dans un velours d'un vert sombre. Les manches s'évasaient au-dessus de la jupe et s'ornaient de motifs en fil d'or représentant des centaures et des fées jouant de toutes sortes d'instruments de musique.

— Entrez et attendez, dit un homme à la mine revêche. Son Altesse vous écoutera dans un moment.

Alyx, son luth sous le bras, le suivit dans la pièce.

La chambre du roi était une vaste pièce aux murs recouverts de boiseries richement sculptées mais guère plus luxueuse que celles du château Montgomery. Alyx en fut surprise. Elle s'attendait plus ou moins à ce que les appartements du roi soient entièrement couverts d'or.

Elle prit place sur le siège que l'homme lui désigna et attendit. Le roi était assis sur une chaise tapissée de velours rouge. Elle n'aurait jamais deviné qu'il s'agissait du roi si, par moments, on ne se fût pas incliné devant lui. C'était un homme grand, sombre, à la mine fatiguée. Il buvait du vin dans un gobelet en or et elle vit que les quelques dents qui lui restaient étaient noires. Un jeune chanteur se présenta devant lui et le roi fronça les sourcils. Le jeune homme entama son chant d'une voix tremblante. L'ambiance était triste et chargée de nervosité.

L'écho dans la grande pièce était impressionnant et le silence gêné des courtisans le rendait encore plus désagréable. Pas étonnant qu'il ne soit guère satisfait, se dit Alyx. Ce genre de musique n'était bon qu'à entretenir la mélancolie. Si elle en avait eu la responsabilité, elle aurait dirigé tous les musiciens pour qu'ils jouent ensemble un air gai et entraînant.

Onze musiciens auditionnaient pour le roi, ce jour-là. Celui-ci ne quittait plus ses appartements et avait même refusé de se rendre aux funérailles de la reine. Alyx avait dû patienter une semaine avant de se voir octroyer la possibilité de jouer et chanter pour lui. Le moment venu, tremblerait-elle devant lui, comme ce jeune troubadour ? se demanda-t-elle avec angoisse.

Pense à Raine ! s'adjura-t-elle. Pense à tous les Montgomery !

Prenant une profonde inspiration, elle se leva en adressant une silencieuse prière au Seigneur.

— Allons ! lança-t-elle au chanteur. Vous allez tous nous faire pleurer. Et nous n'avons que faire des larmes !

Quelqu'un voulut la retenir, mais elle s'avança droit vers le roi Henri.

— Avec votre permission, Votre Majesté.

Elle fit une révérence et le roi eut un signe nonchalant de la main.

La gorge serrée, elle se retourna vers les musiciens. Elle devait obtenir leur collaboration.

— Savez-vous jouer de la harpe ? demanda-t-elle à un homme qui lui adressa un regard hostile.

— Attendez votre tour, grinça-t-il.

— J'ai beaucoup plus à perdre que vous. Ensemble, nous parviendrons peut-être à un meilleur résultat. A moins, bien sûr, que votre talent ne soit pas à la hauteur ?

L'homme, après l'avoir détaillée de la tête aux pieds, s'empara de la harpe.

Comme si elle avait affaire aux garçons du chœur de Moreton et non à quelques-uns des plus fameux musiciens d'Angleterre, elle donna ses directives à chacun, les invitant à prendre tel ou tel instrument.

Une fois qu'ils furent tous en place, elle les dirigea, donnant la mélodie ici, le rythme là. Puis elle commença à chanter et deux des musiciens la suivirent immédiatement, jouant en souriant la mélodie d'accompagnement.

Alyx avait l'impression que tout se passait dans un insoutenable ralenti et elle ne se sentit récompensée de ses efforts que quand l'homme à la harpe joignit sa voix à la sienne. Il possédait un réel talent et la complétait à merveille.

Alyx avait choisi une vieille chanson en espérant qu'ils la connaissaient tous mais beaucoup restaient encore maladroits, peut-être intimidés par la version qu'elle en donnait. Heureusement, l'homme à qui elle avait confié le tambourin n'était pas aussi timide et il se lança dans un rythme endiablé.

Finalement, chacun parut avoir trouvé son tempo et Alyx osa alors se tourner vers le roi. Il restait impassible, silencieux, mais l'homme qui se tenait derrière lui semblait stupéfait. Au moins, elle venait d'accomplir quelque chose que personne n'avait encore réalisé.

Ils terminèrent le morceau, puis Alyx entama un lamento et enchaîna avec une chanson populaire.

Au bout d'une heure, refrénant l'enthousiasme des musiciens, elle chanta seule, sans même l'accompagnement d'un instrument. Un jour, quatre ans auparavant, une chanteuse était venue à Moreton et les villageois avaient taquiné Alyx en lui disant qu'elle allait enfin avoir de la concurrence. Alyx, effrayée à l'idée de paraître mauvaise, n'avait pas dormi de la nuit pour composer un chant d'une complexité incroyable, faisant appel à toute la gamme de ses possibilités. Le lendemain, la visiteuse, une femme plus âgée, l'avait écoutée les larmes aux yeux. Quand Alyx avait eu terminé, l'étrangère l'avait embrassée en murmurant qu'elle devait remercier tous les jours le Seigneur de lui avoir accordé un tel don.

A présent, c'était ce chant qu'Alyx interprétait.

La mélodie englobait toutes les possibilités de sa voix, capable d'une extrême douceur aussi bien que d'un volume extraordinaire. Elle se terminait par une montée *crescendo* où chaque note se faisait plus haute, plus claire que la précédente, jusqu'à un point paraissant impossible. Mais Alyx accomplit le miracle jusqu'au bout, lançant une dernière note d'une pureté insoutenable et la tenant, la tenant encore... au point d'en avoir les larmes aux yeux et les poumons en feu.

Elle s'arrêta et esquissa une profonde révérence. Le silence était total, l'écho de la dernière note résonnant encore dans la pièce comme dans un globe de cristal.

— Viens ici, mon enfant, déclara doucement le roi.

Alyx s'avança et baisa sa main en gardant la tête baissée.

Il lui souleva le menton.

— Ainsi tu es la dernière épouse d'un Montgomery.

Il sourit en voyant son air étonné.

— J'essaye de me tenir au courant de ce qui se passe dans mon royaume, reprit-il. Et j'ai découvert que les Montgomery épousent les femmes les plus fascinantes. Mais ceci... (du geste, il désigna les musiciens) ceci est une rançon de roi.

— Je suis heureuse de vous avoir donné du plaisir, Votre Majesté, murmura-t-elle.

Pour la première fois, il esquissa ce qui semblait être un sourire.

— Tu m'as apporté beaucoup plus que cela. Et maintenant, que veux-tu en échange ? Allons, tu n'as pas quitté le château de Gavin sans raison.

Alyx rassembla son courage.

— J'aimerais que prenne fin la querelle entre les Montgomery et les Chatworth. Je propose un lien de sang entre eux : Miles pourrait épouser lady Elizabeth Chatworth.

Le roi Henri fronça les sourcils.

— Miles est un félon. Il a enlevé lady Elizabeth.

— C'est faux ! protesta Alyx qui retrouvait vite son ardeur habituelle. Pardonnez-moi, Votre Majesté, se reprit-elle en s'agenouillant devant lui. Miles ne l'a pas enlevée... Tout est arrivé par ma faute.

— Toi ? Qu'on apporte une chaise, ordonna-t-il. (Il attendit qu'Alyx fût assise pour poursuivre.) Maintenant, raconte-moi toute l'histoire.

Alyx lui parla de Pagnell, comment il l'avait accusée d'user de sa voix pour le séduire, de sa fuite dans la forêt, de son amour pour Raine. Levant les yeux vers le roi et voyant qu'il semblait intéressé, elle poursuivit son récit en lui expliquant comment Pagnell l'avait enlevée, ce qui avait conduit à la capture d'Elizabeth.

— Tu prétends qu'il l'a roulée dans une vieille couverture pour la faire porter à lord Miles ? s'étonna le roi.

Elle se pencha vers lui.

— S'il vous plaît, ne le répétez pas, mais j'ai entendu dire qu'elle a été dépouillée de tous ses vêtements et livrée ainsi. Il paraît qu'elle s'est jetée sur lord Miles, une hache à la main. Bien sûr, ce ne sont peut-être que de fausses rumeurs.

Le roi émit un son qui ressemblait à un rire.

— Continue. Cette histoire me plaît.

Elle lui raconta le procès pour sorcellerie et comment on l'avait utilisée pour attirer Raine dans un piège.

— Et, bien sûr, il t'a sauvée au dernier moment ?

— Oui. La fumée était si épaisse que j'en ai perdu la voix pendant plusieurs jours.

— Et qu'est-il arrivé après ce sauvetage miraculeux ?

Son ton changea quand elle parla de sa fille, du retour dans la forêt et de la rencontre avec Brian Chatworth. Elle expliqua comment Brian avait revêtu l'armure de Raine et comment celui-ci avait failli mourir de l'ingestion d'opium.

— Ainsi, maintenant tu aimerais que lord Miles épouse lady Elizabeth ?

— Et...

— Oui ? l'encouragea-t-il.

— Je vous en prie, pardonnez à Raine... Il est si bon. Il n'a pas cherché à lever une armée contre vous. Les gens du camp sont des hors-la-loi et de pauvres hères chassés de leurs terres. Raine veille sur eux, les oblige à travailler pour ne pas rester inactifs, pour ne pas sombrer dans l'ennui et la mélancolie.

— Oui, soupira le roi. Je connais cela. Et lady Elizabeth ? Crois-tu qu'elle ait envie d'épouser lord Miles ?

— Elle est intelligente et elle reconnaîtra sans aucun doute l'intérêt de ce mariage. Et puis si Miles ressemble un tant soit peu à ses frères, comment pourrait-elle le repousser ?

— Un jour, il faudra que je découvre le secret des Montgomery et de la loyauté qu'ils inspirent. Si lady Elizabeth le désire, j'autorise ce mariage, pour l'unique raison qu'il faut bien donner un nom à cet enfant.

— Et Raine ?

— Pour cela, tu vas devoir travailler. Que dirais-tu de passer une semaine ici et de chanter nuit et jour pour moi ?

— Je suis prête à consacrer ma vie à votre bon plaisir si cela peut sauver mon mari, affirma Alyx.

— Ne me tente pas, mon enfant... J'ai assez de problèmes comme cela. Maintenant, chante encore pour moi. Il en sera fait comme je l'ai décidé.

Il fit un signe à un homme derrière lui qui quitta immédiatement la pièce.

Alyx chanta tout au long de la journée, jusqu'à en avoir la gorge douloureuse. Le roi ne s'endormit sur sa chaise que longtemps après le coucher du soleil.

— Allez vous reposer, maintenant, dit un des conseillers du roi. Lord Gavin vous attend dehors et il vous montrera votre chambre. Je suis sûr que Son Altesse vous réclamera tôt demain matin.

Dès qu'Alyx vit Gavin, elle en oublia son épuisement. Un large sourire aux lèvres, elle se jeta dans ses bras.

— Il a accepté ! Il a accepté ! s'exclama-t-elle d'une voix rauque.

Gavin la fit valser dans les airs.

— Allons l'annoncer à Judith et essayons de faire quelque chose pour votre gorge.

Il la conduisit à travers des couloirs sombres ornés de tapisseries, jusqu'aux appartements qui leur étaient réservés.

Alyx but avec reconnaissance la boisson au miel chaud que Judith lui avait préparée.

Le roi Henri garda Alyx constamment à ses côtés pendant les jours qui suivirent, la montrant, telle une curiosité de foire, à son fils Henri et à sa bru Catherine. Alyx entendit quelques commérages de la cour prétendant que le roi désirait épouser lui-même la jeune princesse. Elle apprécia baucoup le jeune prince héritier, un solide garçon de douze ans, aux grands yeux curieux, qui semblait adorer son père.

Au lieu de la semaine que le roi Henri avait exigée, Alyx resta à la cour pendant plus de deux semaines. Finalement, les décrets royaux ordonnant le mariage de Miles et d'Elizabeth, ainsi que le pardon de Raine, furent signés. Gavin et Judith étaient tous deux ravis de quitter le palais royal mais Alyx craignait ses retrouvailles avec Raine. Comment allait-il réagir à son intervention ?

Il leur fallut plusieurs jours pour regagner le château Montgomery. Le cœur battant, Alyx sauta de selle en espérant que Raine serait là.

Il n'y était pas, mais des nouvelles les attendaient. Roger Chatworth avait refusé de relâcher sa sœur mais Miles l'avait néanmoins retrouvée. Ils s'étaient mariés à quelque distance du domaine des Chatworth et Elizabeth était immédiatement retournée vers son frère après la cérémonie. Ceci leur parut étrange mais, dans sa lettre, Miles ne leur donnait aucune explication.

Une semaine passa et aucun signe ne leur parvint de Raine. A la fin de la deuxième semaine, Gavin envoya des messagers dans la forêt, mais ceux-ci revinrent en disant qu'ils avaient erré pendant deux jours dans les bois sans rencontrer âme qui vive.

Le lendemain, Gavin et ses hommes quittaient le château. Ils furent de retour une semaine plus tard.

— Raine est dans ses terres, annonça Gavin. Et il a ramené tous les gens de la forêt avec lui. Il doit avoir cinq fermiers dans chaque champ mais il insiste pour les payer tous. D'ici trois ans, il sera ruiné.

— Gavin... commença Alyx.

Il lui effleura la joue.

— Il est en colère pour l'instant mais cela lui passera.

Déçue, Alyx quitta la pièce sous le regard de Judith et de Gavin.

— Dis-moi la vérité, demanda Judith.

— Satané Raine ! s'exclama Gavin en assenant un grand coup de poing sur la table. Il prétend qu'Alyx l'a insulté pour la dernière fois, qu'il n'en supportera pas davantage. Il dit qu'il n'a pas cessé de la prévenir mais qu'elle n'en fait qu'à sa tête et qu'il sait à présent qu'il en sera toujours ainsi. Il ne veut plus la voir.

— Stephen pourrait peut-être lui parler...

— Stephen a déjà essayé mais il n'a pas voulu l'écouter. Il passe tout son temps avec ces criminels...

Il s'interrompit avec un sourire.

— Une chose bizarre est arrivée. Alyx se plaignait toujours d'avoir une dette envers ces gens de la forêt, une dette qu'elle ne pourrait jamais payer. Il y a un troubadour dans le lot, un certain Jocelin, je crois qu'il a voyagé avec Alyx. Ce Jocelin a rencontré l'un des musiciens qui se trouvaient dans la chambre du roi le premier jour où Alyx a chanté. Je ne sais pas ce qui s'est passé exactement ce jour-là mais, d'après ce musicien, Alyx a été magnifique et a, entre autres, demandé au roi le pardon pour les gens de la forêt.

— Elle ne nous en a jamais parlé.

— Elle a raconté au roi sa vie dans la forêt. J'ai entendu dire qu'Henri lui a même ordonné un jour de s'habiller en garçon pour vérifier qu'elle ne mentait pas.

— Tu crois qu'elle lui a parlé des injustices auxquelles ces gens ont été soumis ?

Gavin sourit.

— Parfois Alyx est si innocente. Je ne pense pas qu'elle soit consciente de son propre pouvoir. Des hommes se sont tués pour avoir le privilège de parler au roi, ne serait-ce qu'une minute. Si elle avait eu un ennemi, elle aurait pu l'envoyer à la potence.

Judith considéra son mari d'un air sceptique.

— Ou bien sauver des centaines de pauvres gens.

Le sourire de Gavin s'élargit.

— Raine s'est vu accorder le droit de pardonner à qui bon lui semblerait. D'après Jocelin, Alyx a interprété des chansons louant la loyauté et le sens de l'honneur de Raine. A tel point que le roi Henri était tout prêt à faire de lui un saint. Il est à présent persuadé que Raine a servi ses intérêts en attaquant Chatworth.

— Elle est loin d'être bête ! Avec sa voix, elle peut réaliser de grandes choses. Les gens de la forêt savent-ils ce qu'ils lui doivent ?

— Cet homme, ce Jocelin, s'est chargé de le leur apprendre. Ils lui envoient tous leurs remerciements. La plupart d'entre eux sont aussi affreux que les Ecossais de Stephen. Le monde perd ses valeurs.

Judith éclata de rire.

— Nous devons annoncer à Alyx qu'elle a réussi à payer sa dette et puis nous nous occuperons de Raine. Il faut qu'il admette qu'Alyx ne l'a pas insulté en allant voir le roi.

— J'espère que tu pourras le raisonner.

— Je l'espère aussi.

23

Un mois passa et Raine ne donna aucun signe de vie. Tous les messages qui lui étaient envoyés restaient sans réponse. La tristesse qu'Alyx éprouvait se transforma bientôt en colère contre son mari : sa fierté était-elle plus importante que leur amour et que leur fille ?

Cette colère ne cessa de croître pendant tout l'été. Elle grandissait avec Catherine, qui avait hérité la robustesse de son père.

— Elle ne sera jamais une mince et élégante lady, soupira Alyx en contemplant les petites jambes boudinées de sa fille.

— Tous les bébés sont gros, sourit Judith qui jouait avec son fils. Catherine ressemble chaque jour un peu plus à Raine. Dommage qu'il ne puisse la voir. Avec ses yeux violets et ses fossettes, elle l'ensorcellerait. Raine n'a jamais pu résister à un enfant.

Ces paroles de Judith hantèrent Alyx pendant plusieurs jours, jusqu'à ce qu'elle prenne une décision.

— Je vais envoyer Catherine à son père, annonça-t-elle un soir.

— Quoi ? s'étonna Judith.

— Il ne veut peut-être pas me pardonner mais il n'y a aucune raison pour que Catherine soit punie elle aussi. Elle a presque un an et il ne l'a encore jamais vue.

— Et s'il ne te la rend pas ? Tu auras perdu ton mari et ta fille.

— Je la lui laisserai jusqu'à Noël, puis Gavin ira la chercher. Raine honorera sa parole.

— S'il te la donne.

Alyx ne répondit pas. Elle espérait de tout son cœur que la vue de sa fille ramènerait Raine à des dispositions plus favorables.

Quelques jours plus tard, Catherine était prête à partir. A la dernière minute, Alyx faillit changer d'avis mais finalement accepta de se séparer de son enfant, que vingt hommes d'armes et deux nourrices escortaient.

Les semaines qui suivirent ne furent qu'une atroce attente pour Alyx. Raine ne lui donna aucun signe mais une des nourrices envoyait régulièrement des nouvelles par un canal détourné mis au point par Gavin et Jocelin.

La nurse décrivit l'émoi provoqué par l'arrivée de lady Catherine et la bravoure de la petite fille qui avait affronté tout cela sans pleurer. La demeure de Raine, ses hommes et Raine lui-même avaient grandement effrayé la brave dame. Au début, Raine avait ignoré sa fille mais un jour, alors qu'elle jouait dans le jardin, il avait lui-même récupéré sa balle et la lui avait rendue. Lady Catherine l'avait alors obligé à jouer avec elle. Il était resté plus d'une heure en sa compagnie.

Les lettres de la nourrice décrivaient des événements de plus en plus encourageants : lord Raine avait emmené Catherine à cheval. Lord Raine avait mis sa fille au lit. Lord Raine jurait que sa fille savait déjà parler, qu'elle était l'enfant la plus intelligente d'Angleterre.

Alyx était heureuse de ces nouvelles mais accablée d'être aussi seule. Elle voulait partager tous ces plaisirs avec son mari et sa fille.

A la mi-novembre, les lettres cessèrent et ce ne fut qu'à l'approche de Noël qu'Alyx reçut la nouvelle : Gavin lui annonça que Catherine venait de lui être rendue et qu'elle l'attendait en bas dans le salon d'hiver.

Alyx dévala les escaliers. Les larmes lui embuèrent les yeux quand elle vit sa fille, tout habillée de soie dorée, debout devant elle. Cela faisait des mois qu'elles ne s'étaient vues et Catherine eut un geste de recul.

— Tu ne te souviens pas de moi, ma chérie ? demanda Alyx d'un ton suppliant.

L'enfant recula encore et quand Alyx voulut s'approcher, elle fuit pour s'accrocher à la jambe de son père.

Alyx, stupéfaite, leva les yeux vers Raine.

— Je... je ne t'avais pas vu. Je croyais que Catherine était seule.

Il ne répondit pas.

Le cœur serré, Alyx crut qu'elle allait s'évanouir sur place.

— Tu as bonne mine, déclara-t-elle en se ressaisissant du mieux qu'elle le put.

Il se pencha et souleva Catherine dans ses bras. Avec une pointe de jalousie, Alyx regarda sa fille s'accrocher à son père.

— Je voulais que tu connaisses notre fille, murmura-t-elle.

— Pourquoi ? demanda-t-il.

En entendant cette voix si profonde, si chérie, elle faillit fondre en larmes. Mais elle ne voulait pas pleurer.

— Pourquoi ? siffla-t-elle. Tu n'avais jamais vu ta propre fille et tu me demandes pourquoi ?

— Pourquoi l'avoir envoyée à un homme qui t'a abandonnée, à un homme qui t'a laissée te battre à sa place ?

Alyx ouvrit de grands yeux.

Raine caressa les cheveux de sa fille.

— C'est une belle enfant, douce et généreuse comme sa mère.

— Mais je ne suis pas... commença Alyx.

Raine s'approchait d'elle.

Il la dépassa et confia Catherine à une nourrice.

— Pouvons-nous parler ?

Muette, Alyx hocha la tête.

Raine se posta devant la cheminée et contempla le foyer.

— J'ai eu envie de te tuer en apprenant que tu étais allée voir le roi, déclara-t-il avec passion. C'était comme si tu annonçais au monde entier que Raine Montgomery était incapable d'affronter ses propres problèmes.

— Ce n'est pas ce...

Il leva la main, lui intimant le silence.

— Ceci n'est pas facile pour moi, mais je dois le dire. Quand nous étions ensemble dans la forêt, je savais trop bien pourquoi les gens te détestaient. Tu te croyais supérieure à eux et ils t'en voulaient. Et puis tu as compris ce qui se passait, tu as reconnu tes fautes et tu as changé. Alyx... (Il observa une pause avant de poursuivre.) J'ai un peu de... mal à en faire autant. A me juger.

Il lui tournait toujours le dos.

— Raine, murmura-t-elle, je comprends. Tu n'as pas besoin d'en dire plus.

— Mais il le faut ! s'exclama-t-il en lui faisant face. Crois-tu qu'il soit facile pour moi, un homme, de comprendre qu'une espèce de petite femme-enfant peut accomplir ce dont je suis incapable ?

— Qu'ai-je accompli ? demanda-t-elle, sincèrement étonnée.

Il la contempla en souriant.

— Je me suis peut-être cru inattaquable car je sacrifiais ma vie à des mendiants. Cela devait me plaire d'être le roi des criminels.

— Raine...

Elle tendit la main pour toucher la manche de sa chemise. Il la prit et porta ses doigts à ses lèvres.

— Pourquoi es-tu allée voir le roi Henri ?

— Pour lui demander de te pardonner. Pour le persuader de laisser Elizabeth et Miles se marier.

— Ma fierté en a été gravement touchée, Alyx, murmura-t-il. Je voulais me présenter au roi avec mon armure et m'adresser à lui comme à mon égal. (Une petite fossette apparut sur sa joue.) Au lieu de cela, ma femme est allée le supplier pour moi. C'était très pénible.

— Je ne voulais pas... Oh, Raine, j'aurais supplié n'importe qui pour te sauver.

Il ne semblait pas remarquer qu'il était en train de lui broyer littéralement la main.

— Ma fierté m'a rendu aveugle. Je tiens à... te demander pardon.

Alyx avait envie de hurler qu'elle lui pardonnerait n'importe quoi.

— A l'avenir, je sais qu'il m'arrivera souvent de choquer ta fierté, répondit-elle seulement.

— J'en suis certain.

Elle haussa le menton.

— Que feras-tu si je t'offense encore ?

— J'enragerai. Je serai très, très en colère contre toi. Je te menacerai de te tordre le cou.

— Oh, fit Alyx avec une toute petite voix, refoulant ses larmes. Alors, peut-être...

— Alyx, c'est *toi* que je veux. Pas quelqu'un qui applaudirait à chacune de mes paroles.

Il grimaça et continua :

— Tu as eu raison d'aller voir le roi.

— Et pour Roger Chatworth ?

Les yeux de Raine lancèrent des éclairs.

— Là, tu avais tort ! Si je l'avais tué, Miles n'aurait pas...

— Si tu l'avais tué, le roi aurait exigé ta tête ! s'écria-t-elle.

— J'aurais caché son corps. Personne n'aurait su...

— Et tu aurais sûrement aussi éprouvé le besoin de raconter ton exploit en public, fit-elle, écœurée. Non, j'ai bien fait.

— Peut-être.

— Quoi ? s'exclama Alyx, abasourdie, puis voyant la fossette qui se creusait : Tu te moques de moi, hein ?

Raine éclata de rire et la prit dans ses bras, la serrant fermement car elle essayait encore de s'échapper.

— On ne sera jamais d'accord sur rien, dit-il, mais, au moins, on est d'accord là-dessus, n'est-ce pas ? Tu veux bien qu'on continue *ensemble* ?

Elle considéra cette proposition.

— Tu accepteras que je ne sois pas d'accord avec toi ? Tu accepteras que j'utilise mes moyens pour te faire comprendre à quel point tu as tort ?

— Alyx ! gronda-t-il avant de rugir de rire. Alyx, Alyx, Alyx !

Il l'expédia dans les airs et la rattrapa.

— Je crois que nous nous disputerons toujours. C'est ce que tu veux ?

— On ne se disputerait pas autant si, une fois de temps en temps, tu réfléchissais avant d'agir. Si tu pensais aux conséquences de tes actes. Si tu avais réfléchi deux secondes, tu n'aurais sûrement pas emmené les hommes du roi avec toi...

Elle s'arrêta car il était en train de parcourir son cou de délicieux petits baisers.

— Je suis un homme de passion, murmura-t-il. N'est-ce pas ce que tu aimes en moi ?

Elle tourna un peu la tête pour qu'il puisse mieux l'embrasser.

— Oui, c'est ce que j'aime en toi. Raine !

Elle s'écarta et le considéra d'un air grave.

— Me quitteras-tu encore ? Si je faisais quelque chose qui te déplaisait, nous abandonnerais-tu encore, Catherine et moi ?

Le visage de Raine devint grave à son tour.

— Je vais vous faire une promesse, Alyxandria Montgomery. Je vous en donne ma parole de chevalier. Je ne laisserai plus jamais ma colère me dominer. Je ne vous quitterai plus jamais.

Elle le dévisagea longuement avant de lancer les bras autour de son cou.

— Je t'aime.

— Bien sûr, je pourrai t'enfermer dans ta chambre, te mettre sous bonne garde, prendre toutes les dispositions nécessaires. Je ne te laisserai plus jamais te jeter dans les bras de mon frère pour qu'il s'occupe de mes problèmes.

— Tes problèmes ! lui hurla-t-elle à l'oreille. Je suis une joie pour ta famille. C'est toi qui leur as brisé le cœur. Espèce de butor obstiné...

Raine frotta son oreille meurtrie.

— Ah, la délicate voix de femme, aussi douce qu'une matinée de printemps, aussi tendre qu'un...

Il fut obligé de se taire car Alyx avait plaqué sa bouche sur la sienne.

Romans sentimentaux

La littérature sentimentale a pour auteur vedette chez J'ai lu la célèbre romancière anglaise Barbara Cartland, qui a écrit plus de 500 romans. A ses côtés, Anne et Serge Golon avec la série des Angélique, Juliette Benzoni et des écrivains anglo-saxons qui savent évoquer toute la force des sentiments (Janet Dailey, Theresa Charles, Victoria Holt...).

AMIEL Joseph	**Les droits du sang** 2966/**8**
BEARN Myriam et Gaston de	**L'or de Brice Bartrès** 2514/**4**
BENZONI Juliette	**Marianne, une étoile pour Napoléon** 2743/**7**
	Marianne et l'inconnu de Toscane 2744/**5**
	Marianne - Jason des quatre mers 2745/**5**
	Toi, Marianne 2746/**5**
	Marianne - Les lauriers de flammes 2747/**8**
BIALOT Joseph	**Elisabeth ou le vent du sud** 3088/**5** (Oct. 91)
BRISKIN Jacqueline	**Les vies mêlées** 2714/**6**
	Le cœur à nu 2813/**6**
	Paloverde 2831/**8**
BUSBEE Shirlee	**La rose d'Espagne** 2732/**4**
	Le Lys et la Rose 2830/**4**
CARTLAND	*Voir encadré ci-contre*
CASATI MODIGNANI Sveva	**Désespérement, Julia** 2871/**4**
CHARLES Theresa	**Le chirurgien de Saint-Chad** 873/**3**
	Inez, infirmière de Saint-Chad 874/**3**
	Un amour à Saint-Chad 945/**3**
	Crise à Saint-Chad 994/**2**
	Pour un seul week end 1080/**3**
	Lune de miel à Saint-Chad 1112/**2**
	Les rebelles de Saint-Chad 1495/**3**
	Les mal-aimés de Fercombe 1146/**3**
	Lake qui es tu ? 1168/**4**
	Le château de la haine 1190/**2**
COOKSON Catherine	**L'orpheline** 1886/**5**
	La fille sans nom 1992/**4**
	L'homme qui pleurait 2048/**4**
	Le mariage de Tilly 2219/**4**
	Le destin de Tilly Trotter 2273/**3**
	Le long corridor 2334/**3**
	La passion de Christine Winter 2403/**3**
	L'éveil à l'amour 2587/**4**
	15e Rue 2846/**3**
	La maison des flammes 2997/**5**
DAILEY Janet	*La saga des Calder :*
	- La dynastie Calder 1659/**4**
	- Le ranch Calder 2029/**4**
	- Prisonniers du bonheur 2101/**4**
	- Le dernier des Calder 2161/**4**
	Le cavalier de l'aurore 1701/**4**
	La Texane 1777/**4**
	Le mal-aimé 1900/**4**
	Les ailes d'argent 2258/**5**
	Pour l'honneur de Hannah Wade 2366/**3**
	Le triomphe de l'amour 2430/**5**
	Les grandes solitudes 2566/**6**
DALLAYRAC Dominique	**Et le bonheur maman ?** 1051/**3**
DAVENPORT Marcia	**Le fleuve qui tout emporta** 2775/**4**

CARTLAND Barbara (Sélection)

Les seigneurs de la côte 920/**2**
Le valet de cœur 1166/**3**
Seras tu lady Gardenia ? 1177/**3**
Printemps a Rome 1203/**2**
L'épouse apprivoisée 1214/**2**
Le cavalier masqué 1238/**2**
Le baiser du diable 1250/**3**
Le port du bonheur 1522/**2**
L'ingénue criminelle 1553/**2**
La princesse orgueilleuse 1570/**2**
La déesse et la danseuse 1581/**2**
Rhapsodie d'amour 1582/**2**
Rêver aux étoiles 1593/**2**
Sous la lune de Ceylan 1594/**2**
Les vibrations de l'amour 1608/**2**
Duchesse d'un jour 1609/**2**
L'enchanteresse 1627/**2**
La tigresse et le roi 1642/**2**
Un cri d'amour 1657/**2**
Le Lys de Brighton 1672/**2**
Le marquis et la gouvernante 1682/**2**
Un duc à vendre 1683/**2**
Piège pour un marquis 1699/**2**
Le talisman de jade 1713/**2**
Le fantôme amoureux 1731/**2**
Où vas-tu Melinda ? 1732/**2**
L'amour et Lucia 1806/**2**
L'amour était au rendez-vous 1884/**2**
Le piège de l'amour 2664/**2**
Tempête amoureuse 2665/**2**
Les yeux de l'amour 2688/**2**
L'amour sans trêve 2689/**2**
Lilas blanc 2701/**2**
La malédiction de la sorcière 2702/**2**
Les saphirs du Siam 2715/**2**
Un mariage en Ecosse 2716/**2**
Le jugement de l'amour 2733/**2**
Mon cœur est en Ecosse 2734/**2**
Les amants de Lisbonne 2756/**2**
Passions victorieuses 2757/**2**
Pour une princesse 2776/**2**
Dangereuse passion 2777/**2**
Un rêve espagnol 2795/**2**
L'amour victorieux 2796/**2**
Douce vengeance 2811/**2**
Juste un rêve 2812/**2**
Amour, argent et fantaisie 2832/**2**
L'explosion de l'amour 2833/**2**
Le temple de l'amour 2847/**2**
La princesse des Balkans 2856/**2**
Douce enchanteresse 2857/**2**
L'amour est un jeu 2872/**2**
Le château des effrois 2873/**2**
Un baiser de soie 2889/**2**
Aime-moi pour toujours 2890/**3**
La course à l'amour 2903/**3**
Danger sur le Nil 2916/**3**
Une femme trop fière 2917/**3**
Le duc infernal 2948/**4**
Une folle lune de miel 2949/**2**
Le parfum des dieux 2960/**2**
Un ange passe 2972/**2**
L'amour est invincible 2973/**2**
Le drame de Gilda 3001/**2**
La fuite en France 3002/**2**
Le voleur d'amour 3017/**3**
Musique miraculeuse 3033/**2**
Rêverie nocturne 3034/**2**
Danger pour le duc 3047/**2**
Ah, l'adorable menteuse ! 3048/**2**
Coup de foudre à Penang 3058/**2**
Idylle au Ritz 3068/**2**
Tendre Lydia 3069/**2**
Le caroussel de l'amour 3089/**2** (Oct. 91)
La découverte du bonheur 3090/**2** (Oct. 91)
Les ailes de l'amour 3108/**4** (Nov. 91)
La sérénité d'un amour 3109/**2** (Nov. 91)
Une fuite éperdue 3125/**3** (Déc. 91)
Le lien magique 3126/**2** (Déc. 91)

GOLON Anne et Serge

Angélique, marquise des Anges 2488/**7**
Angélique. le chemin de Versailles 2489/**7**
Angélique et le Roy 2490/**7**
Indomptable Angélique 2491/**7**
Angélique se révolte 2492/**7**
Angélique et son amour 2493/**7**
Angélique et le Nouveau Monde 2494/**7**
La tentation d'Angélique 2495/**7**
Angélique et la Démone 2496/**7**
Le complot des ombres 2497/**5**
Angélique à Québec 2498/**5** & 2499/**5**
Angélique La route de l'espoir 2500/**7**
La victoire d'Angélique 2501/**7**

DESMAREST *Marie-Anne*	*Torrents* 970/**3**
	Jan Yvarsen 1024/**2**
	Jan et Thérèse 1112/**3**
	Le fils de Jan 1148/**3**
	Le destin des Yvarsen 1230/**2**
EBERT *Alan*	*Traditions* 2947/**8**
FORSYTHE HAILEY *Elizabeth*	*Le mari de Joanna et la femme de David* 2855/**5**
FURSTENBERG et GARDNER	*Miroir, miroir* 3016/**7**
GOLON	Voir page précédente
HEAVEN *Constance*	*La maison Kouraguine* 812/**3**
	Interroge le vent 869/**3**
HEIM *Peter*	*La clinique de la Forêt-Noire* 2752/**4**
HOLT *Victoria*	*La maison aux mille lanternes* 834/**4**
	La porte du rêve 899/**4**
	L'orgueil du paon 1063/**4**
	Le galop du Diable 1113/**4**
	La nuit de la septième lune 1160/**4**
	Le masque de l'enchanteresse 1643/**4**
	La légende de la septième vierge 1702/**3**
	Sables mouvants 1764/**3**
	Les sortilèges du tombeau égyptien 2778/**3**
HULL *E.M.*	*Le Cheik* 1135/**2**
	Le fils du Cheik 1216/**2**
IBBOTSON *Eva*	*Une comtesse à l'office* 1931/**4**
KEVERNE *Gloria*	*Demeure mon âme à Suseshi* 2546/**6**
LAKER *Rosalind*	*Reflets d'amour* 2129/**4**
	La femme de Brighton 2190/**4**
	Le sentier d'émeraudes 2351/**5**
	Splendeur dorée 2549/**4**
	Les neiges de Norvège 2687/**4**
	Le sceau d'argent 3032/**5**
LINDSEY *Johanna*	*Le vent sauvage* 2241/**3**
	Un si cher ennemi 2382/**3**
McBAIN *Laurie*	*Les larmes d'or* 1644/**4**
	Lune trouble 1673/**4**
	L'empreinte du désir 1716/**4**
	Le Dragon des mers 2569/**4**
	Les contrebandiers de l'ombre 2604/**4**
	Splendeur et décadence 2663/**5**
MICHAEL *Judith*	*Prête-moi ta vie* 1844/**4** & 1845/**4**
MONSIGNY *Jacqueline*	*L'amour dingue* 1833/**3**
	Le palais du désert 1885/**2**
	Les nuits du Bengale 1375/**3**
MOTLEY *Annette*	*Le pavillon des parfums verts* 2810/**8**
MULLEN *Dore*	*Entre ciel et enfer* 1557/**4**
	Le lys d'or de Shanghai 2525/**3**
	La violence du destin 2650/**4**
PAETRO *Maxine*	*Besoin d'aimer* 3124/**6** (Nov. 91)
PARETTI *Sandra*	*L'oiseau de paradis* 2445/**4**
	L'arbre du bonheur 2628/**5**
RASKIN *Barbara*	*Bouffées de jeunesse* 2888/**5**
ROGERS *Rosemary*	*Amour tendre, amour sauvage* 952/**4**
	Jeux d'amour 1371/**4**
	Au vent des passions 1668/**4**
	La femme impudique 2069/**4**
	Le métis 2392/**5**

3049

Impression Brodard et Taupin
à La Flèche (Sarthe) le 6 août 1991
1955E-5 Dépôt légal août 1991
ISBN 2-277-23049-9
Imprimé en France
Editions J'ai lu
27, rue Cassette, 75006 Paris
diffusion France et étranger : Flammarion